LE BAISER DE JASON

LAURENT SCALESE

Laurent Scalese est né à Avignon en 1967.
Lecteur assidu d'Agatha Christie, de Conan Doyle et de Stephen King, il développe très tôt un goût prononcé pour l'écriture qui le pousse, dans un premier temps, à rédiger quatre romans de science-fiction ainsi qu'un recueil de nouvelles d'anticipation. C'est en participant à un concours de nouvelles policières qu'il se lance dans la rédaction de son premier polar : *Le samouraï qui pleure* est publié chez Pygmalion en 2000, suivi de *L'ombre de Janus* et *Des pas sous la cendre*. Son quatrième roman policier, *Le baiser de Jason*, a paru en 2005 aux éditions Belfond et a reçu le prix Sang d'Encre des lycéens.

Retrouvez toute l'actualité de Laurent Scalese sur www.laurent-scalese.com

LAURENT SCALESE

LE BAISER DE JASON

BELFOND

ISBN 2-266-15762-0

À Sarah « la Princesse » et à Thomas « le Penseur ».

À Twiggy, Harryn, Elie, Paul, Isabelle,
Sage, Eric, Yvan et Judith : j'espère qu'un jour
vous volerez de vos propres ailes.

Pour B.S. : nos « enfants »
ne sont pas morts, ils sont en sommeil.

Pour Y. R., qui a connu l'époque où l'aventure
était encore possible.

Quiconque combat des monstres devrait veiller à ne pas devenir lui-même un monstre. Et quand on regarde au fond des abysses, les abysses vous regardent aussi.

Friedrich Nietzsche,
Par-delà le Bien et le Mal

Mais chante maintenant le cheval de bois qu'Epeios fit avec l'aide d'Athènè, et que le divin Odysseus conduisit par ses ruses dans la citadelle, tout rempli d'hommes qui renversèrent Ilios.

Homère, *Odyssée*

Un agent retourné est un agent ennemi dont nous avons acheté les services. Il est indispensable de repérer les agents ennemis envoyés en renseignement. On entrera en contact avec eux pour les soudoyer ; on les appâtera par une promesse d'établissement. C'est de cette façon que se recrutent les agents doubles.

Sun Tse, *Art de la guerre*

Prologue

Julia Hurbon colla son front trempé de sueur contre le hublot de l'Airbus A340.

L'angoisse noua sa gorge quand elle remarqua que les nuages exécutaient un ballet endiablé et que le ciel s'obscurcissait. Le commandant s'adressa aux passagers afin de leur signaler l'entrée de l'appareil dans une zone de turbulences, précisant que la dégradation des conditions atmosphériques avait été annoncée avant le décollage. Avec une pointe d'humour, il invita le personnel de bord à « raconter une histoire » aux plus anxieux.

Malmené par les éléments, l'avion tangua à plusieurs reprises. Julia eut un haut-le-cœur. Son voisin, un type tiré à quatre épingles, cessa de pianoter sur le clavier de son ordinateur portable et entreprit de la rassurer. Mais Julia ne l'écoutait pas. Tandis qu'elle se rendait aux toilettes, une hôtesse la pria de retourner à sa place, de boucler sa ceinture et de patienter.

Les cumulus se dissipèrent et l'Airbus se stabilisa.

En proie à de violentes nausées, Julia renonça à se

lever. Elle s'assoupit un moment. Soudain, un bruit l'arracha à sa torpeur et elle sursauta. Haletante, la jeune femme se redressa brusquement. L'effroi brillait dans ses yeux. Le bellâtre assis à côté d'elle la fixa d'un air perplexe.

— Détendez-vous, dit-il d'une voix empreinte de douceur. (Il désigna le plateau-repas qu'il venait de déposer devant elle.) C'est moins mauvais que d'habitude.

Julia s'efforça de se calmer et sourit à cette boutade. Son employeur lui avait recommandé de ne pas ou de peu manger. Dans l'état où elle se trouvait, bâfrer aurait relevé de l'inconscience, voire du suicide. Soucieuse de ne pas éveiller les soupçons du voisin, elle réprima son dégoût, saisit la barquette contenant un morceau de poulet froid et feignit de la trouver appétissante. L'homme l'observa avec bienveillance tandis qu'elle avalait deux bouchées puis détourna le regard. Prudente, elle attendit qu'il se plonge dans le quotidien de la veille pour envelopper ce qui restait dans une serviette en papier qu'elle fourra dans son sac. Ensuite, elle glissa les sachets en plastique renfermant la garniture et le dessert dans les poches de sa veste. Soulagée d'avoir passé avec succès l'épreuve du déjeuner, elle se carra dans son fauteuil et songea aux événements des mois écoulés.

Après la mort de ses parents, elle s'était retrouvée sur la corde raide. Robert, son compagnon, l'avait persuadée de quitter la Guadeloupe et de venir vivre avec lui sur l'île franco-hollandaise de Saint-Martin. Dès son arrivée, elle avait compris que Robert se livrait à des activités douteuses pour subvenir à ses besoins. Un soir où il était ivre, il lui avait avoué qu'il travaillait pour la Pieuvre, une puissante organisation criminelle spécialisée dans le trafic de stupéfiants. Deux fois par semaine, il se rendait à Pointe-à-Pitre, par bateau ou par avion, afin de vendre de la cocaïne. Les prix affichés par son réseau défiaient toute concurrence : quinze euros le gramme de coke pure. À Paris, il en coûtait plus de quatre-vingt-dix !

Lorsque Robert lui avait proposé de passer de la came pour le compte de la Pieuvre, Julia avait refusé. Pour la convaincre, son amant avait évoqué la misère qui gangrenait la Guadeloupe, les quarante pour cent de chômeurs qui subsistaient grâce au RMI. Puis il avait sorti son joker : l'argent, lumière au bout du tunnel, sauf-conduit pour l'eldorado.

Cet argument avait eu raison de Julia.

Elle but une gorgée de soda et repensa à la raison de sa présence à bord : il s'agissait de livrer un kilo de Grande Bleue au grossiste du réseau Île-de-France. Drogue de riches – le gramme valait trois cent cinq euros –, cette dope, également appelée Bethsabée, se présentait sous la forme d'une poudre indigo.

Une semaine avant le départ, Julia avait suivi un régime strict qui consistait en trois repas légers, pris à heures fixes. Ensuite, durant quatre jours, elle avait avalé jusqu'à deux cents grains de raisin avec un peu d'eau minérale pour s'accoutumer à la sensation de poids. Vingt-quatre heures avant l'embarquement, elle s'était mise à la diète et avait absorbé du Lomotil pour prévenir une éventuelle incontinence. Le moment venu, elle avait ingurgité cent doses de Grande Bleue pure, de dix grammes chacune, réparties dans des doigts de gants de chirurgien et des préservatifs. Son patron lui avait remis une valise – un voyageur sans bagages pouvait alerter les douaniers – et un billet aller-retour réglé en espèces – pour ne laisser aucune trace, les commanditaires n'utilisaient jamais de cartes de crédit comme moyen de paiement. Puis un chauffeur l'avait conduite à l'aéroport de Pointe-à-Pitre-le-Raizet. L'Airbus de la compagnie Air France avait décollé vingt minutes plus tard.

Depuis, elle craignait pour sa vie : il arrivait qu'un ballot en caoutchouc se rompe, rongé par l'acidité des sucs gastriques, et que la drogue se répande dans l'estomac ou les intestins de la mule, provoquant l'overdose. À la peur de mourir s'ajoutait celle d'être dénoncée. L'une des principales préoccupations du trafiquant étant de rentabiliser au maximum chaque voyage, le même avion transportait souvent plusieurs passeurs. Pour permettre à la plupart d'entre eux de parvenir sans encombre à destination, le pourvoyeur recourait à la sale méthode : balancer, par un appel anonyme à la police, la mule la moins chargée.

L'appareil atterrit à Orly à seize heures trente-sept.

Alors qu'elle récupérait sa valise, Julia sentit une douleur aiguë monter de ses entrailles à mesure que les doses bougeaient dans son ventre. Elle quitta le hall de l'aéroport, tâchant de se concentrer sur la suite du plan. Avant de partir, elle avait troqué la robe moulante classée X qu'elle avait l'habitude de porter contre un tailleur-pantalon classique. Malgré ses efforts pour se fondre dans la masse, deux représentants de commerce sifflèrent sur son passage. La déesse noire s'éloigna de quelques pas et ferma sa doudoune, surprise par le froid hivernal. Elle sortit de sa poche revolver le papier sur lequel était noté le numéro de portable de son contact, un certain Jason – sans doute un pseudonyme –, et le déplia. Avec des gestes fébriles, elle tapa les chiffres sur le pavé numérique de son mobile et attendit en piétinant. Le vent qui soufflait par rafales la glaçait jusqu'aux os.

Au bout de quatre sonneries Jason répondit.

— Allô !

Julia énonça le code du réseau.

— Puma 666.

L'autre garda le silence un instant puis reprit :

— Betty est avec toi ?

— Affirmatif.

— Combien mesure-t-elle ?

— Trois mètres cinq.

« Betty » était le diminutif de Bethsabée. L'expression « trois mètres cinq » renvoyait au prix de vente de la marchandise, trois cent cinq mille euros le kilo. Jason échangea quelques mots avec un homme avant d'enchaîner :

— OK pour nous. Ne sois pas en retard, Julia.

La colère colora le visage de la jeune femme. Ce salaud avait enfreint la règle numéro un du milieu, qui interdisait de prononcer le nom de son contact lors d'une conversation téléphonique.

— Espèce de fumier ! cracha-t-elle.

Jason éclata de rire et raccrocha.

Julia renonça à s'énerver. Son estomac était en ébullition. Sous peine d'exploser, elle devait évacuer la came dans les plus brefs délais. Elle ouvrit son agenda, relut ce qui était écrit dans le répertoire. Le commanditaire avait réservé une chambre à l'hôtel Barberousse de Vitry-sur-Seine au nom de Stella Mangana. Elle l'occuperait le temps d'expulser la drogue. Le lieu de livraison était inscrit en lettres majuscules : le deuxième sous-sol d'un parking situé avenue Iouri-Gagarine, à trente mètres d'une supérette de la chaîne Anaconda. Julia s'y rendrait à dix-huit heures trente et cacherait le sachet contenant les « enfants de Bethsabée » derrière la gaine électrique fixée au troisième pilier en partant de la droite.

Elle héla un taxi. Alors que le gars empruntait

la N 305 en déplorant à haute voix que le jour commence à décliner, elle tâta son bas-ventre d'un air inquiet. Elle lutta pour ne pas vomir sur la banquette arrière, songeant à ce que lui avait dit Angèle, sa meilleure amie : les nausées d'une mule étaient comparables à celles d'une femme enceinte de trois mois.

Elle se détendait quand la voiture s'arrêta.

— Nous y sommes, annonça le chauffeur sans cesser de mâchonner son cure-dents.

Julia le paya et s'engouffra dans l'hôtel. Une fois dans sa chambre, elle avala le laxatif inclus dans son kit du passeur et se rua aux toilettes. Mais rien ne se produisit. Comprenant qu'elle était victime d'une occlusion intestinale, elle se leva, traversa le petit salon et s'empara du cellulaire posé sur le bureau. Livide, le front emperlé de sueur, elle composa le numéro de Jason.

— J'ai un problème, articula-t-elle avec difficulté.

— Où es-tu ?

Pliée en deux, Julia gémit :

— À l'hôtel. J'ai... mal.

— Je viens.

Julia lâcha le portable, se laissa tomber sur le lit et se recroquevilla, dans l'espoir d'atténuer la souffrance. Grelottante, elle fredonnait un air que lui chantait sa mère lorsqu'un bruit sec résonna. Elle rassembla ses dernières forces, tituba jusqu'à la porte qu'elle déverrouilla. Deux hommes, un Blanc et un Noir, se tenaient dans le couloir. Le Blanc franchit le seuil, l'agrippa par le poignet et l'entraîna dans la chambre. Son acolyte s'assura d'un coup d'œil que personne n'avait remarqué leur présence, referma la porte et les rejoignit.

— Qu'est-ce qu'on fait d'elle ? lança-t-il d'un ton pressant. Il manquait plus que cette tuile !

Excédé, il donna un coup de pied dans la valise de

Julia. Celle-ci déchiffra la cruauté dans le regard de l'homme.

En un éclair, elle sut quel sort il lui réservait. La terreur chassa la douleur de son corps.

— Vous êtes Jason, n'est-ce pas ? balbutia-t-elle. Mon employeur m'a dit que vous ne me feriez aucun mal.

Tout en parlant, elle marchait à reculons. Quand elle fut suffisamment près de la sortie, elle pivota sur ses talons et se rua vers la porte. Mais déjà le Black fondait sur elle. Il la saisit par les bras, la retourna et la balança sur le lit. Jason la gifla avant qu'elle puisse ouvrir la bouche pour crier. À moitié sonnée, elle bredouilla des phrases incompréhensibles.

— Mets-toi à ma place, se plaignit Jason. J'ai des comptes à rendre, moi. (Il la considéra avec une compassion feinte et haussa les épaules.) Je n'ai pas le choix, je dois récupérer la dope.

Il écarta un pan de son manteau, dégaina son pistolet muni d'un silencieux et se pencha vers Julia. Sans hésiter, il appliqua le canon sur son front et pressa la détente. Le sang aspergea le couvre-lit. Grands ouverts, les yeux de Julia fixaient le plafond.

— Dommage, déplora Jason en rangeant son arme. C'était une belle fille.

Il avisa le mobile au pied du lit, le ramassa, le fourra dans sa poche et adressa un signe de la main à son comparse. Le Black souleva son pull bigarré, tira un couteau de son étui de ceinture et le lui tendit. Jason ajusta ses gants, découvrit le ventre de la morte.

Il piqua la chair au niveau de l'abdomen puis enfonça le couteau.

Lorsque la plaie fut béante, il désigna les doses du menton et déclara :

— Lave-les et emballe-les.

1

Le commissaire Eric Vidal s'éveilla en sursaut.

Le cœur battant la chamade, il dressa le buste et balaya l'espace de ses yeux exorbités. Il se calma en comprenant qu'il se trouvait dans la chambre à coucher de son appartement, rue Pierre-Semard, dans le IXe arrondissement : les doubles rideaux étaient tirés, ses vêtements traînaient sur un fauteuil et le réveil tictaquait sur la table de chevet.

Les aiguilles indiquaient six heures trente du matin.

Vidal secoua la tête pour chasser les images de son cauchemar, repoussa le drap et s'assit sur le bord du lit. Tout en cherchant ses chaussons du bout des orteils, il contempla la photo encadrée au-dessus de la commode en acajou. Elle avait été prise six ans plus tôt, le jour de son entrée à la brigade des stupéfiants du quai des Orfèvres, alors qu'il était encore lieutenant. Ses yeux d'un bleu délavé fixaient l'objectif d'un air coincé : il était très mal à l'aise ce matin-là, si bien qu'il n'avait pas pu décocher un sourire. Il avait beaucoup changé depuis : son visage joufflu s'était creusé ; ses cheveux noirs, alors longs et raides, étaient taillés en brosse et commençaient à grisonner. Sa propension à résoudre les affaires à sensation lui avait permis de gravir rapidement les échelons de la hiérarchie. Aujourd'hui, à trente-sept ans, il était le policier le plus décoré des Stups. Une réussite qui suscitait l'admiration de ses collègues autant que leur jalousie.

Après s'être étiré, il se leva et quitta la pièce d'un pas nonchalant. Une odeur de pain grillé flottait dans le couloir. Il pénétra dans la cuisine, se laissa tomber sur une chaise en bâillant. Claire l'accueillit avec un sourire radieux, sortit deux tasses d'un placard et les déposa sur la table. Avec ses cheveux blond vénitien tressés, son chandail trop large, son jean serré à la taille et ses baskets bleues, la compagne de Vidal tenait plus de l'adolescente que de la femme de quarante ans. De taille moyenne, gracieuse comme une ballerine, elle était néanmoins pourvue de rondeurs appétissantes auxquelles Vidal était incapable de résister.

— Tu as bien dormi ?

Vidal tartina de la confiture de myrtilles sur un toast et bougonna :

— Je n'ai pas fermé l'œil de la nuit.

— Encore ? s'étonna Claire en servant du café dans les tasses. Tu as pris ton comprimé avant de te coucher ?

Le flic croqua la tranche de pain grillée avec un mouvement de dépit.

— Qu'est-ce que tu crois ? maugréa-t-il, la bouche pleine. Cette saloperie n'agit pas.

Claire mit la cafetière dans le lave-vaisselle puis revint s'asseoir à la table avec une mimique contrariée.

— Tu n'avais pas rendez-vous avec le docteur Vonfeld hier matin ? (Il acquiesça.) Qu'a-t-il dit ?

Vidal consultait ce spécialiste depuis qu'il souffrait

de troubles du sommeil. Bien qu'il fût brillant, Georges Vonfeld inspirait plus l'antipathie que le respect. Pour lui, la race humaine se divisait en deux groupes : ceux qui savaient et les autres. Sa connaissance empirique du corps et de ses maux l'amenait à penser qu'il était supérieur à nombre de ses semblables. Dans son monde, les médecins étaient les puissants et les malades, les instruments dont ils se servaient pour asseoir leur pouvoir.

— Il pense que je suis surmené, grogna Vidal. Il m'a conseillé de prendre quelques jours de vacances.

Claire tapa dans ses mains pour manifester son adhésion à cette recommandation.

— Accordons-nous un petit congé et partons à la montagne.

Vidal ignora cette proposition et continua :

— J'ai rêvé de Jason.

Claire tressaillit sous l'effet de la surprise.

— *Ton* Jason ?

— Oui.

Cela faisait bientôt trois ans que le groupe d'enquête dirigé par Vidal était aux trousses de ce trafiquant de drogue dont la véritable identité n'avait jamais été découverte. Le commissaire se rapprocha de Claire et entreprit de lui raconter son cauchemar dans les grandes lignes.

— Tu as une imagination débordante, mon chéri, s'extasia-t-elle dès qu'il eut terminé. Tu pourrais écrire des polars. J'ai une amie qui travaille dans…

Un coup de sonnette l'interrompit.

— J'y vais, lâcha-t-elle.

Vidal l'entendit ouvrir la porte d'entrée et saluer le visiteur. Il reconnut aussitôt la voix de son plus proche collaborateur, le capitaine Ange Pelletier, dit le Marseillais.

— Il faut que je voie ton homme, commença ce dernier. Où est-il ?

— Il prend son petit déjeuner, répondit Claire.

Le parquet craqua sous leurs pas. La jeune femme entra dans la cuisine, suivie de Pelletier qui s'écria :

— Comment vas-tu, mon frère ? Tu as une mine de déterré.

— Normal, il a passé une nuit blanche, précisa Claire, un tantinet moqueuse. Il a rêvé que tu étais Jason et que tu zigouillais tous les flics qui se mettaient en travers de ta route.

Pelletier se dérida et s'esclaffa :

— Rien que ça.

— Qu'est-ce qui nous vaut l'honneur de ta visite ? interrogea son chef.

Les cheveux bruns en bataille, le visage avenant et le regard rieur d'un enfant espiègle, Pelletier avait trente et un ans. Ses collègues le surnommaient le Marseillais, car il était né dans la cité phocéenne. Jusqu'à sa majorité, il avait vécu avec ses parents et son frère cadet dans un trois pièces situé entre le Vieux-Port et l'église Notre-Dame-de-la-Garde. Avant de prendre rang parmi les chasseurs de dealers du 36, il avait travaillé quatre ans au SRPJ de Montpellier, sous la férule d'un vieux briscard qui lui avait tout appris du métier.

— On a une OD sur les bras, répliqua-t-il.

— Je te signale que je ne bosse pas ce matin, râla Vidal, visiblement contrarié. Tu n'as pas besoin de moi pour régler une affaire d'overdose.

Le commissaire avait promis à Claire de l'aider à choisir un canapé d'angle pour leur salon. Il abhorrait l'idée de s'enfermer dans un centre commercial bruyant et surchauffé, mais il ne pouvait pas se dérober à cette sortie prévue depuis deux semaines.

— La morte est une vedette du showbiz, poursuivit Pelletier sans se démonter.

— Qui ? enchaîna Vidal de but en blanc.

— Laure Anthony, repartit son équipier.

La stupéfaction se peignit sur la face de Vidal.

— Quand est-ce arrivé ?

— Cette nuit.

— Où ?

— Dans son hôtel particulier du Champ-de-Mars. Les autres sont déjà sur place.

Vidal se tourna vers sa compagne, aussi éberluée que lui.

— Tu peux te débrouiller sans moi ? demanda-t-il avec une expression ennuyée.

Claire acquiesça d'un signe de tête avant de s'enquérir :

— Et Tessa ? Nous devions aller la voir ensemble.

La tristesse se mêla à l'agacement sur la figure de Vidal.

— J'irai seul, décida-t-il au bout d'une minute.

— Tu ne veux pas que je vienne avec toi ? insista Claire. Je n'ai pas envie que l'incident de l'année dernière se reproduise.

— Ne te fais pas de mouron, la rassura Vidal. Je tiendrai le coup. (Il reporta son attention sur Pelletier que cette discussion avait mis dans l'embarras.) Je n'en ai pas pour longtemps.

Il quitta sa chaise, se rendit à la salle de bains à grands pas.

— Tu me raconteras toutes les atrocités que j'ai commises dans ton cauchemar quand nous serons en chemin, lui lança le Marseillais sur le ton de la taquinerie.

Tout en débarrassant la table, Claire souffla à Pelletier :

— J'ai peur qu'il fasse une bêtise, Ange. Promets-moi de veiller sur lui.

Pelletier déposa un baiser sur son front.

— Je te le promets.

2

Le corps de Laure Anthony gisait sur le sol carrelé de la salle de bains.

Vidal enfila des gants de latex et attendit que Bruno Coste, le spécialiste de l'Identité judiciaire, photographie le cadavre pour l'étudier. Raide, le teint exsangue et les cheveux emmêlés, Anthony était loin de la star adulée par le public et traquée par les paparazzis jusque dans sa chambre à coucher. « Voix du siècle » pour ses admirateurs, « chanteuse à tubes » pour ses détracteurs, elle était la seule artiste française à rivaliser avec Céline Dion. Son dernier CD deux-titres, intitulé *Laure d'aimer*, s'était vendu à plus de trois millions d'exemplaires. Sacrée meilleure interprète de l'année aux Victoires de la musique, courtisée par les plus grandes maisons de disques américaines, approchée par George Lucas pour jouer dans le troisième épisode de *Star Wars*, elle était l'idole de toute une génération.

L'étoile n'était plus.

Ce soir, en apprenant la nouvelle au JT, les fans pleureraient sur son cadavre.

Sans se retourner, le commissaire demanda à Pelletier qui revenait de la pêche aux informations :

— Qui l'a trouvée ?

Le capitaine baissa les yeux vers son carnet.

— Son petit ami du moment.

— Marc Flocard, le réalisateur ?

— Oh, fan de chichourle ! s'exclama Pelletier qui employait l'argot marseillais lorsqu'il était étonné, amusé ou furieux. Tu as un métro de retard ! Elle sortait avec Christian Durocq depuis plus d'un an.

Une expression d'incrédulité se peignit sur les traits de son supérieur.

— L'auteur des *Chroniques des nouveaux mondes* ?

Pelletier opina du bonnet.

— Il est rentré vers cinq heures du matin, après avoir passé la nuit aux Bains-Douches en compagnie d'un top-modèle brésilien. Il a aussitôt prévenu police secours.

— Où est-il ?

— Au 36. Bonada prend sa déposition.

Vidal s'approcha de la coiffeuse. Le miroir ovale décoré de rosaces refléta son visage. Il pesta en silence contre sa mauvaise mine et passa en revue les objets posés sur le plateau de marbre : une brosse à cheveux, une crème de beauté, *Des souris et des hommes*, de John Steinbeck. Le flic s'attarda sur la pièce à conviction : un peu de poudre bleue.

— Bethsabée, murmura Pelletier.

Son chef acquiesça. En l'espace de six mois, cette drogue synthétique avait envahi les milieux branchés de la capitale. Malgré son prix exorbitant, le showbiz la préférait à la cocaïne, à l'héroïne et même à l'ecstasy. Du coup, les trafiquants de la filière classique l'intégraient à leur catalogue. Prisée, fumée ou injectée par voie intraveineuse, super-Betty était la pire des ravageuses.

Dans un premier temps, elle déclenchait une sensation d'euphorie et une résistance à la douleur et à la fatigue. Puis elle entamait son travail de sape. En proie à des crises d'angoisse et à des délires paranoïdes, l'usager se livrait à des actes de violence et d'automutilation. En cas de surdose, il risquait un arrêt respiratoire, voire cardiaque. Trop pure ou coupée avec des produits comme le plâtre, le lactose, la strychnine ou la caféine, Bethsabée tuait à coup sûr. Les plus suicidaires l'associaient à des médicaments psychoactifs pour effectuer un « voyage aux confins de la mort » – la fameuse *near death experience* – dont ils ne revenaient pas toujours.

La Grande Bleue consommée dans les milieux du spectacle et de la haute bourgeoisie provenait de l'étranger. L'Observatoire géopolitique des drogues avait recensé quatre laboratoires clandestins au Maroc. Le trafic s'organisait de la façon suivante : des Zodiac chargés de cinq cents kilos de came voguaient de nuit vers le sud de l'Espagne. Parvenus à destination, les transporteurs remettaient la marchandise aux relayeurs qui l'acheminaient par voiture, via le col du Perthus, à la frontière franco-espagnole, ou à Hendaye, sur la Bidassoa. Également importé de la république fédérale du Brésil et de la république du Costa Rica, le poison transitait par Sainte-Lucie, dans les Petites Antilles, où des pêcheurs de Fort-de-France le réceptionnaient, l'enveloppaient dans du caoutchouc ou du camphre pour tromper le flair des chiens des douanes et le confiaient à des mules qui l'acheminaient à Paris. Mais Saint-Martin restait la plaque tournante du trafic de cocaïne et de Grande Bleue dans les Caraïbes : approvisionnés par les producteurs des *cartelitos* colombiens, les grossistes de l'île recouraient à des passeurs de Pointe-à-Pitre pour transférer la drogue vers la métropole.

Dans tous les cas de figure, le responsable du réseau Île-de-France, le dénommé Jason, faisait son affaire de la dope qui arrivait sur Paris chaque semaine. Des dealers affiliés au circuit de distribution francilien en vendaient plus de la moitié aux noctambules de la jet-set, aux cadres supérieurs des multinationales, aux clients huppés des discothèques et des backrooms à la mode. La came restante était déposée dans un lieu tenu secret. Les directeurs départementaux de la Pieuvre s'y rendaient une ou deux fois par mois pour s'approvisionner.

Aucun indicateur des Stups des dix-neuf services régionaux de la PJ n'avait jamais vu le mystérieux Jason. Homme à poigne, il dirigeait sa petite entreprise avec la rigueur d'un businessman et la cruauté d'un tortionnaire. Si le noyau dur du réseau lui était soumis, certains subalternes étaient parfois tentés de le trahir, mais ils ne vivaient pas assez longtemps pour adresser par fax ou par e-mail une fiche de renseignements à la police. Ceux qui étaient arrêtés en flagrant délit ou placés en garde à vue après une perquisition fructueuse effectuée à leur domicile refusaient de le dénoncer, le plus souvent par peur des représailles. Quinze jours auparavant, l'équipe de Vidal avait interrogé un usager-revendeur à la solde de Jason. Lorsque Pelletier avait prononcé le nom de son patron, le type s'était jeté par la fenêtre du quatrième étage. Il avait préféré se tuer plutôt que de balancer le salaud qui entretenait sa dépendance en lui remettant quelques grammes de Bethsabée pour chaque service rendu.

Vidal chercha le légiste du regard. Avant d'occuper le

poste de chef de service à l'institut médico-légal du quai de la Rapée, près de la gare de Lyon, Raoul Bietri avait longtemps exercé au centre hospitalier de Garches, dans les Hauts-de-Seine. Durant cette période, il avait bossé avec le commissaire Paul Legac sur l'affaire Janus.

— Le décès remonte à quand ? s'enquit Vidal.

— Cette nuit, répliqua Bietri.

— À quelle heure ?

Bietri remua la tête d'un air contrarié.

— Cette salle de bains est froide. Par conséquent, la fraîcheur du cadavre est trompeuse. Pour obtenir une datation exacte, je dois tenir compte de plusieurs paramètres : la vitesse de propagation des micro-organismes sur le corps de la victime, la température de la pièce et le degré d'humidité de l'air. J'aurai la réponse dans la journée.

— Tenez-moi au courant.

Vidal entra dans l'immense salle de séjour, suivi de Pelletier. Selon l'enquête menée par les fouinards du journal à scandale *Leur vie est à vous*, Laure Anthony avait payé cash cet hôtel particulier situé à un jet de pierre du parc du Champ-de-Mars, près de la tour Eiffel. Le montant du chèque remis au notaire le jour de la signature correspondait aux droits d'exécution publique de ses chansons perçus puis reversés par la Sacem l'année précédente.

Vidal observa les flics qui s'activaient dans le salon. À l'instar des autres brigades de police, les Stups se divisaient en quatre sections composées chacune de trois groupes d'enquête. Placé sous la houlette du divisionnaire Cornavain, le groupe Vidal comptait six personnes, le commissaire et Pelletier inclus, ainsi que le capitaine Joseph Bonada.

Le lieutenant Agnès Jarry rejoignit Vidal au centre du

living. Les cheveux courts, le visage empreint de gravité et le regard fureteur de l'enquêteur sur la brèche, elle était âgée de vingt-quatre ans. Cadette de l'équipe, elle avait forcé le respect de ses collègues masculins en bossant quinze heures par jour et en se comportant en officier responsable sur le terrain. Inquiet de la voir évoluer dans ce milieu, son époux faisait pression sur elle pour qu'elle quitte les Stups et postule un fauteuil de gratte-papier à l'état-major de la PJ, mais elle ne cédait pas, convaincue d'être née pour exercer ce métier.

Elle tendit à Vidal une pochette zippée contenant un carnet. Un dessin ornait la couverture cartonnée : une femme nue étendue sur un lit de roses rouges.

— J'ai l'ai dégoté dans la chambre à coucher, dans le premier tiroir de la table de chevet, expliqua-t-elle.

Vidal plissa les yeux d'un air intéressé.

— Qu'est-ce que c'est ?

— Son journal intime. (Elle le sortit du sachet.) Chaque fois qu'elle couchait avec une star, elle rédigeait une « fiche d'évaluation ».

— Ce qui signifie ? demanda Vidal.

Jarry exprima sa gêne par un haussement d'épaules. Pelletier s'attarda sur son visage dont la beauté contrebalançait une allure de garçon manqué. Bien qu'il eût un faible pour elle, il s'interdisait de la draguer car elle était mariée.

— Elle notait les performances sexuelles de ses amants, répliqua-t-elle. D'après ce que j'ai lu, aucun n'était à la hauteur, pas même Durocq, qui « bande mou » et qu'elle traite de « peine-à-jouir ».

Un homme s'esclaffa dans son dos et siffla avec une pointe d'espièglerie :

— Le rédacteur en chef de *Leur vie est à vous* casquerait un maximum pour avoir ces infos.

Ancien membre du groupement d'intervention régional de Poitou-Charentes, le capitaine Roland Picard, trente-huit ans, était le juriste de l'équipe. Surnommé Webman en raison de sa parfaite maîtrise de l'informatique, et plus particulièrement de la Toile, il était avisé une fois par semaine de l'évolution de la situation dans le monde – du lancement de nouveaux produits au blanchiment de l'argent – par le biais de courriers électroniques envoyés par l'Organisation mondiale des douanes, l'Unité des drogues de synthèse néerlandaise et Interpol.

Jarry ignora le commentaire de Picard et ouvrit le carnet à la page où elle avait inséré un ticket de bus.

— Un passage en particulier a retenu mon attention. Il est daté du 16 mai de cette année.

Une grimace dissuasive déforma les traits de Vidal.

— Je n'ai pas envie d'entendre ces cochonneries.

— Il ne s'agit pas de cela, se défendit Jarry. Elle parle de Jason.

Tous les regards convergèrent sur elle.

— Vous voulez dire, *notre* Jason ? articula Vidal en lui arrachant le journal des mains.

Pelletier et Picard zieutèrent par-dessus son épaule.

— Lis-le, patron, lâcha le Marseillais d'une voix vibrante d'impatience.

Le commissaire s'exécuta :

— « Couchée sur le lit, j'observe Jason chauffer et diluer Bethsabée. Il me rejoint, relève la manche de mon pull et tâte la veine dans le creux de mon bras. Le corps agité de spasmes, je le supplie d'activer le mouvement. Il exige d'être payé avant de me piquer. Je désigne du menton les billets sur le guéridon. Mais il n'en veut pas. Il me veut, moi. Je déchiffre le désir dans ses yeux. Malgré le dégoût qu'il m'inspire, je ne me refuse pas.

Il retrousse ma jupe, retire ma culotte. Je détourne la tête lorsqu'il s'allonge sur moi. Tout en me pénétrant, il m'injecte la dope. C'est le flash et je m'évanouis. »

Choqués, les flics restèrent silencieux. Vidal feuilleta le carnet avec avidité, à la recherche d'un indice, d'une information de nature à percer la véritable identité de Jason. Déçu, il le referma et le glissa dans le sachet en plastique.

— Tenez, reprit-il à l'intention de Jarry. Relisez-le et consignez ce qui vous semble important.

— Il apparaît qu'elle connaissait Jason, énonça le lieutenant Jacques Illouz qui écoutait la conversation. Elle a peut-être écrit une adresse ou un numéro de téléphone sur son calepin.

Illouz avait renoncé à devenir médecin, comme ses parents le souhaitaient, pour entrer dans la police. Après quatre ans passés à la section antiterroriste de la Criminelle du quai des Orfèvres, il avait obtenu un poste à la brigade des stupéfiants. Les drogues, leurs effets et leurs dangers n'avaient pas de secret pour lui. Il venait de fêter son trente-troisième anniversaire.

Pelletier se gratta la joue d'un air concentré.

— Je suis certain de l'avoir vu. Dans son sac à main ! s'emballa-t-il en pointant un doigt vers le secrétaire.

Picard se précipita vers le meuble, fouilla dans le sac de Laure Anthony posé sur le dessus de marbre rosé.

— Je l'ai ! s'écria-t-il d'une voix triomphante.

Mais il n'y avait pas de Jason à la lettre J. Le fait qu'il traite avec les trafiquants et les clients sous ce pseudonyme était un secret de Polichinelle. En utilisait-il un autre afin d'embrouiller la police ? Si c'était le cas, la chanteuse l'avait-elle noté sur son calepin ? L'existence de ce second nom d'emprunt était hypothétique mais, faute de piste sérieuse, le groupe devait enquêter dans cette direction.

— Demandez à Europe Télécoms de vous procurer les contrats d'abonnement des personnes figurant sur ce répertoire, ordonna Vidal. Je veux un rapport sur chacune d'elles.

— On en a pour des semaines, geignit Illouz.

— Tu as une meilleure idée ? rétorqua son chef. Non ? Alors, au boulot.

Le commissaire empocha son bloc-notes et son stylo.

— Quand le légiste aura terminé, apposez les scellés, conclut-il. On se retrouve au 36. (Il pivota vers Pelletier.) Allons-y.

3

Pelletier se gara en face du quai des Orfèvres, sur le parking réservé aux fonctionnaires de police. La pluie et la grêle se succédaient, martelant à tour de rôle le pare-brise.

— Le temps est pourri, comme le caractère des Parigots, se lamenta-t-il. Il y a des jours où le soleil de Marseille me manque terriblement.

— Le temps est partout le même en hiver.

— T'es bestiasse ou quoi ? Votre hiver et le nôtre sont aussi dissemblables qu'une infâme piquette et un grand bourgogne.

Vidal renonça à poursuivre cette discussion stérile. Après que Pelletier eut coupé le moteur, il descendit de voiture et se dirigea vers l'entrée du 36. Dans la guérite, un gardien de la paix dont le tour de garde prenait fin remettait son gilet pare-balles et son pistolet-mitrailleur à son remplaçant. Vidal les salua d'un signe de tête, franchit la porte cochère. Le porche débouchait sur la cour pavée où stationnaient les véhicules des grosses légumes. À gauche, se trouvait le bâtiment abritant les bureaux de la direction de la PJ et le prétoire de la cour d'appel – 1re, 13e et 20e chambres. Tandis que le commissaire empruntait l'escalier A, Pelletier le rattrapa.

Pour certains, l'immeuble de la PJ était sinistre et angoissant avec ses escaliers aux marches recouvertes de linoléum noir, ses couloirs sombres et ses locaux vétustes. Pour d'autres, il était littéralement habité par les âmes des enquêteurs et des malfaiteurs qui l'avaient parcouru depuis sa mise en service.

Vidal appartenait à cette seconde catégorie.

Les bureaux de la brigade criminelle et ceux des Stups occupaient les troisième, quatrième et cinquième étages. Pour y accéder, il fallait se présenter au poste de contrôle, une pièce verrouillée et protégée par un vitrage à l'épreuve des balles. Le brigadier-chef Hostier, un homme consciencieux et taciturne, filtrait les visiteurs. Vidal le pria d'ouvrir la porte qui faisait face à sa cellule de verre. Hostier s'exécuta avec un grognement.

Vidal échangeait une plaisanterie avec Pelletier quand une voix lança dans son dos :

— Eric ?

Le lieutenant Morin Briard, de la Criminelle, les rejoignit au pas de course. Son physique de catcheur lui valait le surnom de Lino, qu'il acceptait comme un compliment car il adorait Lino Ventura, ou celui de « Colossus », le super-héros aux muscles d'acier de la bande dessinée *X-Men*.

— Elie aimerait te voir, annonça-t-il.

Vidal eut une moue agacée.

— J'ai un rapport à taper. Dis-lui que je passerai en fin de matinée.

Briard grimaça, contrarié.

— Une affaire urgente, insista-t-il.

Vidal remua la tête d'un air las.

— Le Marseillais peut venir avec moi ?

— Pas de problème.

Le bureau du chef de groupe Elie Sagane se situait au troisième étage, à côté de celui du commissaire divisionnaire Dubreuil, le patron de la Crim. Colossus frappa un petit coup sec à la porte pour signaler leur présence et entra, imité par Vidal et Pelletier. Sagane abandonna la lecture d'un dossier en cours, retira les lunettes à monture d'écaille qu'il chaussait depuis peu et se leva pour leur serrer la main.

— Comment va ? Asseyez-vous.

Vidal promena son regard sur la vitrine installée dans un coin. Les objets exposés – tasses, briquets, porte-clés, tapis de souris, casquettes rouge et noir frappées du chardon, l'emblème de la Criminelle – étaient vendus par l'amicale de la brigade au profit des couples qui fêtaient un heureux événement et des enfants dont le père avait été tué en service commandé. Deux photos trônaient sur la tablette du haut. Sur la première, Vidal reconnut Sarah Duparc, la criminologue spécialiste de l'Extrême-Orient qui avait aidé Sagane à résoudre l'énigme du « Samouraï qui pleure ». Sur la seconde, Sage Gardella, dit l'Indien, escaladait en solo la façade d'un immeuble. Capitaine à la brigade de recherche et d'intervention du 36, il avait été abattu dans son appartement deux ans plus tôt. Le meurtrier courait toujours.

— Félicitations pour ta nomination, commandant, laissa tomber le Marseillais.

Sagane le remercia puis entra dans le vif du sujet :

— Hier matin, le corps d'une Black a été retrouvé dans une chambre d'hôtel, à Vitry-sur-Seine. (Il tendit à Vidal un jeu de clichés de l'Identité judiciaire.) La victime a été photographiée *in situ*.

À l'expression de son collègue Sagane comprit qu'il se demandait si ces atrocités avaient précédé ou suivi la mort. Il se renversa dans son fauteuil avec une profonde inspiration et lâcha :

— Son assassin l'a charcutée *après* lui avoir tiré une balle dans la tête.

— Afin de retarder son identification, ce fumier lui a vitriolé le visage et coupé le bout des doigts, compléta Briard avec un rictus haineux.

Sagane afficha une mine de circonstance.

— En arrivant sur les lieux, j'ai cru que cette boucherie était l'œuvre d'un psychopathe. Le lieutenant Lorenzi, qui a bossé quatre ans aux Stups, m'a expliqué que certains dealers n'hésitaient pas à buter les passeurs souffrant d'une occlusion intestinale et à leur ouvrir l'abdomen pour récupérer la came. Bref, j'ai pensé que cette affaire pouvait t'intéresser.

Vidal posa les photos sur le bureau.

— Désolé, je travaille à plein temps sur le dossier Jason, dit-il d'une voix lasse. Refile le bébé au groupe Fhima. Ils tournent en rond depuis la saisie de deux cents kilos de cannabis dans ce pavillon de la Seine-Saint-Denis.

Le Marseillais eut envie de prendre la parole mais le soupir de son supérieur l'en dissuada. Sagane se leva, fouilla dans le premier compartiment d'un classeur métallique. Il revint sur ses pas et, sans prévenir, lança une pochette en plastique à Vidal qui l'attrapa au vol.

— Ceci prouve que Jason a trempé dans ce meurtre, décréta l'officier de la Crim.

Vidal et Pelletier identifièrent sur-le-champ la poudre bleue contenue dans le sachet.

— Son réseau réceptionne tous les lots de Bethsabée en provenance des îles, poursuivit Sagane. J'en déduis que cette pauvre fille avait rendez-vous avec lui ou avec l'un de ses hommes.

L'avidité brilla dans les yeux de Vidal.

— Quelqu'un l'a peut-être vu, s'enthousiasma-t-il.

— On a interrogé les employés de l'hôtel et les clients qui occupaient une chambre au moment des faits, sans succès.

— Je présume que cette Grande Bleue était dans la piaule de la victime, intervint Pelletier en montrant la pochette.

Sagane acquiesça.

— Le type qui a récupéré les doses a commis une erreur en les lavant dans le lavabo de la salle de bains, expliqua-t-il. L'une d'elles a éclaté pendant le décrassage. La dope a été emportée par l'eau du robinet avant que le gars réagisse. Les techniciens de la PTS ont dû démonter le tuyau d'évacuation pour en prélever quelques grammes. L'analyse pratiquée en laboratoire a mis en relief la molécule chimique de Bethsabée. (Il se rassit, joignit les doigts et fixa Vidal.) Tu as déclaré la guerre à Jason, non ? Saisis la balle au bond. Tu langes le mouflet ou je rancarde Fhima ?

Le regard de Vidal pétillait d'excitation.

— D'accord.

Le Marseillais manifesta sa satisfaction par un reniflement. Son chef s'empara du rapport, le feuilleta.

— On a déniché un objet insolite sur la scène du crime, fit Sagane.

Vidal dressa la tête.

— Lequel ?

Sagane lui remit un sachet sur lequel était écrit : *Pièce C6/FJ/78 – Hôtel Barberousse, chambre 34.*

Vidal éprouva la souplesse du petit rectangle blanc à travers le plastique.

— Qu'est-ce que c'est ?

— Une éponge hémostatique destinée à stopper les saignements de nez et à traiter les plaies superficielles, répondit Briard. Elle traînait sur la moquette. Sa composition – de la gélatine d'origine porcine – nous a permis de remonter jusqu'au fabricant. (Il consulta le rapport du responsable de la section biologie moléculaire de la PTS.) Le groupe Chasnard. Le siège social est à Strasbourg.

— Elle sera tombée du sac de la victime, conjectura Vidal.

Sagane rejeta cette éventualité d'un geste.

— Nous avons fouillé sa valise, certains d'y trouver une boîte : celles qu'on vend en pharmacie contiennent cinq éponges. Mais on a fait chou blanc.

Cependant que Vidal s'abîmait dans ses pensées, Pelletier émit une hypothèse :

— Elle appartient peut-être à un membre du personnel de l'hôtel.

— On les a tous cuisinés, continua Sagane en se balançant sur sa chaise. Aucun d'eux n'utilise ce produit.

— Un client ? essaya encore Pelletier.

— Possible, concéda Sagane.

— À moins que le tueur l'ait paumée, avança Vidal avec fébrilité. Les gars du labo ont réussi à déterminer une empreinte génétique ?

— L'éponge était encore emballée quand nous l'avons dégotée, soupira Sagane. Un conditionnement stérile, bien entendu. Avant de l'égarer, son propriétaire devait la manipuler avec des gants car il n'y a pas d'empreinte digitale sur le film plastique.

Vidal gonfla les joues d'un air déconcerté. Sagane lâcha le trombone qu'il tortillait et lui demanda :

— Tu veux une copie du dossier ?

— Volontiers.

Sagane inséra une disquette dans son ordinateur portable, l'ouvrit puis sélectionna l'icône de l'imprimante. Succédant au texte, rébarbatif à souhait, les photos prises pendant l'autopsie défilèrent sur l'écran. Lorsque le numéro d'enregistrement de la victime apparut, étiqueté à sa cheville, un sourire étira les lèvres de Briard. En lisant « 2236 », Vidal comprit le pourquoi de cette manifestation incongrue. « 22 » correspondait à l'expression « vingt-deux, v'là les flics ! » ; « 36 » évoquait le quai des Orfèvres.

Alors que Sagane remettait les feuilles au commissaire, le téléphone sonna. Il s'excusa, décrocha le combiné. La voix de René Barrodier, le gardien de la paix qui surveillait l'entrée du quai des Orfèvres, jaillit de l'écouteur :

— Un monsieur désire vous voir, commandant.

— Quel est son nom ?

— Guy Hurbon. Il prétend avoir des révélations à vous faire.

— Un instant, René, souffla Sagane. Je termine avec un collègue et je vous reprends. (Il couvrit le microphone de sa main et murmura à l'intention de Vidal :) On se voit plus tard.

Vidal et Pelletier le remercièrent puis quittèrent la pièce.

Le bureau de Vidal se trouvait au quatrième étage. Depuis qu'il avait effectué une mission à Kinshasa, une reproduction de la couverture de *Tintin au Congo* était accrochée à la porte. Le lieutenant Illouz avait eu la bonne idée – et le talent – d'effacer le personnage d'Hergé, de dessiner Vidal à la place et de substituer Eric à Tintin.

Des affiches des films *Heat* et *Blade Runner* étaient collées sur un mur, les articles de presse relatant les exploits du groupe scotchés à un panneau, au-dessus d'un canapé en cuir noir. Les distinctions obtenues par Vidal au cours de sa jeune carrière, dont le certificat du Stage européen de lutte contre le crime organisé, décerné par le directeur de la police judiciaire, occupaient deux étagères de la vitrine.

— Qu'est-ce que cette éponge hémostatique vient faire dans l'histoire ? pesta Vidal.

— Jason est un homme pragmatique, énonça Pelletier sur le ton de la plaisanterie. Il sait que sur le terrain il peut se couper ou recevoir des gnons en pleine tronche.

Vidal lui assena une tape sur le crâne avec l'expression du père agacé par les blagues de son fils.

— Va me chercher un café au lieu de dire des âneries.

Pelletier revint cinq minutes plus tard avec un gobelet en plastique fumant qu'il tendit à son supérieur.

— Cette enquête me prend la tête, se plaignit le commissaire en s'installant sur le canapé. On a besoin de se changer les idées. (Son équipier opina du chef et s'assit sur une chaise, face à lui.) Comment s'appelle le restaurant italien que Suzy Kaplan nous a recommandé ?

— La Trattoria del forno, articula Pelletier en roulant les « r ». On peut y aller après le boulot si tu veux.

Vidal se gratta la tempe d'un air intrigué.

— Claudine te lâche la bride maintenant ?

La dernière conquête de Pelletier était attachée de presse dans une grande maison d'édition. Il l'avait rencontrée cinq mois auparavant, par l'entremise d'un ami commun. Amoureux, il n'avait pas tardé à lui proposer d'emménager dans son appartement situé rue de Moscou, dans le VIIIe arrondissement. Jeune, d'une jalousie maladive, Claudine se comportait en épouse et chapitrait vertement le Marseillais chaque fois qu'il se retournait sur le passage d'une jolie femme ou qu'il sortait sans elle le soir. Les locataires de l'immeuble en avaient soupé de leurs disputes assorties de cris, de claquements de portes et d'assiettes brisées.

— Nous ne sommes plus ensemble, repartit le capitaine avec amertume.

Cette réponse mit Vidal dans l'embarras.

— Je l'ignorais, excuse-moi.

— Je l'ai larguée avant-hier, expliqua Pelletier. Elle m'étouffait.

Vidal détendait l'atmosphère en alternant propos grivois et mots d'esprit quand une voix familière lança derrière lui :

— Eric ?

Elie Sagane se tenait dans l'encadrement de la porte. Il se déplaça vers la droite pour laisser passer l'homme qui l'accompagnait, un Noir de taille moyenne, et entra à son tour.

— Je te présente Guy Hurbon, continua-t-il avec fébrilité.

La trentaine, le crâne rasé et le regard effronté des petits caïds de banlieue, Hurbon portait un survêtement bleu à rayures blanches et arborait des baskets délacées. Pelletier trouva qu'il ressemblait à l'acteur américain Will Smith.

— M. Hurbon vient de La Désirade, fit Sagane à l'adresse du commissaire. Ce qu'il sait peut t'aider à clore le dossier Jason.

Il invita le Black à s'asseoir et l'encouragea à entretenir Vidal de la raison de sa présence au 36 :

— Répétez à mon collègue ce que vous m'avez dit dans mon bureau.

Hurbon déglutit.

— Julia était ma sœur, articula-t-il en tâchant de contenir son émotion.

— Qui est Julia ? interrogea Vidal qui balançait entre l'exaltation et l'impatience.

Hurbon tira une cigarette du paquet glissé dans la poche de son jogging.

— Je peux en griller une ?

Vidal acquiesça d'un hochement de tête.

— Vous n'avez pas répondu à ma question, insista-t-il avec une pointe d'agressivité.

Hurbon aspira une bouffée pour se donner une contenance puis s'exécuta :

— C'est elle, le cadavre de l'hôtel Barberousse.

Vidal l'observa avec circonspection. Chaque jour, les officiers de police judiciaire recevaient la visite de gus plus ou moins piqués qui désiraient attirer l'attention sur eux. Certains prétendaient détenir des informations capitales sur des affaires en cours, d'autres s'accusaient de meurtres qu'ils n'avaient pas commis.

Vidal était passé maître dans l'art de confondre ce type d'individus.

— Tu lui as montré les clichés de l'Identité judiciaire ? demanda-t-il à Sagane.

— Oui.

Vidal se tourna vers Hurbon et l'attaqua de front :

— Comment avez-vous pu l'identifier ? Elle avait le visage en lambeaux et les tripes à l'air. Sa propre mère ne la reconnaîtrait pas.

La tristesse et la colère se succédèrent sur la face de Hurbon.

— Je savais que c'était elle bien avant de voir ces

maudites photos, gronda-t-il, la mine courroucée et les poings fermés comme un boxeur qui s'apprête à cogner son adversaire.

— Vous avez des dons extralucides ? poursuivit Vidal avec amusement.

— Notre temps est précieux, monsieur Hurbon, intervint Sagane qui s'était tenu en retrait jusqu'ici. Allez droit au but, s'il vous plaît.

Hurbon finit sa clope. Pelletier lui apporta un cendrier.

— Il y a deux jours, Julia a quitté la Guadeloupe pour Paris avec un kilo de Grande Bleue dans le ventre, raconta l'Antillais avec tristesse.

— Vous saviez qu'elle passait de la drogue ? s'étonna Vidal.

— Nous n'avions pas de secret l'un pour l'autre.

— Vous laissiez votre sœur risquer sa vie ? s'offusqua Pelletier.

— J'ai essayé plusieurs fois de la ramener à la raison, souffla Hurbon sur le ton de la lamentation. Elle ne voulait rien entendre. Elle était sous la coupe de Robert.

— Robert ?

— Robert Matine, son fiancé, lâcha Hurbon du bout des lèvres. C'est lui qui l'a entraînée dans cette histoire. Je peux continuer ? demanda-t-il à Vidal qui hocha la tête en signe d'approbation. Il était prévu qu'elle expulse la marchandise à l'hôtel Barberousse, qu'elle la remette au grossiste local et qu'ensuite elle regagne l'aéroport. Elle avait une place réservée sur le dernier vol à destination du Raizet. (Il se massa les genoux avec une nervosité compulsive.) Elle devait me téléphoner avant d'embarquer. Je n'ai jamais reçu son coup de fil. N'arrivant pas à la contacter, je suis parti pour la capitale.

Vidal attrapa le gobelet sur l'accoudoir du canapé, avala le café froid sans grimacer.

— Quand ? questionna-t-il.

— Hier soir, repartit Hurbon, la figure défaite par le chagrin.

— Dans quel but ?

— Découvrir ce qui lui était arrivé.

— À quel moment avez-vous appris sa mort ?

Hurbon déplia le journal qu'il avait à la main et le tendit à Vidal.

— Ce quotidien se trouvait dans l'avion.

Vidal parcourut l'entrefilet surligné au feutre jaune :

VOYAGE AU BOUT DE L'ENFER

Le corps d'une passeuse de Grande Bleue a été retrouvé dans un hôtel de Vitry-sur-Seine. Après avoir récupéré les doses que la jeune femme avait ingurgitées, l'assassin l'a mutilée de façon à empêcher son identification.

— Votre témoignage est intéressant, concéda Vidal. Toutefois, il ne fera pas progresser mon enquête.

— J'ignore à quoi ressemble le grossiste avec qui Julia avait rendez-vous, mais je connais son nom, rétorqua Hurbon avec une dureté proportionnelle à celle du commissaire. Enfin, son nom de code.

— Quel est-il ?

— Jason.

Vidal le fixa comme s'il venait de faire une déclaration du plus haut intérêt.

— Que savez-vous au juste sur ce Jason ?

Hurbon le regarda dans le blanc des yeux.

— Je sais où il sera à minuit.

Sagane lança un coup d'œil à Vidal où se lisait la certitude d'avoir tapé dans le mille.

— Et où sera-t-il ? intervint Pelletier.

— À Créteil, répliqua Hurbon. Matine doit lui remettre cinq kilos de cocaïne cristal.

La perspective d'agrafer Jason donna un coup de fouet à Vidal, qui enchaîna :

— Quel endroit précisément ?

— Le préau du lycée Léon-Blum, l'éclaira Hurbon avec la plus parfaite assurance.

Vidal jaugea l'informateur, tiraillé entre l'emballement et le doute.

— De qui tenez-vous ces renseignements ? finit-il par s'enquérir.

— Disons que j'ai mes sources.

Pelletier se leva avec un soupir, dirigea ses pas vers la fenêtre.

— Si j'étais vous, je serais plus explicite. Nous pourrions penser que vous avez des accointances avec la pègre et vous placer en garde à vue pour tenter d'en savoir plus.

Hurbon eut un petit rire.

— Je vous apporte la tête de cette ordure sur un plateau et vous m'emmerdez avec vos questions à la con, se défendit-il avec une note d'exaspération dans la voix. Vous croyez que je serais venu vous voir si j'avais quelque chose à me reprocher ? Je ne suis pas fiché, je ne me suis jamais frotté à la police. Vérifiez, si vous avez du temps à perdre.

Vidal croisa les bras et plissa le front, comme s'il étudiait cette suggestion.

— En donnant Matine et Jason, vous faites d'une pierre deux coups, formula-t-il.

Hurbon planta ses yeux humides dans les siens.

— Ils sont responsables de la mort de ma sœur. Il faut qu'ils payent.

— Vous avez très bien pu inventer toute cette histoire, renchérit le commissaire.

Hurbon renifla d'un air crispé.

— Je vous ai dit la vérité, protesta-t-il.

Pelletier revint vers son chef.

— Je suis d'avis de tenter le coup. À toi de décider.

Vidal hésita avant de déclarer ses intentions :

— Nous allons dresser une souricière. Préviens les autres.

Sagane indiqua le Black du menton.

— Et lui ? demanda-t-il tout en mâchouillant la branche de ses lunettes.

Silencieux, Hurbon regardait dans le vague.

— J'aimerais que vous restiez sur Paris le temps que nous réglions cette affaire, lui recommanda Vidal.

— Cela va de soi, soupira Hurbon. Je ne rentrerai chez moi qu'avec votre accord, assura-t-il.

— Où comptez-vous loger ?

— Je serai à l'hôtel Alligator, répondit Hurbon. Rue des Chaufourniers, dans le XIXe arrondissement.

Vidal posa une main sur son épaule et prononça avec une intonation apitoyée :

— Vous pouvez partir. Je vous appellerai quand nous les aurons arrêtés.

4

Après avoir informé ses hommes de la situation et réglé les derniers détails de l'opération baptisée « Faucon maltais », Vidal quitta le quai des Orfèvres vers quinze heures quarante-cinq. Il avait rendez-vous avec un être cher et il ne tenait pas à ce que Pelletier l'accompagne, aussi prit-il sa voiture de fonction, une Volkswagen sable.

Sur la route, il introduisit dans l'autoradio la cassette de *Nabucco* de Verdi, l'avança jusqu'au chœur *« Va, pensiero »* et augmenta le volume. Au plus fort du désespoir, Tessa écoutait ce morceau en boucle.

Le commissaire éteignit le poste en atteignant le XVᵉ arrondissement. Il s'arrêta rue des Cévennes pour acheter un bouquet de fleurs puis fila en direction du cimetière de Vaugirard, la gorge nouée. Une fois devant elle, réussirait-il à lui parler ? L'année précédente, il avait ressenti une émotion telle qu'il n'avait pas eu le courage de franchir l'entrée du cimetière. Dans un état second, il s'était réfugié dans un café de la rue Lecourbe. Imbibé, il était resté prostré sur une chaise jusqu'à ce que Claire l'appelle sur son portable. Comprenant au son de sa voix que son compagnon était ivre, la jeune femme lui avait soutiré l'adresse de l'établissement et s'était aussitôt rendue sur place. Dès que Vidal avait dessoûlé, elle l'avait menacé de le plaquer si jamais il recommençait à boire.

Il avait juré ses grands dieux qu'il ne toucherait plus à l'alcool.

Il n'avait pas tenu parole.

Tremblant d'appréhension, le policier emprunta l'allée qui menait à la tombe de Tessa. Assourdi par les battements de son cœur, il n'entendait pas le bruissement de l'averse ni la voix chevrotante du vieil homme qui, debout devant une dalle funéraire sillonnée de lézardes, racontait ses mésaventures à sa défunte épouse. Les cheveux et le visage dégoulinant d'eau de pluie, Vidal s'agenouilla et déposa les fleurs sur la pierre tombale fissurée par endroits. L'épitaphe suivante était gravée dans le marbre :

CI-GÎT TESSA, NOTRE FILLE ADORÉE

Cela faisait deux ans, jour pour jour, que Tessa était morte.

Les larmes de Vidal se mélangèrent à la pluie lorsqu'il articula :

— Pardonne-moi.

Un quart d'heure plus tard, il gagna un bar de l'avenue Félix-Faure.

Il s'installa au comptoir, commanda un whisky-soda qu'il but à longs traits. Le garçon lui servait un autre verre quand un type dans son dos lança sur le ton de la réprimande :

— Je croyais que t'avais arrêté tes conneries.

D'un air hérissé, Vidal le regarda grimper sur le tabouret voisin du sien. L'importun demanda un express serré au serveur et attendit qu'il s'éloigne pour poursuivre :

— Claire sait que tu as replongé ?

— Occupe-toi de tes oignons, ronchonna Vidal.

— Je viens en ami, énonça l'autre tandis que le barman posait l'expresso devant lui. Laisse-moi t'aider, Eric.

Vidal avala une gorgée de whisky avant de lâcher, le ton hargneux et l'œil torve :

— Remballe ta leçon de morale et débarrasse-moi le plancher.

Pelletier ôta sa casquette et baissa la fermeture Éclair de sa parka pour signifier à son supérieur qu'il n'obtempérerait pas. Il jeta un sucre dans sa tasse et interrogea avec une agressivité contenue :

— Quel est le programme ? Tu comptes te beurrer la gueule et rentrer au bercail en titubant, comme la dernière fois ?

Vidal devina qu'il faisait allusion au soir où Claire l'avait ramassé dans le troquet de la rue Lecourbe.

— C'est Claire qui t'envoie ? rouspéta-t-il comme un vieux grincheux.

Le Marseillais se garda de lui dire que la jeune femme l'avait chargé de le surveiller.

— Non, répondit-il avec une spontanéité mâtinée de candeur qui ôta ses soupçons à Vidal. Je me suis bilé lorsque tu as quitté le 36 en catimini, après le briefing sur l'intervention de cette nuit. Je me doutais que tu te rendais au cimetière pour l'anniversaire de la mort de Tessa.

Les traits du commissaire étaient détendus, mais ses yeux brillaient de défiance.

— Tu étais au cimetière ?

— Je t'ai attendu à la sortie, s'empressa de préciser Pelletier.

Vidal comprit à son expression qu'il mentait mais ne releva pas.

— Tu n'es pas responsable de la mort de ta fille, continua son collègue avec conviction et sincérité.

Vidal ne put retenir une moue dubitative.

— Je n'étais jamais là quand elle avait besoin de moi, se lamenta-t-il en buvant une lampée de whisky.

— On ne peut pas empêcher une personne de se suicider, objecta Pelletier d'un ton compatissant mais ferme.

Offusqué par une telle affirmation, son chef lui décocha un regard plein de sévérité et rétorqua d'une voix forte et réprobatrice :

— Tu parles sans savoir ! Elle s'est tuée parce que je l'ai abandonnée !

Ce coup de semonce éveilla l'intérêt des piliers de bar qui devisaient du match de foot de la veille au soir, une chope de bière dans une main et une cigarette dans l'autre. Vidal se tut en constatant que tous les regards convergeaient sur lui. Cependant que les clients se remettaient à jacasser, il songea au passé.

Il avait connu Karine alors qu'il était encore étudiant. Il avait vingt ans, elle, dix-neuf. Huit mois plus tard, Karine était tombée enceinte. Leurs parents respectifs les avaient exhortés à passer devant le maire avant la naissance de Tessa. Entre-temps, Vidal s'était engagé dans la police. Guère concerné par ses obligations d'époux et de père, il avait négligé sa famille. Karine avait sonné le glas de leur mariage en demandant le divorce ainsi que la garde de leur fille. Tessa venait d'avoir treize ans. En pleine crise d'adolescence, elle vivait mal la séparation de ses parents et souffrait d'anorexie mentale. Durant cette période, Vidal s'était laissé accaparer par son travail. Il voyait Tessa en coup de vent. Un matin d'hiver, celle-ci s'était jetée sous le métro. Depuis, Karine entretenait le sentiment de culpabilité de Vidal à grand renfort de reproches.

Sans son boulot, le commissaire n'aurait pas survécu à ce drame.

— Les mois qui ont suivi sa disparition, j'ai erré comme un zombie, dit-il d'une voix ténue. Pour dormir quatre heures d'affilée, j'avalais du Thémonal. Je prenais six comprimés de Lanthiol par jour pour faire baisser ma tension. J'avais des maux de tête si violents que je m'injectais des antimigraineux sans me soucier des contre-indications. (Il ferma les yeux et pinça la bouche d'un air consterné.) J'ai souvent eu envie de… la rejoindre. (Il inspira profondément.) Et puis un matin, j'ai balancé toutes ces saloperies à la poubelle. Enfin, presque toutes : comme je n'arrive pas à pioncer, je me tape un cachet de Somnifex chaque soir avant de me coucher.

Pelletier termina son café et observa d'un ton préoccupé :

— Tu donnais l'impression d'aller mieux. Je commençais à croire que ta thérapie avait porté ses fruits.

— Ma thérapie ! s'esclaffa Vidal. Claire s'est trompée sur toute la ligne !

Consciente que la perte de sa fille avait ravagé son compagnon, Claire avait bataillé ferme pour qu'il consulte un psy une fois par semaine. Vidal avait explosé au beau milieu de la troisième séance. Exaspéré par les balivernes du spécialiste, il était parti en claquant la porte.

Le Marseillais désigna du menton le whisky-soda bien entamé.

— Te remettre à boire ne résoudra pas tes problèmes.

— Je contrôle la situation, déclara Vidal avec emphase. Je consomme avec modération. (Il entoura le verre de ses mains, comme s'il redoutait que son équipier ne s'en empare.) J'ai trouvé le moyen de ne pas penser à Tessa vingt-quatre heures sur vingt-quatre.

Pelletier feignit de ne pas le connaître.

— Lequel ?

Le nez du commissaire se plissa sous l'effet de l'exécration.

— Jason, répliqua-t-il. L'arrestation de cet enfant de putain est devenue une obsession. Pis, une raison de vivre.

— Et s'il nous échappe ? s'enquit Pelletier.

— Nous finirons par l'avoir, rétorqua Vidal d'un ton péremptoire. Si tu n'en es pas convaincu, remplis une demande de mutation. (Il resta silencieux un moment.) Quand Tess avait neuf ans, je l'ai emmenée à Eurodisney. Une journée incroyable. Alors que nous visitions la cabane de Robinson, elle m'a dit une chose que je n'oublierai jamais : « Quel effet ça fait de voir ses rêves se réaliser ? » Je n'ai pas su quoi lui répondre. J'aimerais tant la revoir une dernière fois, lui parler, la toucher.

Le mobile de Pelletier piaula dans la poche de sa parka. Le capitaine s'entretint quelques instants avec son correspondant, raccrocha puis annonça à Vidal :

— Le dispositif est en place. Les autres nous attendent devant le lycée Léon-Blum.

Vidal l'agrippa par le bras.

— Je n'aurais pas dû me laisser aller, confessa-t-il en

montrant son verre. Je compte sur toi pour ne rien dire à Claire.

Après une brève hésitation, Pelletier acquiesça.

— Si tu veilles à ce que cela ne se reproduise plus, je serai muet comme une tombe.

5

Le lycée Léon-Blum se trouvait à une dizaine de mètres du lac de Créteil.

Afin de ne pas éveiller la curiosité des habitants du quartier, Vidal avait adopté le stratagème du cheval de Troie : le commissaire, Pelletier et Picard planquaient dans une camionnette de location stationnée en face de l'établissement, rue Jean-Gabin ; postés sur le parking de l'hôtel Danaos, Jarry, Illouz et Joseph Bonada surveillaient la cible à bord d'une Alfa Romeo banalisée. Bien qu'il approchât de la cinquantaine, Bonada était le plus téméraire de l'équipe et n'hésitait pas à courser les fuyards, l'arme au poing. Il était baptisé l'Accoucheur, car son taux de réussite à l'épreuve de l'interrogatoire flirtait avec les quatre-vingt-dix pour cent.

Le groupe était en place depuis la tombée de la nuit. Il faisait un froid de canard et l'air humide laissait présager de la pluie. Dans les véhicules, les toussotements succédaient aux éternuements. Hormis un type encapuchonné qui avait tagué la carrosserie d'une

Mercedes garée devant la préfecture et une bande d'ados qui s'étaient réfugiés sous le préau du bahut pour rouler et fumer des joints, les policiers n'avaient vu personne.

Assis à l'arrière de la fourgonnette, Vidal donnait des signes d'impatience. Il appuya sur le remontoir pour éclairer sa montre : minuit moins vingt. Sur la banquette avant, Pelletier conversait avec Illouz par le biais de la radio portable et Picard survolait la manchette du journal du soir :

UNE ÉTOILE S'EST ÉTEINTE

À la tête d'une fortune estimée à soixante millions d'euros, Laure Anthony collectionnait les tubes, les récompenses et les amants. Le conte de fées a pris fin cette nuit : la star est morte d'une overdose de Grande Bleue dans la solitude de son hôtel particulier.

Picard reposa le quotidien sur le tableau de bord et s'enquit subitement :

— Quelqu'un veut un remontant ?

Il n'attendit pas la réponse de ses collègues pour ramasser la Thermos sur le plancher, la déboucher et verser un peu de café dans trois timbales. Le Marseillais interrompit la discussion qu'il avait engagée avec Illouz pour prendre le gobelet qu'il lui tendait et le remercier. Vidal remua la main en direction de Picard qui se levait pour lui apporter le sien, le stoppant dans son élan :

— Plus tard.

Picard se rassit sans piper mais Vidal comprit que son refus l'avait désobligé. De tous les membres de l'équipe, Roland Picard était celui qu'il appréciait le moins. Il lui reprochait son caractère trop entier et son incapacité à s'intégrer au groupe. Si le capitaine n'avait pas excellé dans son travail, il l'aurait sûrement remplacé. Comme son supérieur gardait ses distances, Picard agissait de même et continuait de le vouvoyer.

Tandis que Pelletier vantait le café de Picard, Vidal appela Claire. La jeune femme répondit au bout de cinq sonneries.

— Comment vas-tu, ma puce ?

— Bien.

— Qu'est-ce que tu fais ?

— Je regarde un film sur le câble.

— Lequel ?

— *La Nuit*, d'Antonioni.

— Bon film.

— Excellent. Tu as vu Tessa ?

Vidal déglutit avant de repartir :

— Oui. C'était encore plus dur que l'année dernière.

— Tu as tenu tes vieux démons à l'écart ?

L'idée de mentir révulsait le commissaire, mais il était persuadé que sa compagne deviendrait hystérique si elle apprenait qu'il avait rechuté.

— Je n'ai pas bu une goutte, lâcha-t-il avec une grimace.

— Je suis fière de toi.

Craignant qu'elle ne s'étende sur le sujet, Vidal décida de clore la conversation.

— Ne m'attends pas, je rentrerai à l'aube.

— Sois prudent, Eric. Je t'aime.

— Moi aussi.

En raccrochant, il songea à leur histoire d'amour. Il avait fait la connaissance de Claire un an et demi auparavant, lors d'un vernissage. Tessa était morte depuis peu et il était au bout du rouleau. Claire venait d'accepter l'emploi de costumière que lui offrait Eva, sa marraine.

Plus « célibattante » que célibataire, elle plaçait sa carrière au-dessus de tout et rejetait en bloc les amourettes avec les collègues de bureau ainsi que les batifolages avec les hommes mariés rencontrés dans les dîners entre amis. Au cours de la soirée, l'un des invités l'avait comparée au miel sur le tranchant de la lame. « La langue qui cède à l'appel du sucre finit toujours par se couper », avait-il plaisanté.

Contre toute attente, Vidal avait su la charmer.

Ils étaient partis ensemble et ne s'étaient plus quittés.

— Minuit dix, lança Pelletier alors que le commissaire rêvassait. Ils sont en retard.

— Ils vont arriver, décréta Vidal. Ouvrez l'œil.

Deux heures et quatre fausses alertes plus tard, il se résigna à mettre un terme à l'opération. Tandis que Picard saisissait la radio pour avertir le reste de l'équipe, il fit coulisser la portière latérale de la camionnette d'un geste énervé et bondit sur la chaussée, une cigarette au bec. Le Marseillais ne tarda pas à le rejoindre.

— Jason sait que nous sommes ici, énonça Vidal. Quelqu'un nous a mouchardés.

L'expression de Pelletier indiquait qu'il était loin d'adhérer à cette explication.

— Hurbon aura menti.

— Possible, admit Vidal en frottant ses yeux fatigués.

— On devrait l'interroger, insista son équipier.

Vidal renonça à allumer la clope et la rangea dans le paquet qui dépassait de la poche de son blouson en cuir.

— File-moi les clés, commanda-t-il à Picard qui se ramenait. Je plie bagage.

— Et nous ? se formalisa le capitaine. On rentre comment ?

Son chef lui arracha le trousseau des mains, grimpa dans la fourgonnette et mit le moteur en marche.

— Illouz se fera un plaisir de vous raccompagner, s'écria-t-il en appuyant sur le champignon.

Vidal stationna en double file, rue des Chaufourniers, descendit de la camionnette puis s'engouffra dans l'hôtel Alligator, le visage renfrogné et la démarche menaçante. Sans ralentir le pas, il montra sa carte au réceptionniste et prit connaissance du numéro de chambre de Guy Hurbon.

— Inutile de m'annoncer, laissa-t-il tomber d'un ton sans réplique.

L'ascenseur stoppa au troisième étage avec un chuintement. Vidal s'immobilisa devant la chambre 39, tendit l'oreille. Le son d'un poste de télévision lui parvint, assourdi. Après qu'il eut frappé à la porte, une voix s'éleva dans la pièce :

— Oui ?

— Je suis le directeur de l'hôtel, monsieur, commença Vidal en s'efforçant de modifier le timbre de sa voix. Je suis désolé de vous déranger à une heure aussi tardive, mais certains de nos clients se plaignent du bruit.

À peine Hurbon eut-il ouvert que Vidal lui enserra le cou de sa main, le poussa dans la chambre et le plaqua sans ménagement contre le mur opposé.

— Tu m'as menti, petite ordure ! s'écria-t-il en lui décochant un regard féroce.

L'homme se débattit comme un possédé pour se libérer, en pure perte. Il renonça à résister et articula :

— On se tutoie maintenant ? Qu'est-ce qui vous prend ?

Les yeux du flic flamboyèrent.

— Nous avons poireauté sur place pendant plus de deux heures ! éructa-t-il, incapable de recouvrer son sang-froid. Matine et Jason ne sont jamais venus !

Hurbon dressa les paumes en signe d'apaisement.

— Réfléchissez ! se défendit-il, essoufflé comme s'il avait piqué un cent mètres. Je ne vous aurais pas attendu ici bien sagement si j'avais voulu vous entuber !

Vidal ravala les injures qu'il s'apprêtait à vomir.

— Où se cache ce Robert Matine ? s'enquit-il d'un ton empreint d'animosité.

— Je l'ignore, rétorqua Hurbon avec une agressivité égale à la sienne.

La bouche grimaçante, Vidal exerça une pression sur sa gorge.

— Donne-moi son adresse ! gronda-t-il.

Bien qu'il suffoquât, le Black parvint à gémir :

— Vous... me faites... mal. (Vidal desserra sa prise afin qu'il puisse reprendre son souffle et parler intelligiblement.) Il vit sur l'île de Saint-Martin. Je pensais qu'il avait peut-être des nouvelles de ma sœur, alors je me suis rendu à son domicile avant d'embarquer pour la France. L'appart était vide. Ce salaud avait détalé au triple galop après avoir appris ce qui était arrivé à Julia.

— Qui t'a tuyauté pour ce soir ? continua le commissaire sans se départir de sa froideur.

Hurbon soupira d'un air harassé.

— Julia habitait chez Matine, expliqua-t-il. Il y a une dizaine de jours, je suis passé la prendre pour l'accompagner à son cours de danse. Comme elle n'était pas prête, elle m'a demandé de l'attendre dans le salon. Matine était dans la cuisine, au téléphone avec Jason. Ils causaient du rendez-vous de cette nuit.

— Il ne s'est pas aperçu que tu écoutais leur conversation ?

— Non.

Les sourcils de Vidal se froncèrent et ses traits se durcirent.

— N'importe qui pouvait être à l'autre bout du fil, objecta-t-il. Comment peux-tu affirmer qu'il s'agissait de Jason ?

— Parce que Matine a prononcé son nom à deux reprises.

La colère de Vidal retomba d'un coup. Confus de sa méprise, il lâcha la gorge du jeune homme. Ce dernier rajusta son survêtement, baissa le volume du téléviseur puis alluma une cigarette.

— Jason savait que nous planquions devant le lycée, dit Vidal. Tu as parlé de ce rancard à quelqu'un d'autre ?

Hurbon secoua énergiquement la tête.

— Je vous jure que non, déclara-t-il.

Enclin à le croire, le policier se dirigea vers la porte.

— Je peux encore avoir besoin de toi. Ne quitte pas la ville.

Hurbon grommela une insulte entre ses dents.

Vidal feignit de ne pas l'avoir entendue et sortit.

Sur la route, le mobile du commissaire égrena les notes de *Sympathy for the Devil* des Rolling Stones. Il pressa une touche du clavier dans la foulée et plaqua l'écouteur sur son oreille.

— Vidal, j'écoute, maugréa-t-il avant que son correspondant puisse parler.

— Comment va le flic le plus sexy de la ville ? demanda une femme qu'il identifia aussitôt.

— Tu tombes mal, Flo, grogna-t-il d'un air oppressé. Il est trois heures du mat, je sors d'une planque merdique et je suis vanné. Je rentre dormir. Appelle-moi demain.

Florence Sebbag, prostituée de son état, était l'informatrice attitrée de Vidal depuis quatre ans. Son histoire était tristement banale. Enfant de la DDASS, elle avait vécu dans un quartier malfamé de la banlieue lyonnaise jusqu'à sa majorité. Le jour de ses dix-huit printemps, elle avait tout plaqué pour accompagner l'homme de sa vie à Paris. Dès leur arrivée, son petit ami s'était débarrassé de sa panoplie de prince charmant et l'avait mise sur le trottoir. Les insultes et les coups avaient remplacé les mots doux et les caresses. Vidal travaillait avec Florence pour deux raisons : elle connaissait bien le milieu et ne touchait pas à la drogue.

— Dommage, j'ai un super-tuyau, l'appâta la fille de la rue.

Vidal mit son clignotant, accéléra pour doubler un camion-citerne.

— Tu as gagné, céda-t-il dans un soupir. De quoi s'agit-il ?

Le souffle de l'indic s'amplifia, comme si elle avait collé ses lèvres au microphone pour chuchoter un secret à l'oreille de Vidal.

— Les journalistes racontent des conneries, répondit-elle d'une voix murmurante.

— À quel sujet ?

— Laure Anthony n'était pas seule la nuit où Bethsabée l'a tuée.

Sous l'emprise de l'excitation, le policier s'écarta de sa direction. Un coup de Klaxon le rappela à l'ordre et il se plaça sur la voie de droite pour laisser passer le râleur.

— Qui était avec cllc ?

Le bruit d'un capuchon de briquet que l'on referme résonna dans l'écouteur et Florence susurra :

— Je te le dirai quand tu seras là.

— J'arrive.

Vidal coupa la communication, enclencha la quatrième d'un geste vigoureux et déboîta, pied au plancher.

Vidal se gara boulevard de Sébastopol et gagna au trot la rue Blondel.

Le quartier était en pleine effervescence malgré l'heure tardive. Bien que la température avoisinât les cinq degrés, la plupart des filles sans joie portaient des dessous sexy pour allécher le client. Harnachée de cuir et maquillée comme une démone, l'une d'elles arpentait le trottoir une cravache à la main, s'arrêtant de temps à autre pour prendre la pose de la dominatrice. Une quinquagénaire que la nature avait pourvue d'un postérieur et de seins cyclopéens interpellait les passants qui la détaillaient avec un mélange de désir et de répulsion. Comme Vidal déclinait la proposition indécente de la matrone, il aperçut Florence.

Adossée au rideau de fer d'un magasin, elle causait avec une rouquine dotée d'implants mammaires dignes de ceux de Lolo Ferrari et une Noire boudinée dans un body en dentelle et chaussée de cuissardes en cuir rouge. Lorsqu'elle vit le flic, Flo prit congé de ses collègues et disparut sous le porche de l'immeuble. Vidal attendit une minute avant d'emprunter le même chemin. Il traversa une cour faiblement éclairée et encombrée de conteneurs remplis d'ordures ménagères qui sentaient le poisson pourri, gravit l'escalier en colimaçon qui menait au troisième étage et stoppa devant la chambre de sa « cousine ». Il s'assura que le couloir était désert puis toqua à la porte.

Flo ouvrit, le laissa entrer et referma derrière lui. Meublée d'un lit, d'une armoire dont les portes étaient recouvertes de miroirs et d'une table de chevet sur laquelle était posée une corbeille pleine de préservatifs, la chambre des plaisirs baignait dans une lumière tamisée. Vidal songea avec répugnance aux hommes qui achetaient le corps de Flo pour une somme modique et qui parfois lui confiaient leurs secrets d'alcôve.

— Qui était avec Laure Anthony ? commença-t-il d'un ton impérieux.

Flo ôta sa perruque – un carré fuchsia identique à celui que coiffaient les danseuses du Crazy Horse –, rejeta sa chevelure de jais en arrière et la noua en queue-de-cheval.

— Hier après-midi, j'ai surpris une discussion dans un bar où les tapineuses ont l'habitude de se rendre pour boire un café et se réchauffer, rue Sainte-Apolline, repartit-elle en se refaisant une beauté devant la glace fixée au-dessus du lavabo. Nush, une pétasse que je ne peux pas voir en peinture, racontait à l'une de nos petites camarades qu'un mec plein aux as lui avait proposé mille cinq cents euros pour participer à une partie à trois chez Laure A.

— Quand était-ce ? demanda Vidal.

— Mardi soir.

Dans le rapport qu'il avait faxé à Vidal en fin de journée, le légiste Raoul Bietri précisait que la chanteuse était décédée dans la nuit de mardi à mercredi, entre deux heures et trois heures du matin.

— Tu as le nom du gars ? s'enquit le commissaire en se mordillant le pouce.

— Nush a dit qu'il s'appelait Jason.

Le cœur de Vidal cavala dans sa poitrine.

— Son signalement ?

Flo finit d'appliquer du rouge sur ses lèvres et haussa les épaules d'un air désolé.

— Je n'ai saisi que des bribes de conversation. Il faut que tu parles à Nush si tu veux en savoir plus.

— Où puis-je la trouver ?

— Elle est partie à Orange avec son mac. Elle rentre demain mais ne reprend pas le boulot avant lundi prochain.

La jeune femme sortit le bout de papier sur lequel elle avait crayonné les coordonnées de sa consœur.

— Tiens.

— Elle te soupçonnera de l'avoir dénoncée, s'inquiéta Vidal, pour qui la sécurité de son informatrice primait sur l'enquête.

— Cette garce ne s'est pas aperçue que je l'écoutais, le rassura Flo avec un sourire.

Tandis qu'elle buvait un verre d'eau gazeuse, Vidal observa son visage illuminé par de magnifiques yeux verts, sa poitrine opulente retenue dans un bustier étriqué, son ventre plat et ses jambes fuselées de meneuse de revue. Elle tira vanité de la concupiscence qui brillait dans le regard du policier et lança avec une pointe de provocation :

— Tu as envie de moi ? (Vidal resta sans voix.) Réponds, ne sois pas gêné.

Le commissaire maudit ce moment d'égarement.

— Je dois y aller, se déroba-t-il. Merci pour le renseignement.

Flo le reconduisit jusqu'à la porte.

— Si tu changes d'avis, je te ferai un prix d'ami, insista-t-elle en lui jetant une œillade langoureuse.

6

Lorsque Vidal arriva au quai des Orfèvres, vers sept heures du matin, Agnès Jarry, Roland Picard et le Marseillais l'attendaient dans son bureau. D'une humeur exécrable, il prit à peine le temps de les saluer et farfouilla dans un tiroir, à la recherche de sa carte tricolore. Il s'était rendu compte qu'il l'avait oubliée au moment de se coucher. Il tenait à l'avoir sur lui quand il se rendrait chez Nush pour l'interroger.

— La voilà ! exulta-t-il en la brandissant comme un chasseur un trophée.

Pelletier s'étonna que son chef n'ôte pas son blouson et qu'il ne dépose pas son arme de service dans le premier tiroir, comme il le faisait d'habitude.

— Tu sors ? demanda-t-il.

— *Nous* sortons, rectifia Vidal. Vous vouliez me voir ? lança-t-il à Jarry et Picard qui se tenaient sur la réserve.

— J'ai lu le journal de Laure Anthony, commença Jarry.

— Conclusion ? s'enquit Vidal.

— Rien de passionnant. Par ailleurs, Europe Télécoms m'a communiqué les coordonnées des gens figurant sur le calepin. Des fréquentations pas toutes recommandables : des amis d'enfance, des gens du showbiz mais également des couples rencontrés dans des boîtes échangistes. J'ai appris qu'elle recevait la visite de son ex-mari plusieurs fois par mois. Selon sa sœur, il vivait à ses crochets.

— Quoi d'autre ?

— On s'est renseignés sur chacune de ces personnes, sans résultat, intervint Picard.

— L'épluchage de leurs factures détaillées n'a rien donné ?

— Rien.

Tout en considérant Picard avec un mépris ostensible, le commissaire laissa tomber :

— Vous pouvez disposer à présent.

— J'aimerais venir avec vous, essaya Picard.

— Non, refusa Vidal d'un ton catégorique.

Jarry esquiva le regard insistant de Pelletier et se retira, suivie de Picard qui grommelait comme un enfant privé de sortie.

— Où va-t-on ? s'impatienta Pelletier dès que ses équipiers se furent enfoncés dans le couloir.

Vidal déplia le bout de papier sur lequel Flo avait écrit à la va-vite les coordonnées de Nush et le tendit à Pelletier d'un air vainqueur.

— « Nush Pietri, 8, rue Fulton, Paris XIIIe, lut le capitaine à haute voix. Troisième étage, appartement 3F. Téléphone : 01 56 32 24 67. » (Une lueur interrogatrice dansa dans ses yeux.) Qui est-ce ?

— Une pute qui bosse rue Blondel, l'éclaira Vidal. Selon mon indic, elle était chez Laure Anthony mardi soir.

— Fan des pieds ! s'exclama Pelletier avec l'accent du Midi. Qu'est-ce qu'elle foutait là-bas ?

— Jason lui aurait filé mille cinq cents euros pour s'envoyer en l'air avec lui et Laure A.

Pelletier eut le sourire joyeux du pêcheur qui a pris un gros poisson.

— Qu'attendons-nous pour y aller ?

Sur le chemin, Vidal se souvint que Nush était en congé jusqu'à lundi.

Il l'appela pour s'assurer qu'elle était chez elle, en ayant soin de masquer le numéro de son portable. Elle ne devait pas se douter qu'on s'apprêtait à lui rendre visite. Une voix féminine déplaisante répondit à la quatrième sonnerie :

— Allô !

— Bonjour, s'annonça Vidal avec une pétulance outrancière. Pourrais-je parler à Sylvain, s'il vous plaît ?

La fille répliqua sur le ton que l'on réserve habituellement aux enquiquineurs :

— Vous faites erreur. Y a pas de Sylvain ici.

Là-dessus, elle raccrocha. Vidal afficha une mine ravie.

— Elle est là.

Pelletier emprunta le boulevard Vincent-Auriol, grilla un feu rouge sous les huées et les coups de Klaxon. Amusé par le tollé qu'il avait provoqué, il baissa la vitre de son côté, dressa un majeur incendiaire à l'intention des automobilistes mécontents qui redoublèrent de hargne et leur lança l'insulte que son père et ses compagnons de beuverie proféraient à l'envi le dimanche matin sur la Canebière, après la partie de boules hebdomadaire :

— Fangoule !

Vidal le fixa d'un air sidéré.

— J'ai toujours aimé jeter de l'huile sur le feu, plaisanta le capitaine avec l'expression du garnement qui se réjouit d'avoir gâché les vacances de ses parents.

Il dénicha une place rue Edmond-Flamand. Vidal descendit de la Peugeot 306 encore en marche et s'engagea dans la rue Fulton à grands pas sans attendre son collègue qui se démenait comme un beau diable pour réussir son créneau. Tandis qu'il sonnait à la porte de l'appartement 3F, Pelletier le rattrapa. Ce dernier avait le souffle court et la sueur emperlait son visage.

— Pauvre de toi ! le charria Vidal. Tu manques d'exercice.

— Tu peux parler, peuchère, contre-attaqua le Marseillais. Claire m'a rapporté que tu n'es même pas…

Une voix rauque en provenance du meublé lui coupa la chique :

— Oui ?

— Mademoiselle Pietri ? s'enquit Vidal, qui avait recouvré son sérieux.

— Elle-même. Qui êtes-vous ?

Le commissaire devina qu'elle les observait par le judas. D'une chiquenaude, il ouvrit son portefeuille et montra sa carte à l'œil de verre.

— Nous aimerions vous poser quelques questions.

Nush Pietri demeura silencieuse un instant.

— Je n'ai rien à dire aux Stups. Depuis ma cure de désintox, je ne touche plus à l'héro.

— Ouvrez cette porte, mademoiselle, s'agaça Vidal.

— Et si je refuse ?

— Je n'hésiterai pas à l'enfoncer, promit le flic.

Il avait été persuasif car elle tourna la clé dans la serrure.

— Vous devenez raisonnable, continua-t-il en franchissant le seuil, talonné par Pelletier.

L'appartement était en désordre. De toute évidence, la jeune femme ne faisait pas grand cas du ménage ni de la décoration. Elle les regarda s'installer dans le salon avec une grimace d'impuissance puis, dans un sursaut de révolte, gronda :

— D'abord, je veux voir votre commission rogatoire.

— À votre place, je ne ferais pas la forte tête, l'avertit Pelletier.

— Vous avez le papelard, au moins ? insista-t-elle.

Cette tentative désespérée de les bouter hors de chez elle n'impressionna pas Vidal qui assena en guise de réponse :

— Nous savons que vous étiez chez Laure Anthony la nuit où elle est morte.

Pas un muscle ne tressaillit sur la figure exsangue de Nush, à la pâleur accentuée par un maquillage charbonneux, mais l'affolement étincela dans ses yeux. Cependant qu'elle s'asseyait sur un pouf, Vidal l'examina de la tête aux pieds. Elle devait avoir la trentaine. Avec son top dentelé noir, ses Doc Martens lacées aux chevilles, ses bagues clinquantes à tous les doigts et son tatouage sur l'épaule à l'effigie de Marilyn Manson, le chantre de la culture gothique, elle ressemblait à un vampire à peine sorti de son tombeau pour sucer le sang des vivants.

— Je n'ai jamais mis les pieds chez cette meuf, rétorqua-t-elle en mastiquant nerveusement son chewing-gum.

Pelletier se leva pour inspecter la pièce, laissant son chef mener la danse.

— Vous n'avez pas l'embarras du choix, poursuivit

Vidal avec un regard menaçant. Soit je prends votre déposition ici, en voix off, soit je vous conduis au 36, où un accoucheur des Stups vous cuisinera pendant des heures dans une salle d'interrogatoire.

— Lorsque nous aurons obtenu vos aveux – car nous finirons par les obtenir –, nous vous emmènerons chez le juge d'instruction pour qu'il statue sur votre cas, enchaîna Pelletier qui considérait avec un émerveillement enfantin les figurines de porcelaine alignées sur une étagère comme des militaires au garde-à-vous.

Écœurée, Nush les jaugea tour à tour.

— Je serais curieuse de connaître le ou les chefs d'inculpation.

— Rétention d'informations permettant d'éclaircir les circonstances de la mort de l'artiste préférée des Français, lança Vidal. Après l'increvable Johnny Hallyday, cela va de soi.

Nush mordilla l'ongle de son pouce.

— Qui vous a rancardés ? s'informa-t-elle d'un ton où se mêlaient la haine et l'appréhension.

— Peu importe, trancha le commissaire. Êtes-vous disposée à coopérer ?

La capitulation se refléta dans les yeux de Nush.

— Que désirez-vous savoir ?

— Racontez-moi ce qui s'est passé mardi soir, depuis la prise de contact avec le client jusqu'à la partouze qui s'est déroulée à l'hôtel particulier de Laure A.

Nush revit en pensée le film de cette soirée aussi étrange que cauchemardesque.

— Le chauffeur du client s'est pointé rue Blondel à vingt-deux heures. Je m'en souviens bien parce que je venais de prendre mon service, précisa-t-elle.

— Son chauffeur ? s'étonna Vidal.

— Si vous m'interrompez toutes les cinq secondes, on y sera encore demain, s'énerva Nush.

Vidal réprima tant bien que mal son impatience et lui fit signe de continuer.

— Il m'a dit que son patron recherchait une nana qui n'avait pas froid aux yeux et suffisamment de peps pour participer à une partie à trois. Tout d'abord, j'ai refusé net de le suivre : certains michetons ne veulent pas se protéger ; d'autres rechignent à changer de capote lorsqu'ils vont d'une fille à l'autre. Une copine a été contaminée par le virus du sida de cette façon.

— Comment a-t-il réussi à vous convaincre ? s'enquit Vidal avec autorité.

Comprenant que le policier se moquait éperdument de ses états d'âme, Nush se renfrogna à cette question.

— Je lui ai conseillé de s'adresser à quelqu'un d'autre mais il a insisté, grogna-t-elle. Je devais être le genre de son boss. (Vidal devina qu'elle faisait allusion à ses formes généreuses.) Il m'a parlé de Laure Anthony au moment où je me préparais à l'envoyer bouler. J'adore cette gonzesse. L'idée de la rencontrer m'a branchée un max et j'ai fini par accepter, sans penser aux conséquences. (Le chewing-gum claqua dans sa bouche.) J'aurais pas dû me laisser embringuer dans cette histoire.

Pelletier survolait les titres des livres rangés dans la bibliothèque sans rien perdre de la discussion.

— L'argent n'a pas influé sur votre décision ?

Vidal ne fut pas le seul à percevoir le zeste de provocation dans l'intervention de son équipier. Nush darda un regard furieux sur le Marseillais.

— Une passe me rapporte quarante-cinq euros en moyenne, se justifia-t-elle dans un regain de résistance. Un gars se ramène et m'en offre mille cinq cents pour baiser avec son employeur et mon idole. J'ai profité de l'aubaine, voilà tout !

Sentant que Pelletier s'éloignait du sujet, Vidal reprit la parole :

— Le chauffeur vous a donc déposée à l'hôtel particulier du Champ-de-Mars. (Le haussement d'épaules que lui renvoya Nush équivalait à une réponse affirmative.) Ensuite ?

— Laure a été cool, relata la prostituée. Après m'avoir mise à l'aise, elle m'a conduite à la salle de bains. Nous nous sommes douchées et avons gagné la chambre à coucher où nous attendait le client.

La dernière phrase éveilla l'intérêt de Vidal qui remua dans son fauteuil.

— Vous souvenez-vous du nom de cet homme ?

Avant de l'éclairer, Nush recracha le chewing-gum dans un cendrier, au grand soulagement de Pelletier que le bruit de la mastication avait excédé.

— Laure l'appelait Jason mais j'ai tout de suite compris que c'était pas son vrai nom.

Les cœurs de Vidal et Pelletier s'emballèrent à l'unisson.

— Décrivez-le-moi, prononça le commissaire en se pourléchant les babines comme s'il s'apprêtait à déguster des spaghettis à la bolognaise, son plat préféré.

La moue ennuyée de Nush anéantit l'espoir qu'il nourrissait depuis sa conversation avec Flo.

— Il portait une cagoule de latex avec une fermeture sur le côté, déclara la jeune femme qui avait troqué la gomme fruitée contre une cigarette sur laquelle elle tirait par saccades.

— Que pouvez-vous nous apprendre sur lui ? persévéra Pelletier qui refusait de s'avouer vaincu.

L'expression de Nush dénota la peur aussi bien que l'aversion.

— En dix ans de trottoir, j'ai jamais eu affaire à un sadique pareil, formula-t-elle en agitant la main pour chasser le nuage de fumée qui enveloppait son visage. Il nous a sodomisées à tour de rôle, en nous humiliant comme si nous étions des moins que rien. (Elle grimaça de colère contenue.) Il était si violent que j'ai failli m'évanouir de douleur. (Elle écrasa la clope dans le cendrier avec une telle vigueur que ses phalanges blanchirent.) Par rapport à Laure, je m'en suis tirée à bon compte : ce malade l'a frappée avec une ceinture en cuir et lui a pissé dessus après avoir joui. J'ai cru que j'allais vomir.

Vidal jugea qu'il en avait assez entendu et poursuivit l'interrogatoire avant qu'elle ne se perde dans les détails :

— Quelle était sa couleur de peau ?

— Blanche.

— Était-il nu ?

Nush le fixa d'un air déconcerté, comme si elle n'avait pas saisi la question.

— Généralement, les gens font l'amour à poil.

— Avez-vous remarqué un signe distinctif ?

L'incompréhension agrandit les yeux de Nush.

— Un quoi ?

— Avait-il un tatouage ? simplifia Pelletier qui s'était rapproché.

Nush secoua négativement la tête.

— Une cicatrice ?

Elle réitéra son geste.

— Un grain de beauté ou une tache de naissance ?

Interprétant le silence de la tapineuse comme un non,

Pelletier décocha un clin d'œil à son supérieur pour lui signifier qu'il lui passait le témoin.

— S'est-il protégé pendant les rapports ? enchaîna Vidal.

Revenir sur cette soirée abominable avait vidé Nush.

— J'ai pas eu à me plaindre de ce côté-là, soupira-t-elle.

Prudent, Jason avait dû emporter les préservatifs et les jeter dehors. Vidal songea qu'il avait peut-être laissé des empreintes digitales. Cette perspective lui remonta le moral. Conscient qu'il y avait peu de chances pour que la police technique et scientifique en relève une du trafiquant qui soit utilisable – Laure Anthony recevait une flopée de gens, parmi lesquels sa sœur, son ex, les membres de son staff et les amants de passage –, il décida de procéder méthodiquement.

— Vous rappelez-vous l'avoir vu toucher un objet ?

— Non, souffla Nush qui avait pigé le but de cette démarche. De toute façon, nous n'avons pas bougé de la chambre. (La déception de Vidal transparut.) Pourquoi vous intéressez-vous à ce mec ?

— Moins vous en saurez, mieux ça vaudra. Qu'a-t-il fait une fois la fête terminée ?

— Il a préparé une ligne de Grande Bleue pour Laure. Elle l'a sniffée puis nous avons pioncé tous les trois.

Vidal repensa à l'extrait du journal intime de Laure A. que le lieutenant Jarry avait lu en public : cette fois encore, Jason avait donné quelques grammes de Bethsabée à la star en échange d'une partie de jambes en l'air. Le rail qu'elle avait prisé après ces ébats bestiaux avait-il provoqué l'overdose ? Si c'était le cas, Nush avait vu la chanteuse passer de vie à trépas.

— À quelle heure vous êtes-vous réveillée ? siffla-t-il avec une froide détermination.

— Vers une heure quinze du matin.

— Vous en êtes certaine ? intervint Pelletier.

Nush le cingla d'un regard belliqueux.

— La pendule accrochée au mur indiquait une heure quinze du matin, gronda-t-elle en serrant les poings.

D'un signe, Vidal fit comprendre à Pelletier que ses digressions commençaient à lui taper sur les nerfs. Il attendit que son collègue s'efface pour continuer :

— Où était Laure ?

— Sur le lit, repartit Nush. Elle dormait profondément.

— Et Jason ?

— Il n'était plus là.

L'incrédulité tordit la bouche du commissaire.

— Comment ça, « plus là » ? finit-il par articuler.

La prostituée leva les mains d'un air dépassé.

— Il avait mis les bouts.

Vidal resta silencieux le temps de digérer cette nouvelle donne.

— Ensuite ?

— J'ai filé sans faire de bruit pour ne pas réveiller Laure.

— Elle était vivante quand vous avez quitté l'hôtel ?

Nush déchiffra la suspicion dans les yeux du flic.

— Aussi vivante que vous et moi, s'indigna-t-elle.

— Êtes-vous sûre qu'elle respirait ?

— Avant de me lever, j'ai senti son souffle sur mon visage.

— Vous m'excuserez, mais j'ai du mal à vous croire.

— Je ne lui ai pas fourgué la came qui l'a tuée ! protesta Nush avec la dernière énergie. Vous devriez rechercher ce pervers au lieu de me harceler de questions comme si j'étais une criminelle ! (Elle murmura des insultes entre ses dents.) J'ai été coopérative, oui ou non ?

Bien que le comportement de cette fille l'exaspérât, Vidal résolut de ne pas monter sur ses grands chevaux et d'arrondir les angles.

— Oui, et je vous en remercie, se radoucit-il. Pouvez-vous me donner le signalement du chauffeur ?

Ce retour au calme incita Nush à baisser la garde.

— Un grand Noir, plutôt beau gosse.

— Mais encore ? demanda Vidal avec une amabilité plus apparente que réelle.

Nush bâilla ostensiblement, comme pour montrer à ses interlocuteurs qu'elle décrochait de la discussion.

— La gueule de Denzel Washington et les muscles de Vin Diesel, répondit-elle avec lassitude. Ça vous va comme description ?

— Comment s'appelle-t-il ? persista Vidal.

— Il a un nom à coucher dehors, râla Nush. Je l'ai oublié.

Estimant qu'il ne tirerait plus rien d'elle, le commissaire cligna des paupières à l'intention de Pelletier pour lui donner le signal du départ.

— Nous avons fait le tour de la question, mademoiselle Pietri, prononça-t-il en quittant son siège. Je vous remercie de votre patience.

Nush précéda les policiers dans le couloir, pressée d'en finir. Sur le seuil, Vidal sortit une carte de son portefeuille et la lui tendit.

— Si quelque chose vous revient, même un détail, n'hésitez pas à me téléphoner. Mon numéro est au dos.

La jeune femme acquiesça puis referma la porte sans les saluer.

— À ton avis, elle a dit la vérité ? s'enquit le Marseillais tandis qu'ils descendaient l'escalier.

— Je n'en ai aucune idée, admit son chef avec une franchise déroutante. Toujours est-il qu'une équipe de techniciens en identification criminelle doit se rendre à l'hôtel particulier de toute urgence.

— Pour quoi faire ?

Un léger sourire étira les lèvres de Vidal.

— Ratisser la chambre à coucher.

— Jason est un homme prudent et organisé, remarqua Pelletier. Je doute fort que les TIC trouvent quoi que ce soit.

— Dès notre retour au 36, je contacterai la police technique et scientifique, continua Vidal qui entendait procéder à sa manière.

7

Un cauchemar réveilla Vidal en sursaut vers deux heures du matin.

À côté de lui, Claire dormait d'un profond sommeil. Il repoussa la couverture et sortit du lit. Il se rendit au séjour sur la pointe des pieds, tira la porte et pressa l'interrupteur. Après avoir branché la minichaîne qui trônait dans la bibliothèque, il connecta le casque à l'entrée audio et le coiffa. Cependant qu'il passait en revue les disques compacts rangés par ordre alphabétique sur une étagère, à la recherche d'une musique d'ambiance, le téléphone carillonna sur la table basse en verre. Le flic ôta le casque d'un geste fébrile, se jeta sur l'appareil et décrocha le combiné avant que la sonnerie ne réveille sa compagne, certain qu'il s'agissait d'un plaisantin : ses équipiers le bipaient lorsqu'ils avaient besoin de lui.

— Oui ? ronchonna-t-il dans le microphone, remonté contre l'importun qui osait appeler en pleine nuit.

— Commissaire Vidal ? lâcha une voix éraillée qu'il reconnut d'emblée.

— Mademoiselle Pietri ? s'étonna-t-il.

— Je suis vraiment confuse de vous déranger.

— Je ne dormais pas, la rassura Vidal. Un détail vous est revenu ?

— J'ignore si ça peut vous aider dans votre enquête, commença la prostituée, qui semblait tendue, mais quand j'ai quitté la maison du Champ-de-Mars, j'ai remarqué que Jason avait oublié sa montre sur le guéridon de la chambre.

Le sang speeda dans les veines de Vidal et son cœur martela sa poitrine. Bien qu'il devinât la suite, il fit l'innocent et incita la jeune femme à poursuivre :

— Et alors ?

Nush hésita un instant avant de confesser :

— Je l'ai chourée.

— Pourquoi me l'avoir caché ? s'enquit Vidal sur le ton du reproche.

À l'autre bout du fil, Nush soupira d'un air coupable.

— Je voulais la garder.

— À quoi est dû ce revirement ?

Le craquement d'une allumette fusa dans l'écouteur. Nush souffla la fumée de sa cigarette et répliqua :

— J'ai les foies, commissaire. Un type me suit partout.

— Jason ?

La déglutition de Nush trahit son désarroi.

— J'en sais rien, se lamenta-t-elle.

Vidal s'efforça de ne pas se laisser envahir par la détresse de sa correspondante et de se montrer pragmatique.

— Vous avez nettoyé la montre ?

— Non.

— L'avez-vous essuyée avec un chiffon ou un mouchoir ?

— Non, répéta Nush que l'insistance du policier crispait. À mon retour, je l'ai mise dans le secrétaire du salon. Je ne l'ai pas touchée depuis. Qu'est-ce que je dois faire ?

— Vous êtes chez vous ?

— Oui, répondit Nush d'une voix tremblante.

— J'arrive.

Vidal raccrocha, griffonna à l'intention de Claire un mot qu'il déposa sur son oreiller. Après s'être habillé à la hâte, il prit son arme de service – un Smith & Wesson de calibre 38 – et sa carte tricolore sur la table de la cuisine, puis sortit.

Le commissaire se gara rue de Bellièvre.

Il enfila son imperméable car il pleuvait des cordes, descendit de la Volkswagen et courut comme un dératé jusqu'à la rue Fulton. Il s'engouffra dans l'immeuble où vivait Nush Pietri, s'ébroua dans l'entrée avant de grimper au troisième étage. Alors qu'il pressait la sonnette de l'appartement 3F, un courant d'air entrebâilla la porte et lui caressa le visage, lui faisant l'effet d'une brise. Gagné par l'appréhension, il se mit à couvert, repoussa son imper et tira le revolver du holster qui pendait à son épaule. De sa main libre, il poussa la porte pour l'ouvrir complètement puis se faufila dans le long couloir plongé dans l'obscurité. Après avoir jeté un coup d'œil sur la kitchenette et la salle de bains, il marcha à pas comptés vers le halo de lumière projeté par une lampe du séjour, le flingue pointé droit devant lui.

— Mademoiselle Pietri ? lança-t-il, en état d'alerte.

Comme il n'obtenait pas de réponse, il bondit dans le salon en position de tir, balayant l'espace du regard. Le vent faisait claquer le battant de la fenêtre à intervalles réguliers et secouait en tous sens le rideau qui menaçait de se détacher de la tringle et de valdinguer dans la pièce. Le flic fermait la fenêtre lorsqu'il aperçut une forme étendue sur le sol, derrière le fauteuil sur lequel il s'était assis la veille.

— Nom d'un chien ! s'écria-t-il en se précipitant vers elle.

Les yeux fixes et la bouche grande ouverte, figée sur un hurlement muet, Nush ressemblait à une figure de cire exprimant l'épouvante. Une serviette de bain en coton bleu roi était enroulée autour de son cou. Bien qu'il sût à quoi s'en tenir, Vidal s'agenouilla et prit le pouls de la prostituée d'un air à la fois peiné et haineux. Il se redressa, chercha le secrétaire dont la défunte lui avait parlé au téléphone. Tout en s'approchant du meuble qui occupait un angle du living-room, il mit des gants de latex. Il baissa l'abattant orné d'un miroir, fourragea dans les tiroirs et les casiers. La montre avait disparu. Deux questions trottaient dans la tête du commissaire : à moins d'être devin, comment Jason avait-il su que les Stups l'attendaient devant le lycée Léon-Blum de Créteil ? De même, comment avait-il appris que la police avait retrouvé Nush ?

Vidal s'abstint d'explorer davantage la scène de crime de peur de la contaminer, s'empara de son cellulaire et appuya sur la touche du clavier qui composait automatiquement le numéro de Pelletier.

— Ange ?

— Pauvre de moi, articula la voix ensommeillée du Marseillais. J'espère pour toi qu'il s'agit d'une question de vie ou de mort.

— Jason a buté Nush Pietri, annonça le commissaire.

Au grincement qu'il entendit Vidal comprit que Pelletier remuait dans son lit.

— Qu'est-ce que tu dis ? lâcha le capitaine que la nouvelle avait bien réveillé. Où es-tu ?

— Rue Fulton. Avertis les autres. Je veux tous vous voir ici dans un quart d'heure.

Vidal pressa la touche Fin et tapa le numéro personnel du chef de la police technique et scientifique, le commandant Jacob Barnavi.

— Désolé de vous embêter, Jacob, mais j'ai encore besoin de vous.

Les renforts rappliquèrent vingt minutes plus tard.

Tandis que le groupe Vidal inspectait les lieux, l'antenne médico-légale effectua l'examen préliminaire du cadavre de la jeune prostituée, et l'équipe de la PTS procéda à la collecte des empreintes digitales, au prélèvement des traces organiques, au moulage des empreintes de pas ainsi qu'au ramassage des fibres, des poussières et des cheveux.

L'appartement fut en effervescence jusqu'au lever du soleil.

Vidal appela Claire en arrivant au quai des Orfèvres, vers huit heures du matin. Il s'excusa d'être parti comme un voleur en pleine nuit, lui promit de rentrer dès que possible puis raccrocha. Après avoir survolé les dossiers en cours empilés sur son bureau, il s'accorda une pause et somnola une demi-heure sur le canapé. Il émergeait en douceur lorsque le capitaine Roland Picard entrouvrit la porte et passa la tête dans l'embrasure.

— Patron ?

Vidal frotta ses yeux rougis, se mit en position assise et s'étira.

— Ça t'arrive de frapper avant d'entrer ? répliqua-t-il à sa bête noire d'une voix énervée.

Chaque fois que son supérieur l'enguirlandait, Picard s'approchait de lui en courbant la tête et les épaules, comme un chien gaffeur qui tourne autour de son maître dans l'attente de la caresse rédemptrice. Petit, blond, les yeux vairons et le visage pâlot de ceux qui ne s'exposent jamais au soleil, Picard n'avait pas le physique de l'emploi. Pourtant, même si Vidal avait du mal à le reconnaître, le capitaine était un bon élément, sinon le meilleur du groupe : son efficacité sur le terrain n'avait d'égale que son génie de l'informatique.

— Les TIC dépêchés à l'hôtel particulier de Laure A. ont recensé une cinquantaine de traces de doigts rien que dans la chambre à coucher, laissa tomber Picard d'un ton intimidé. Seulement sept d'entre elles sont exploitables, mais, manque de pot, elles ne sont pas répertoriées dans le Fichier automatisé des empreintes digitales. (Il feuilleta le rapport qu'il avait à la main d'un index fébrile.) La sueur et les taches de sperme présentes sur les draps, les couvertures et le traversin proviennent de soixante-huit donneurs différents, continua-t-il avec une expression mi-réservée, mi-amusée.

Vidal écarquilla les yeux.

— Soixante-huit ! C'est un rassemblement d'ADN, ma parole !

— Aucun n'est enregistré dans le Fichier national des empreintes génétiques, précisa Picard que l'allant soudain du commissaire avait décrispé.

Sur le seuil, Pelletier, croyant entrevoir une lueur de sympathie dans le regard de Vidal, s'introduisit dans le bureau sans frapper. Picard eut envie de signaler à son chef que le Marseillais ne s'était pas annoncé non plus, mais la sagesse lui intima de se taire.

— La police technique et scientifique n'a rien dégoté dans le meublé de Nush, lâcha Pelletier que ce coup d'épée dans l'eau semblait avoir démoralisé.

— La montre ? tenta Vidal sans conviction.

— Introuvable.

— Le corps est quai de la Rapée ?

Pelletier opina du bonnet.

— Le légiste nous attend, toi et moi, pour pratiquer l'autopsie.

Picard se rembrunit : ce « toi et moi » était parfaitement délibéré et destiné à le tenir à l'écart. Vidal passa son blouson et décréta :

— On y va.

Picard les regarda quitter la pièce avec une moue rancunière.

8

Les employés de la morgue avaient étendu Nush Pietri sur la table de dissection centrale. Le visage de la défunte était aussi blanc que le drap qui la couvrait jusqu'aux épaules. Tandis que Bruno Coste, le spécialiste de l'Identité judiciaire, prenait des photos, le légiste Raoul Bietri ôta le drap, se pencha sur le cadavre et commença :

— La température du foie indique qu'elle est décédée cette nuit, entre deux heures et trois heures du matin. Le meurtrier l'a étranglée jusqu'à l'asphyxie, souligna-t-il en désignant les marques violacées sur le cou de la victime de son pouce ganté de latex. Comme vous le savez, il a utilisé une serviette. Les techniciens ont prélevé des fibres de coton bleu dans la blessure.

— Où sont-elles ? s'enquit Pelletier.

— Au labo. Vous pourrez les voir dès que j'aurai terminé.

Les yeux de Vidal pétillèrent d'enthousiasme : étant donné la force que l'assassin avait déployée lors de la strangulation, il y avait fort à parier que des cellules s'étaient détachées de son épiderme ; en toute logique, elles avaient adhéré à la partie de la serviette qu'il tenait.

— Vous avez déniché de l'épithélium ? s'enquit le commissaire.

La réponse de Bietri anéantit ses espoirs.

— Les cellules épithéliales présentes sur la serviette et les filaments de tissus appartiennent toutes à la victime, ce qui signifie que le tueur portait des gants. (Il découvrit un bras, le souleva.) Notre amie n'a pas été une proie facile : les nombreuses lésions sur ses poignets démontrent qu'elle s'est débattue.

Pelletier montra le renflement au niveau de la pommette droite.

— Qu'est-ce que c'est ?

Bietri orienta sa lampe frontale vers la proéminence bleuâtre.

— Fracture de l'os malaire, repartit-il. Elle a dû tomber en essayant d'échapper au tueur.

— À moins qu'il lui ait cogné la tête contre un mur, intervint Vidal.

— Possible, admit le légiste dans un soupir.

Bruno Coste s'interrompit dans son mitraillage et s'apitoya :

— Pauvre fille.

— Y a-t-il eu agression sexuelle ? poursuivit Vidal.

Bietri examina les organes génitaux avec attention.

— Pas de traces de pénétration ni de traumatisme vaginal, conclut-il.

— Décidément, Jason a toujours le dessus, pesta le Marseillais avec une grimace de découragement. Ce n'est pas demain la veille que nous le coincerons.

Vidal leva les yeux sur Bietri qui pinçait les lèvres d'un air désolé et déclara :

— Faxez-moi le dossier dans l'après-midi. (Tout en

s'acheminant vers la sortie, il lança à Pelletier qui devisait avec Coste :) Tu viens, pipelette ?

De retour au 36, Vidal regarda le journal télévisé de treize heures sur le poste qu'il avait installé dans son bureau. Lorsque Vincent Fabri, le présentateur, passa du conflit au Proche-Orient au meurtre de Nush Pietri, il augmenta le son :

« La victime, une jeune prostituée, a été étranglée dans son appartement. Les premiers éléments de l'enquête laissent à penser qu'il s'agit d'un crime sexuel. »

Afin d'endormir Jason, Vidal avait insisté pour que le responsable de la cellule Communication des Stups donne à la presse cette version des événements. Alors qu'il s'arrachait du canapé d'un air fourbu, la sonnerie du téléphone retentit. Il éteignit la télévision puis décrocha.

— Commissaire Vidal ? lâcha une voix de baryton qu'il ne reconnut pas tout de suite.

— Lui-même.

— Guy Hurbon à l'appareil.

— Qu'y a-t-il pour ton service, Guy ?

L'autre souffla dans l'écouteur et articula d'une voix basse et mystérieuse :

— Quelques heures avant de partir pour Paris, Julia est passée chez moi pour me dire au revoir. Elle a utilisé mon téléphone.

Cette précision suscita l'intérêt du policier qui s'assit à son bureau d'un mouvement machinal.

— Qui a-t-elle appelé ? interrogea-t-il.

— Un type qui lui a communiqué les dernières instructions concernant le transport et la livraison de Bethsabée.

— Tu as son nom ? s'emballa Vidal.

— Yannick.

L'enthousiasme de Vidal se mua en légère agressivité.

— Ça ne m'avance pas beaucoup, déchanta-t-il.

— Quand ma sœur m'a quitté, j'ai appuyé sur la touche *bis* de mon bigo, continua le jeune homme sans se décourager.

Cette nouvelle requinqua Vidal.

— Tu as réussi à joindre son correspondant ?

— Non, mais j'ai noté son numéro.

— Pourquoi tu ne me l'as pas dit plus tôt ?

— Ce mec ne figurait pas sur ma liste noire, se justifia Hurbon. En priorité, je voulais que vous appréhendiez Matine et Jason.

— Julia se doutait que tu l'espionnais ?

Hurbon soupira d'accablement avant d'expliquer, très ému :

— Elle jouait avec le feu. J'avais peur qu'il lui arrive malheur. Je la surveillais du matin au soir, sans avoir l'air d'y toucher. J'enquêtais sur son emploi du temps et sur les gens pour qui elle travaillait. Elle devait savoir que je la filais car elle m'a semé plus d'une fois.

Impatient, Vidal entreprit de clore la discussion :

— Donne-moi le numéro de ce Yannick.

Hurbon s'exécuta et demanda du bout des lèvres :

— Puis-je rentrer chez moi, à présent ?

Vidal jugea qu'il n'y avait aucune raison de s'opposer à cette requête, aussi répondit-il par l'affirmative.

— Tu t'es montré très coopératif. Merci pour ton aide.

— Je souhaiterais rapatrier la dépouille de Julia, enchaîna Hurbon, manifestement troublé. Elle voulait être enterrée dans le cimetière de Morne-à-l'Eau, à côté de nos parents.

Sa douleur ranima celle de Vidal.

— Tu pourras l'emporter dès que l'affaire sera classée, énonça le commissaire en tâchant de dissimuler son émotion.

— C'est-à-dire ?

— Lorsque nous aurons bouclé son assassin.

Vidal prit congé puis brancha son ordinateur pour effectuer une recherche approfondie. Le numéro correspondait à un portable dont l'abonnement GSM était géré par la compagnie Futurama. D'après le listing, le client était un certain Yannick Lapp. Le commissaire découvrit, via le logiciel Minos de la PJ, que cet ancien délinquant natif de Chanteloup-les-Vignes avait un casier judiciaire : arrêté pour « incitation à la consommation de kétamine et de gaz hilarant », il avait purgé une peine de huit mois de prison. Plus grave, la brigade criminelle le soupçonnait d'avoir abattu à bout portant un flic qui le contrôlait pour excès de vitesse, douze ans auparavant. Quand l'ami à qui il avait avoué son crime s'était décidé à faire sa déposition, il y avait prescription.

Vidal imprima l'extrait de casier et le punaisa sur le panneau accroché au mur, au milieu des coupures de journaux. Sans le quitter du regard, il appela Pelletier sur sa ligne directe.

— Ange ? Nous allons à la chasse.

La voix du capitaine vibra d'excitation.

— Éclaire-moi sur le gibier.

Une lueur s'alluma dans les yeux de Vidal.

— Un lièvre qui nous mènera peut-être à l'antre de Jason.

9

Peu à peu, Vidal s'était spécialisé dans les affaires de stupéfiants classées « showbiz et compagnie ». Depuis qu'il enquêtait sur ce monde des apparences reposant sur des fondations de poudre, il éprouvait plus de mépris que de compassion pour les artistes et les sportifs de haut niveau. L'amour que le public leur portait était la force centrifuge qui les éloignait de la réalité. Leur vie leur échappait à mesure que leur succès grandissait.

Vidal avait eu l'occasion de rencontrer les plus célèbres, à commencer par la navigatrice Alexandra Fortel, vainqueur du Tour de France à la voile et du Vendée-Globe. Junkie, la jeune femme chargeait de la drogue à bord de son monocoque soixante pieds open pour le compte de trafiquants qui la payaient en nature – cinquante grammes de Grande Bleue par voyage. Ceux-ci recouraient aux navigateurs et autres skippers car ils traversaient les océans sans subir le contrôle des douanes. Philippe Delbarre, producteur et animateur de *Vous avez la parole*, le talk-show le plus regardé du PAF, sniffait plusieurs lignes de cocaïne et de Bethsabée avant de se laisser aller à ses penchants sadomasochistes en compagnie de call-girls de luxe. Jean-Claude Brigaud, l'un des acteurs les plus populaires du cinéma français, se shootait matin, midi et soir et s'adonnait à des pratiques sexuelles déviantes centrées sur la scatologie. Après une journée de tournage, Christine Dumondier, comédienne réputée pour son talent et son élégance, égérie du grand couturier Gilles Saint-Alban, se piquait dans sa loge et demandait à son chauffeur de la conduire dans un square fréquenté par des voyeurs où elle pouvait se livrer à son activité favorite, l'exhibitionnisme.

Le groupe Vidal n'avait pas tardé à repérer Yannick Lapp.

Ce dernier vendait de la drogue, et son principal client était l'acteur Jérémie Lepick, la star du film *Dérapage*, du réalisateur très tendance Fred Bourgoin. Tous les midis, Lapp quittait son appartement de la rue d'Alsace, dans le Xe, pour se rendre dans un restaurant libanais, boulevard de Sébastopol, où l'attendait Lepick. Le patron du boui-boui était un vieil ami de Lepick. La transaction se déroulait dans l'arrière-salle, à l'abri des regards indiscrets. Le dealer partait toujours le premier, montait dans sa Mazda et regagnait son meublé pour n'en ressortir qu'à la nuit tombée.

L'équipe le filait sans relâche, dans l'espoir de « loger le dom » de Jason. La priorité étant de passer inaperçu, elle respectait à la lettre les directives de Vidal. Les filatures se déroulaient de la façon suivante : une voiture-écran séparait le véhicule placé à la tête du dispositif dc celui du suspect ; deux voitures banalisées, un sous-marin – camionnette aux vitres teintées équipée d'une parabole – et une moto suivaient. Le flic qui était en première ligne profitait d'une intersection pour décrocher. Après avoir effectué un détour, il se mettait en dernière position. Un collègue le remplaçait et, à son tour, changeait de direction à un croisement. Ce manège se répétait à intervalles réguliers afin d'endormir la vigilance de la cible.

Deux jours plus tôt, le juge d'instruction en charge du dossier avait délivré une commission rogatoire autorisant Vidal à mettre Yannick Lapp sur table d'écoute. En outre, le magistrat avait donné son accord pour l'installation d'une balise GPS dans la voiture du dealer. La veille, pendant que celui-ci dînait dans une brasserie du VIIIe, le lieutenant Illouz et le capitaine Picard avaient dissimulé le mouchard dans le moteur à pistons rotatifs de la Mazda. La balise étant reliée à un émetteur GSM, les flics pouvaient suivre les déplacements du véhicule par le biais d'un ordinateur portable.

Une semaine de filatures n'avait pas suffi au groupe pour établir le lien entre Yannick Lapp et Jason. Rien ne laissait supposer que les deux hommes travaillaient ensemble, ni même qu'ils se connaissaient. La conclusion du rapport que Vidal avait remis à son supérieur, le divisionnaire Cornavain, tenait en une phrase : Lapp vendait de la dope au Tout-Paris, pilotait un bolide hors de prix et sortait avec des starlettes du X qui le rassuraient sur sa virilité, déclinante depuis qu'il abusait des produits stupéfiants.

Comme l'enquête piétinait, Agnès Jarry avait suggéré de monter un coup d'achat. Ce type d'opération était destiné à appréhender un dealer ou un trafiquant en « flag ». La manœuvre était simple : un policier rodé aux techniques d'infiltration jouait les acheteurs, dans le but d'appâter le poisson ; lorsque le revendeur avait la drogue sur lui, les flics procédaient à son interpellation avant ou pendant la transaction. Vidal avait accepté, persuadé que Lapp mangerait le morceau durant un interrogatoire en règle.

Pelletier s'était proposé pour plonger. Il avait abordé Lapp dans les toilettes du Léviathan, un piano-bar à la mode. Il s'était fait passer pour un écrivain à qui l'on avait vanté les mérites de Bethsabée. Toxicomane à la recherche de sensations nouvelles, il souhaitait l'essayer. Méfiant, Lapp avait regagné sa table sans daigner répondre. Plus tard, le Marseillais avait offert des consommations à toutes les personnes présentes, en prenant soin d'exhiber une liasse de billets de deux cents euros. Vers trois heures du matin, alors qu'il partait, Lapp lui avait tendu un bout de papier sur lequel était noté un numéro de portable. « Passe-moi un coup de fil à dix heures trente », lui avait-il dit avant de s'éclipser.

Ce jour-là, le sous-marin stationnait en face de l'immeuble où vivait Lapp. À l'intérieur, les yeux vissés à ses jumelles, Vidal scrutait l'appartement du troisième étage, à l'affût du moindre mouvement. Assis à côté de lui, un combiné téléphonique coincé entre sa joue et son épaule, Pelletier discutait avec Lapp. Un casque sur les oreilles, le capitaine Joseph Bonada transcrivait leur conversation sur un cahier à spirale. Il commençait à trouver le temps long quand Lapp fixa les modalités de la transaction :

— Nous y voilà, murmura-t-il à l'adresse du commissaire.

Vidal abandonna son poste d'observation, coiffa son casque à la hâte pour entendre la voix de Lapp.

— La reine mesure un mètre quatre-vingts, annonça le dealer.

Cinquante grammes de Grande Bleue étaient facturés quinze mille deux cent cinquante euros sur le marché, et non pas dix-huit mille comme l'affirmait Lapp. Pelletier feignit l'indignation, conscient qu'un acheteur potentiel n'accepterait pas cette offre sans protester.

— Ce n'est pas la taille habituelle, articula-t-il avec une pointe d'agacement.

— C'est à prendre ou à laisser, s'impatienta Lapp. Décide-toi vite.

L'officier de police interrogea son chef du regard. Vidal cilla en signe d'assentiment.

— Je peux l'avoir aujourd'hui ? demanda Pelletier.

Lapp poussa un long soupir.

— Je te rappelle à midi pour te dire quand et où.

Il raccrocha. Vidal ôta le casque, zieuta sa montre.

— Nous n'avons pas beaucoup de temps, constata-t-il avec un geste d'humeur.

Il composa le numéro du cabinet du préfet Izard sur le clavier de son cellulaire. Le haut fonctionnaire était le seul habilité à fournir les fonds nécessaires à un coup d'achat. La réception étant mauvaise, Vidal s'absenta pour s'entretenir avec Izard. Cinq minutes plus tard, il grimpait dans la camionnette avec un sourire.

— Il m'a donné le feu vert, exulta-t-il. J'ai chargé Picard de rapporter l'oseille.

Bonada braqua les jumelles sur l'appartement de Lapp.

— Il s'affaire. Il va sans doute sortir chercher la came.

Vidal s'empara de la radio.

— Autorité à tous. L'oiseau s'apprête à quitter son nid.

10

Picard déposa la sacoche marron sur les cuisses de Vidal.

Le commissaire s'assura qu'elle contenait bien dix-huit mille euros, la referma et la tendit à Pelletier.

— Tiens-toi prêt.

À onze heures cinquante, Lapp n'avait toujours pas mis le nez dehors. Nerveux, Vidal tapotait ses lèvres avec son poing. N'y tenant plus, il saisit la radio et déclara :

— Autorité à tous. Préparez-vous à intervenir.

Picard et Bonada tressaillirent sous l'effet de la surprise. Pelletier planta ses yeux écarquillés dans ceux de son patron.

— À ta place, je ne ferais pas ça.

Vidal tira la fermeture Éclair de son blouson et, d'un geste machinal, caressa la crosse du Smith & Wesson glissé dans son étui de ceinture.

— Il doit se méfier, reprit Pelletier d'une voix apaisante. Peut-être que je n'ai pas été assez convaincant.

Le mieux est d'annuler l'opération. On aura d'autres occasions de cueillir cette ordure.

Les flics gardèrent le silence, guettant la réaction de leur supérieur.

— Il n'est pas sorti parce que la came est dans son appartement ! s'emporta Vidal. On peut le placer en garde à vue pour détention de stupéfiants.

Pelletier baissa la tête d'un air irrité. Comment cette évidence avait-elle pu lui échapper ? Vidal se tourna vers Bonada.

— Il va sans doute rappeler à midi pile. Réponds. Je ne voudrais pas qu'il percute et qu'il se fasse la belle. Picard, tu restes avec lui. (Il brancha la radio, s'adressa à Jarry et Illouz en utilisant leurs noms de code :) Autorité à Twiggy et Harryn Ix. Rendez-vous dans l'entrée de l'immeuble. (Il fit un signe du menton à Pelletier.) On y va.

Le commissaire sauta à bas de la fourgonnette, imité par son équipier. Ils traversèrent la rue au pas de charge, attendirent dans la cage d'escalier que Jarry et Illouz les rejoignent pour monter les marches. Les Stups pouvaient effectuer des perquisitions et des saisies à n'importe quelle heure du jour et de la nuit, contrairement aux autres services de police. Les magistrats qui délivraient ces autorisations tenaient compte du dépérissement de la preuve – en se détériorant, une drogue perdait son caractère illicite – et de sa destruction – il arrivait qu'un dealer brûle la marchandise dans une cheminée ou bien qu'il la balance dans les toilettes.

Le groupe atteignit le palier du troisième étage. Vidal désigna du doigt le meublé de Lapp. Jarry et Illouz se placèrent de chaque côté de la porte, l'arme au poing. Vidal appuya sur le bouton de la sonnette.

— Police ! s'écria-t-il. Ouvrez !

Personne ne répondit à cette sommation. Pelletier brandit le bélier et, d'un mouvement exercé, frappa avec force la poignée en laiton massif. Le pêne céda sous le poids de la masse métallique, le bois se rompit tout autour. Illouz donna un grand coup d'épaule dans la porte qui s'ouvrit à la volée.

— Nous savons que vous êtes là ! continua Vidal en s'engageant dans le vestibule. Montrez-vous !

Il communiqua avec ses hommes par gestes, leur enjoignant de se séparer. Le Marseillais disparut dans la salle de bains. Illouz entra dans la cuisine. Jarry s'aventura dans le salon. Vidal demeura en retrait pour les couvrir, le 38 pointé vers une cible imaginaire.

Soudain, la voix de Jarry siffla à ses oreilles :

— Patron !

Vidal se précipita dans le séjour. Jarry braquait son Glock 34 sur le dossier d'un fauteuil orienté vers la fenêtre. Le commissaire aperçut les doigts qui tambourinaient sur les accoudoirs galbés, les pieds croisés sur le vieux radiateur en fonte. Son index épousa la queue de détente du Smith & Wesson.

— Tourne-toi vers moi, dit-il avec fermeté. Lentement.

Lapp repoussa le siège, se dressa de toute sa hauteur et pivota vers Vidal avec désinvolture. La crosse d'une arme à feu saillait sous son tee-shirt à l'effigie de Bob Marley, au niveau de son bas-ventre. Tandis que Vidal desserrait les lèvres pour lui ordonner de lever les mains en l'air, la silhouette de Pelletier s'encadra dans la porte. Cettc apparition providentielle convainquit le commissaire d'opter pour la prudence. Il lança un regard furtif à son équipier. Le Marseillais lut dans les yeux de son chef ce qu'il attendait de lui et acquiesça. Quand Illouz surgit dans le couloir qui débouchait sur le salon, il lui exposa la situation par signes. Les deux hommes entrèrent dans la pièce à pas de loup, Jarry et Vidal firent semblant de ne pas les voir. Afin de leur faciliter la tâche, le commissaire accapara l'attention de Lapp.

— Où est la dope ? demanda-t-il.

Le dealer enroula une de ses dreadlocks autour de son doigt avec une mimique dédaigneuse.

— Je ne sais pas de quoi vous parlez, répliqua-t-il en évitant le regard de Vidal.

Le commissaire eut un sourire forcé. Ses traits se figèrent et il assena :

— Le type qui t'a branché dans les toilettes du Léviathan est un flic.

Lapp se gratta le sommet du crâne d'un air impavide. Le bas de son tee-shirt sortit de son pantalon, dévoilant un petit revolver à double action Ruger.

— Quel type ? enchaîna-t-il avec une parfaite indifférence.

— Celui qui t'a bigophoné ce matin, s'énerva Vidal. Nous avons enregistré votre conversation.

Lapp demeura imperturbable.

— Ça ne prouve rien, objecta-t-il. Je n'ai pas causé came avec lui.

— Pas en termes explicites, admit Vidal. Tu oublies que nous avons appris à lire entre les lignes.

À présent, Illouz et Pelletier se tenaient derrière Lapp. Ils guettaient le signal de Vidal. Lorsque le commissaire toussa, ils se baissèrent, empoignèrent le vendeur de poison par les chevilles et le tirèrent avec brutalité, le faisant basculer en avant et tomber à plat ventre. Le corps de Lapp heurta le plancher avec violence. Malgré la douleur qui lui vrillait les membres, il tenta de se redresser. Agnès Jarry se rua sur lui, pesa de tout son poids sur son dos pour l'immobiliser et le menotter.

Le dealer constata avec rage que le sang lui dégouttait du nez.

— Mais enfin, merde ! tonna-t-il. Vous êtes malades !

Vidal le retourna sans ménagement, s'empara du Ruger niché près de son nombril.

— J'ai un port d'armes, protesta Lapp en avalant de la salive mêlée de sang et de poussière.

Pelletier et Illouz le relevèrent et l'installèrent sur une chaise. Vidal s'assit en face de lui, croisa les jambes et prononça en détachant bien chaque syllabe :

— Julia Hurbon.

Lapp feignit d'entendre ce nom pour la première fois.

— Connais pas.

— Julia était une mule à la solde de la Pieuvre, insista Vidal. On a retrouvé son cadavre dans un hôtel de Vitry-sur-Seine. Elle a été éventrée.

Lapp afficha une mine faussement apitoyée et articula :

— Ce sont des choses qui arrivent aux mauvaises mules.

— Nous savons qu'elle t'a téléphoné quelques heures avant de prendre l'avion pour Paris.

— Je ne la connaissais pas, répéta Lapp avec l'impassibilité d'un robot.

— Revenons à nos moutons, grogna Vidal. Où est Bethsabée ?

— Qui ? rétorqua Lapp.

Vidal se pencha en avant, appuya ses coudes sur ses genoux.

— Avec ou sans ton aide, nous la trouverons, décréta-t-il. Tu nous ferais gagner un temps précieux en nous disant où tu l'as planquée.

Lapp eut un ricanement nerveux.

— T'es payé pour chercher, *perro*. Alors cherche.

Les agents en civil de la DEA – le service américain de lutte contre les stupéfiants – chargés de repérer les mules dans les aéroports étaient surnommés les *perros* – les chiens – par les trafiquants colombiens. Furieux, Pelletier ferma le poing pour frapper le dealer. Vidal s'interposa. Lapp les balaya d'un regard hargneux.

— Votre boss va vous passer un savon lorsqu'il apprendra que vous avez molesté un innocent.

Le commissaire ignora cette provocation et ordonna :

— Fouillez l'appartement. Je ne partirai pas avant d'avoir mis la main sur la drogue.

Les flics se répartirent les tâches. Jarry visita la cuisine. Le Marseillais explora la chambre à coucher. Illouz inspecta la salle de bains. De son côté, Vidal fouina dans le salon. Quand Illouz le rejoignit, la pièce était sens dessus dessous. Vidal remarqua la grimace de dégoût du lieutenant.

— Un problème ? s'enquit-il.

— Le bac du lave-linge est rempli de poudre bleue, expliqua Illouz. J'ai eu un doute, alors je l'ai goûtée.

— Quel est ton verdict ?

En guise de réponse, Illouz déposa un baril de lessive sur une chaise. Jarry et Pelletier firent irruption dans le séjour.

— Que dalle, râla le Marseillais.

La moue boudeuse de Jarry était plus explicite qu'aucun mot. Lapp fredonna le refrain de *No Woman No Cry* de Bob Marley, puis se tourna vers Vidal.

— Je vous l'avais dit. Vous êtes dans la mouise.

Exaspéré, Pelletier shoota dans un pouf.

— Si la dope est ici, Spencer la dénichera.

Cette proposition souleva l'enthousiasme d'Illouz. L'espoir illumina la figure de Jarry.

— Appelez Rachel Ben Simon, patron, s'emballa-t-elle.

Vidal parut réfléchir et pianota sur le clavier de son portable.

— Yak est meilleur que Spencer, décida-t-il.

Un quart d'heure plus tard, Yak le Terrible pointait son museau, précédant le maître-chien. Vêtue d'un treillis noir, les cheveux rassemblés sous une casquette dont la visière cassée masquait le haut de son visage, le capitaine Ben Simon était, comme Vidal le répétait souvent, une « belle plante ». Dresseuse en chef de la brigade des stupéfiants du 36, elle organisait des stages de trois mois au cours desquels son staff apprenait aux chiens à identifier le cannabis, l'héroïne, la cocaïne et la Grande Bleue d'après leur odeur.

Elle prit un flacon dans la poche de poitrine de son treillis, le déboucha et s'agenouilla devant Yak. Le berger allemand huma l'odeur du contenu – quelques grammes de Bethsabée –, poussa un grognement sourd. La jeune femme détacha la laisse et aiguillonna son protégé :

— Yak ! Cherche !

Vidal observa l'animal renifler le sol et les meubles avec bienveillance. Il avait toujours préféré Yak le berger à Spencer le malinois, selon lui moins efficace.

— Vous perdez votre temps, soupira Lapp. J'ai rien à me...

Un aboiement impérieux l'interrompit. Dressé à la verticale, les pattes avant posées sur le dessus de marbre de la commode en noyer, Yak collait son museau frémissant au couvercle d'un vieux tourne-disque. Vidal fronça les sourcils, s'approcha. Yak avait flairé une piste. La perspective d'une récompense l'excitait tellement que, d'un mouvement de la patte, il renversa les vinyles empilés à côté de la platine. Les albums de Genesis, des Beatles et de Cat Stevens chutèrent sur le sol.

— Il est dingue, ce clebs, se moqua Lapp. Y a rien là-dedans.

Absorbé dans la contemplation du pick-up, Vidal ne l'écoutait pas.

— Fallait y penser. À toi de jouer, Ange.

Le capitaine Ben Simon éloigna Yak de la commode pour que Pelletier puisse examiner l'électrophone. Le Marseillais ajusta ses gants de latex et démonta l'appareil méthodiquement.

— Alors ? s'enquit le commissaire.

Pelletier agita une liasse de billets de cinq cents euros avec un sourire en coin. Le dealer ricana.

— Le clébard sait pas distinguer la came du pognon. (Son regard obliqua vers Ben Simon.) Faut le piquer, madame.

Sans lui prêter attention, Vidal déclara :

— L'odeur de Bethsabée imprégnait tes mains quand tu as manipulé ce blé. (Lapp le fixa avec défiance.) Tu aurais dû te les laver.

Lapp déglutit, mal à l'aise.

— Pas de dope, pas de preuve, se défendit-il d'une voix affaiblie par l'appréhension.

Vidal mâcha nerveusement son chewing-gum.

— On continue, Rachel.

Ben Simon se baissa pour caresser Yak.

— Va, mon chien !

Le berger allemand bondit hors du séjour. La fouille des autres pièces se révéla infructueuse. Déçue, Ben Simon salua l'équipe et se dirigea vers la sortie. Vidal se préparait à cuisiner Lapp lorsque la jeune femme le héla.

Le commissaire pivota vers Jarry et Illouz, désigna le dealer de l'index.

— Surveillez-le.

Vidal et Pelletier retrouvèrent Ben Simon sur le palier.

— Elle est là-haut, annonça-t-elle en indiquant du menton le plafond en stuc.

Vidal arbora une mine sceptique.

— Regardez la plaque du faux plafond, insista Ben Simon.

Le raclement de gorge de Vidal trahissait son irritation.

— Laquelle ?

— Celle qui est juste au-dessus de nos têtes. Vous ne remarquez rien d'anormal ?

Avant que Vidal puisse répondre, Pelletier lança, avec une expression triomphante :

— Elle est mal ajustée, ce qui signifie qu'elle a été déplacée.

— Exact, jubila Ben Simon.

Le visage de Vidal s'éclaira d'un sourire victorieux.

— Une chaise, vite !

Le Marseillais s'engouffra dans l'appartement. Il réapparut une minute plus tard, grimpa sur le siège pour accéder à la cache et écarta la trappe. Ses phalanges frôlèrent quelque chose.

— Je l'ai.

Il descendit de la chaise et montra une sculpture bas de gamme. Bouillant d'impatience, son supérieur la saisit et la secoua. Tous perçurent le bruit, semblable à un frottement. Vidal glissa deux doigts dans l'ouverture pratiquée dans le socle, essaya d'attraper ce que Lapp avait dissimulé à l'intérieur, sans résultat. Il pria ses collègues de se pousser, posa la figurine sur la moquette et la brisa avec le talon de sa chaussure. Son cœur battit à se rompre quand il aperçut, parmi les éclats de plâtre, un petit sachet et un boudin en plastique. Il ramassa le sachet, estima qu'il contenait les cinquante grammes de Grande Bleue destinés à Picard. Le boudin renfermait environ deux cents grammes d'héroïne.

— Bien joué, Rachel. (Vidal était avare de compliments, aussi Ben Simon apprécia-t-elle celui-ci à sa juste valeur.) À bientôt.

Vidal et Pelletier retournèrent dans l'appartement. Le commissaire fourra la drogue sous le nez de Yannick Lapp.

— Tu es bon pour une garde à vue prolongée. (Incapable de soutenir le regard du flic, le Black détourna la tête.) Tu vas avoir le temps de nous parler de ton pote Jason.

Un frisson parcourut la colonne vertébrale de Lapp.

— Je ne suis pas une balance.

— C'est ce qu'on verra. Emmenez-le.

Tandis que le Marseillais s'avançait vers lui, Lapp décocha un coup de pied dans l'estomac de Vidal qui recula d'un pas, plié en deux. Les pièces à conviction s'échappèrent des mains du commissaire et tombèrent sur le sol. Malgré les menottes qui lui enserraient les poignets, Lapp réussit à s'en emparer et se rua dans le couloir.

— Chopez-le ! éclata Pelletier en se précipitant vers son chef.

Jarry et Illouz se lancèrent à la poursuite de Lapp. Le dealer dévala l'escalier, bouscula un vieux monsieur qui attachait son vélo sous le porche de l'immeuble. Haletant, le cœur cognant contre la poitrine, il s'orienta vers la gare de l'Est. Un taxi l'évita de justesse sur l'esplanade pavée. Le chauffeur baissa la vitre pour l'invectiver, ravala ses insultes en apercevant la femme qui le pourchassait, un flingue à bout de bras. Comme à l'entraînement, Agnès Jarry devançait le lieutenant Illouz. Lapp s'aventura dans la gare, traversa le hall. Il risqua un coup d'œil en arrière afin de mesurer la distance – moins de trois mètres – qui le séparait de Jarry. Tout en courant, celle-ci visualisait la tactique de neutralisation la plus appropriée.

— Je m'en charge, dit-elle à Illouz qui la talonnait.

— Tu es sûre ? s'inquiéta son équipier.

— Écartez-vous ! rugit Jarry à l'adresse des badauds qui encombraient le passage. Police !

Lapp gagnait le quai numéro cinq. Jarry, jugeant le moment opportun pour intervenir, piqua un sprint. À l'instar d'une athlète qui franchit une haie, elle sauta par-dessus la poinçonneuse placée en avant du quai. Comme son pied droit touchait la partie supérieure de la machine, elle donna une impulsion à sa jambe pour allonger la détente. Son corps heurta celui du dealer. Ils roulèrent sur le sol. Des cris de panique fusèrent dans la gare. Jarry se releva la première et fonça sur Lapp. Après l'avoir chevauché, elle planta dans son cou le canon du Glock.

Illouz la rattrapa.

— T'es givrée, se plaignit-il, à bout de souffle.

Un sourire s'épanouit sur la figure de son équipière.

— J'adore ce job. (Elle fouilla dans les poches de Lapp.) Je ne trouve pas le poison.

Illouz agrippa le Black par la manche de son tee-shirt et le redressa.

— Où est-il ?

Lapp tendit le menton dans une attitude provocatrice et ricana. Jarry tapa le numéro de Vidal sur son portable.

À peine eut-il décroché qu'elle formula d'un ton angoissé :

— On le tient.

— Bien, la félicita le commissaire. Et la marchandise ?

— Il ne l'a pas sur lui, avoua le lieutenant, un goût amer dans la bouche.

— Bordel de merde ! tempêta Vidal. Il a dû s'en débarrasser pendant que vous le coursiez. Vous êtes où ?

— Gare de l'Est.

— Ne bougez pas. On rapplique.

Le groupe inspecta le quai et le chemin que Lapp avait emprunté pour arriver à la gare, en vain. À mesure que le ratissage progressait, Vidal se persuada que le dealer avait jeté la dope dans la rue et qu'un passant l'avait récupérée. Lorsqu'il n'entrevit plus la moindre lueur d'espoir, il invita ses hommes à cesser les recherches et à regagner leurs véhicules.

De retour au quai des Orfèvres, Jarry et Illouz enfermèrent Lapp dans une cellule réservée aux vendeurs et aux trafiquants gardés à vue. Comme les flics n'avaient pas trouvé la drogue, le juge d'instruction ne retint aucune charge contre le truand et ordonna sa relaxe en fin de journée. Impuissant à digérer cet échec, Vidal s'isola pour réfléchir. Il parcourait la quatrième de couverture d'un polar quand Pelletier toqua à la porte.

— Je te dérange ?

Vidal rangea le livre dans la bibliothèque installée derrière son bureau.

— Non. Qu'y a-t-il ?

Pelletier s'assit sur le canapé.

— Un détail me chagrine.

— Je t'écoute.

— Lapp avait mal replacé la plaque du faux plafond.

Vidal porta son index à sa tempe.

— Je pensais à ça justement.

— Ce fumier a planqué la poudre en catastrophe, continua le capitaine d'un ton sévère.

— Pour quelle raison ? demanda Vidal.

— Il était pressé par le temps, repartit Pelletier à mi-voix, comme s'il craignait d'être entendu par les policiers qui s'activaient dans le couloir. À mon avis, il savait que nous allions débarquer chez lui. Quelqu'un l'a prévenu de notre visite.

Vidal approuva d'un signe de tête et compléta l'analyse de son collègue :

— Ce quelqu'un savait que nous planquions devant le lycée Léon-Blum de Créteil et que nous étions en contact avec Nush Pietri. (Il s'accouda au bureau, appuya son menton sur ses mains croisées.) En résumé, ce quelqu'un nous côtoie et rapporte nos faits et gestes à Jason en temps et lieu.

— Il s'agit peut-être d'un indic qui bosse pour l'un de nous ou… d'un flic.

Vidal blêmit à cette idée.

— C'est bien ce qui me fait peur.

11

Le lieutenant Illouz se frotta les mains pour les réchauffer.

Calfeutré dans la Ford banalisée, il surveillait le pavillon de banlieue où Yannick Lapp s'était rendu après sa remise en liberté. De temps en temps, il actionnait l'essuie-glace. L'humidité lui donnait des maux de ventre.

Personne ne savait qu'il faisait des heures supplémentaires, pas même Vidal. Cet esprit d'initiative lui avait valu une mise à pied durant son séjour à la section antiterroriste de la Crim et des démêlés avec la hiérarchie de la PJ.

Depuis son affectation à la brigade des stupéfiants du 36, il bossait en tandem avec un informateur introduit dans le milieu, un Ivoirien nommé Barnabé. Celui-ci le renseignait sur le trafic et au besoin l'assistait sur le terrain. En retour, Illouz s'arrangeait pour reconduire son permis de séjour tous les six mois, en toute illégalité. La priorité étant accordée à la sécurité de leurs tontons, les flics des Stups n'hésitaient pas à enfreindre la loi pour les protéger. Ils annulaient leurs contraventions, régularisaient leur situation, intercédaient en leur faveur en cas de procédure judiciaire.

Illouz était certain que Lapp ne tarderait pas à rapporter sa mésaventure à Jason. Plutôt que de le suivre et risquer d'être « détronché » – le dealer avait vu son visage –, le policier avait chargé Barnabé de le filer dès son départ du quai des Orfèvres. À vingt heures quinze, son associé l'avait contacté pour le rancarder : Lapp et Déborah Zagor, l'actrice de films X spécialisée dans les « gang-bang », avaient gagné Pierrefitte-sur-Seine ; ils se trouvaient dans une maison située avenue Jules-Guesde. Une fois sur place, Illouz s'était garé à une centaine de mètres du pavillon pour ne pas être repéré, près de l'église Notre-Dame-de-Consolation. Il avait insisté pour que Barnabé rentre chez lui, arguant que le parquet le mettrait en cause si un problème survenait.

Le lieutenant consulta sa montre : minuit dix. Quoiqu'il eût l'habitude de planquer des nuits entières, la solitude et l'inaction lui pesaient. Alors qu'il descendait de la voiture pour se dégourdir les jambes, une lumière s'alluma au rez-de-chaussée. Il referma la portière, s'empara des jumelles de vision nocturne sur la planche de bord. Yannick Lapp ouvrit la porte-fenêtre et s'avança sur la terrasse.

La Zagor, comme l'appelaient ses partenaires, le rejoignit. Illouz se laissa distraire par son corps moulé dans une robe tape-à-l'œil, piquetée de faux diamants. Lapp se tourna vers la jeune femme, l'embrassa avec fougue. La hardeuse s'éloigna d'un pas, fit glisser les bretelles de sa robe sur ses épaules charnues et remua l'index en signe d'invite. Lapp la suivit dans le salon. Le flic manœuvrait la molette de mise au point pour agrandir l'image quand son cellulaire joua le thème des

Chariots de feu de Vangelis. De sa main droite, il prit le mobile. Son correspondant avait commandé l'appel secret car des étoiles s'affichaient sur l'écran.

— Illouz, répondit-il.

— Le voyeurisme est considéré comme un trouble de la sexualité, *boychik*, prononça un homme avec emphase.

Interpellé, le policier abaissa les jumelles. Son grand-père maternel, rescapé du camp d'extermination de Dachau, lui avait appris le yiddish. *Boychik* signifiait « mon garçon ».

— Qui êtes-vous ?

Le gars ricana de sa surprise.

— Tu ne me remets pas ?

Le lieutenant connaissait cette voix.

— Où es-tu ? s'enquit-il.

— Tout près.

Illouz fouilla la nuit du regard.

— Je ne te vois pas.

— La traque en solitaire ne te convient pas, Jacques. Tu n'as pas l'œil vif du chasseur.

Il y eut un bref silence. Illouz tressauta en apercevant le type qui tapotait la vitre côté passager. Il se força au calme, pencha le buste vers la portière qu'il déverrouilla afin que l'autre puisse monter dans la Ford.

— Tu m'as bien eu, admit-il. J'ai marché comme un bleu.

Le gars accueillit ce commentaire avec une mimique approbatrice.

— Tu as été parfait, concéda-t-il en s'installant dans la voiture.

La perplexité se peignit sur le visage du lieutenant.

— Comment m'as-tu trouvé ? Personne ne sait que je suis ici.

Une moue énigmatique releva les lèvres de l'homme assis à côté de lui.

— Barnabé m'a appelé sur mon portable. Il m'a raconté l'histoire en détail. Il s'inquiétait pour toi. Il avait un mauvais pressentiment. Je lui ai promis de venir t'aider, et me voilà. (Le cuir de ses gants crissa lorsqu'il croisa les doigts.) Ce *mishegoss* s'est attaché à toi. Je n'ai jamais vu une telle fidélité chez un tonton.

Illouz avait perçu l'irritation qui pointait dans l'attitude de son ami.

— On dirait que sa sollicitude à mon égard te déplaît.

— Pas autant que ton esprit d'initiative.

La défiance se refléta dans les yeux d'Illouz. Son collègue était d'une dureté inhabituelle.

— D'accord, j'aurais dû informer le groupe de ma virée, confessa-t-il. Je compte sur toi pour ne pas le répéter au grand manitou. (Il braqua les jumelles sur le pavillon, nota que les volets du rez-de-chaussée étaient fermés. La lumière du salon filtrait à travers les persiennes.) Lapp sème des indices comme le Petit Poucet des cailloux. Je suis sûr que la dope destinée à l'ensemble des réseaux se trouve dans cette bicoque.

L'autre repoussa le pan de sa parka, saisit son pistolet et vissa un silencieux. Absorbé dans l'observation de la maison, Illouz ne remarqua pas son manège.

— Tu es un bon flic, Jacques. Dommage.

Quand le canon effleura sa tempe droite, Illouz tourna lentement la tête vers son équipier, le regard empli d'incrédulité.

— Qu'est-ce qui te prend ?

— Je réciterai la prière des Morts pour toi, *schmock*.

L'homme appuya sur la détente. Le corps sans vie du lieutenant se tassa, un filet de sang s'échappa de sa tempe. Le tueur essuya la vitre tachetée de rouge avec un mouchoir en papier puis sortit du véhicule. La pluie fine et pénétrante lui gela le nez et les oreilles. Il s'assura d'un coup d'œil circulaire que les alentours étaient déserts, leva la main en direction d'un break garé en contrebas de la rue. Une portière claqua et la silhouette du conducteur entra dans la lumière déclinante d'un lampadaire. L'homme attendit qu'il soit à sa hauteur pour lui adresser la parole.

— Tu as le matos ?

Le Black déplia la couverture qu'il avait sous le bras. Ils recouvrirent le cadavre de Jacques Illouz, l'extirpèrent de l'habitacle et le déposèrent dans le coffre. L'homme remit la clé de contact à son comparse.

— Tu sais ce que tu dois faire ?

Le Noir acquiesça, s'assit à l'avant de la Ford et démarra.

L'homme marcha vers le pavillon de l'avenue Jules-Guesde d'un pas déterminé. L'excès d'assurance de Lapp avait mis la Pieuvre en péril. Il devait payer. Le visiteur traversa le jardin où trônait une petite fontaine, introduisit dans la serrure le double de la clé qu'il avait toujours sur lui et ouvrit la porte en douceur. Il releva le bas de sa parka, agrippa la crosse du pistolet. Les jambes pliées et le dos courbé, il se faufila dans le salon.

Des gémissements provenaient de la télévision posée à même le sol. Sur l'écran plasma, une femme aux formes plantureuses chevauchait un métis musculeux. L'homme reconnut Déborah Zagor dans *Parties fines en Martinique*, son plus grand succès. Tandis qu'il passait en revue les vêtements qui traînaient çà et là, des éclats de voix lui parvinrent du premier étage. Des propos obscènes proférés sous l'effet de l'excitation. Les ébats avaient débuté ici et se poursuivaient dans la chambre à coucher. L'arme à la main, il gravit l'escalier avec précaution et s'engagea dans le couloir qui menait au septième ciel. La chambre était attenante à la salle de bains. Il aperçut Zagor et Yannick Lapp par l'entrebâillement de la porte. Le couple lui tournait le dos. Lapp prenait la jeune femme par-derrière. Le sommier du lit à baldaquin grinçait à chaque mouvement de son bassin ruisselant de sueur. L'homme identifia deux rails de Bethsabée et un tube à priser sur le guéridon en placage de citronnier.

Lorsque le plaisir de Lapp fut à son paroxysme, il entra sans bruit dans la pièce, visa son crâne et tira à bout portant. Le dealer bascula de côté, s'écroula sur le sol comme un pantin désarticulé. La Zagor écarquilla les yeux d'effroi en voyant les fragments de cervelle glisser sur son bras. Hystérique, elle sauta à bas du lit, plongea son regard embué de larmes dans celui du bourreau. Ce dernier pressa la détente à l'instant où elle s'apprêtait à hurler. La balle entra par la bouche et ressortit par l'occiput. En s'effondrant, Zagor renversa le guéridon. Sa poitrine maculée de sang apparut dans le halo de la lampe.

L'homme rangea le pistolet, quitta la pièce puis descendit dans la buanderie aménagée au sous-sol de la maison. Un mois plus tôt, il avait commandé cinq cents kilos de Grande Bleue à un fournisseur martiniquais. Averti de la livraison par une balance, le préfet maritime de l'Atlantique avait ordonné l'arraisonnement du cargo qui voguait vers la Bretagne. Quinze commandos de la Marine avaient investi le bâtiment et contrôlé sa cargaison. La drogue étant introuvable, ils avaient conduit le bateau au port militaire de Brest où la police technique et scientifique avait effectué des recherches, sans succès : un sous-officier corrompu avait prévenu la Pieuvre trois heures avant l'abordage ; mis au courant de la situation, l'homme avait aussitôt contacté le responsable du réseau Pays-de-la-Loire. Depuis la Vendée, celui-ci avait téléguidé le *Billy-Bop 3* vers le transporteur. Conçu par un ingénieur de l'Organisation, ce petit sous-marin indétectable avait une capacité d'une tonne. L'équipage du cargo avait chargé Bethsabée dans le submersible, en pleine mer. L'appareil avait ensuite navigué à destination des Sables-d'Olonne. Une équipe avait récupéré la marchandise sur une plage déserte puis l'avait expédiée à Paris le lendemain matin, par la route.

Les ballots étaient entreposés dans ce pavillon de banlieue.

Maintenant qu'Illouz était remonté jusqu'ici, il fallait dégoter une autre planque. L'homme activa le clavier de son portable et tapa un numéro.

— Rassemble les gars, dit-il à son interlocuteur. On déménage.

12

Illouz était introuvable depuis deux semaines.

La police avait découvert les cadavres de Déborah Zagor et de Yannick Lapp après que Nolwenn Zagor eut signalé la disparition de sa sœur et mentionné les lieux qu'elle fréquentait, parmi lesquels le pavillon de Pierrefitte-sur-Seine. Afin de ne pas gêner l'enquête, le chargé de communication de la brigade des stupéfiants avait transmis le minimum d'informations à la presse.

Vidal et Pelletier étaient persuadés que la volatilisation de leur collègue n'était pas étrangère au double homicide de Pierrefitte-sur-Seine : il s'était évanoui dans la nature la nuit du carnage. Le commissaire avait attendu quarante-huit heures avant d'enregistrer son équipier dans le Fichier des personnes disparues. Son premier réflexe avait été de contacter Barnabé, le tonton d'Illouz, pour tenter d'en savoir plus. Le lieutenant avait lié amitié avec son indic, au mépris de la déontologie et des mises en garde de son supérieur. Il se confiait à lui et réciproquement. Les appels de Vidal étaient restés sans réponse : l'informateur s'était volatilisé.

La théorie selon laquelle une taupe tuyauterait Jason et ses sbires prenait corps. Pour le Marseillais, Barnabé était le Judas que le groupe recherchait. Sa version était la suivante : Illouz avait pris Yannick Lapp en filature ; son tonton était dans la confidence. Lorsque l'officier de police avait déniché l'entrepôt du réseau francilien, Barnabé s'était empressé d'avertir Jason. Ce dernier avait supprimé le lieutenant, ainsi que Zagor et Lapp. Les techniciens de la PTS n'ayant pas relevé les traces d'un troisième meurtre dans la maison de banlieue, Pelletier supposait que Jason avait tué Illouz à l'extérieur puis s'était débarrassé de son cadavre. Son devoir accompli, le trafiquant avait ordonné à Barnabé de s'enfuir, certain que les Stups le soupçonneraient.

Ce matin-là, Vidal discutait avec Bonada et Pelletier dans son bureau. Les cheveux châtain clair, le visage amoché et le corps râblé d'un boxeur – sport qu'il avait pratiqué dans sa jeunesse –, Joseph Bonada était âgé de quarante-neuf ans. Il était le membre le plus expérimenté du groupe et celui que Vidal préférait, après Pelletier. Le commissaire lui demandait souvent conseil avant de prendre une décision importante, qu'elle concerne sa fonction ou sa vie privée.

Vidal et Bonada se persuadaient mutuellement qu'Illouz était encore en vie quand le téléphone sonna.

— On l'a retrouvé, annonça d'un ton sinistre Elie Sagane, le commandant de la Criminelle.

Vidal retint sa respiration, se leva d'un mouvement brusque.

— À quel endroit ?

— Dans le bois de Saint-Cucufa, à Rueil-Malmaison.

— J'arrive.

Le commissaire raccrocha. Le trouble se lisait sur ses traits.

— Un problème ? demanda le Marseillais.

Vidal décrocha son blouson du portemanteau et l'enfila avec des gestes machinaux.

— La Crim a dégoté le cadavre de Jacques.

Pelletier et Bonada pâlirent. Vidal sortit dans le couloir, suivi de ses collègues.

— Et Barnabé ? s'enquit Bonada. Des nouvelles de ce *schlepp* ?

Vidal ne répondit pas, entra dans le bureau de Jarry et Picard pour les prévenir. Il n'eut pas besoin de parler. En apercevant la lueur de tristesse dans son regard, Agnès Jarry s'effondra sur une chaise et éclata en sanglots.

Pelletier quitta la route de Versailles et se rangea sur le parc de stationnement de la forêt, près de l'étang de Saint-Cucufa. Vidal descendit de la Peugeot 306, passa sous le cordon qui délimitait le périmètre sécurisé. Tandis que le Marseillais hâtait le pas pour le rattraper, la Renault de Picard s'engagea sur le parking. Le capitaine se gara à côté du véhicule de la PTS. Sur la banquette arrière, Bonada réconfortait Jarry dont le visage endeuillé se reflétait dans le rétroviseur.

— Tu n'es pas obligée de venir, Agnès, fit Picard.

La jeune femme sécha ses larmes du revers de la main.

— Jacques était mon ami, déclara-t-elle. Allons-y.

Les blouses blanches de la Police technique et scientifique s'affairaient sur les lieux du crime. Étendu sur un lit de feuilles, le cadavre d'Illouz occupait le centre de ce petit théâtre de la mort. Raoul Bietri, le légiste, l'examinait avec minutie. Bruno Coste, le spécialiste de l'Identité judiciaire, le mitraillait avec un réflex numérique. Bietri avait bossé avec Coste sur le dossier Janus. Il avait soutenu sa candidature lorsqu'il avait sollicité un poste au quai des Orfèvres, après un bref séjour à l'institut médico-légal de Lyon.

Vidal s'accroupit près du légiste. Une odeur de viande pourrie emplit ses narines.

— Comment est-il mort ?

Bietri pointa son index vers la tempe droite du défunt.

— L'assassin lui a tiré une balle dans la tête, à bout portant. Le projectile est ressorti à gauche. (Il saisit l'araignée qui escaladait sa barbe et la jeta au loin.) L'autopsie nous en apprendra davantage.

Pelletier se pencha sur la dépouille du lieutenant, constata que la manche de son pull était déchirée. La vision de son avant-bras rongé jusqu'à l'os le retourna.

— Que s'est-il passé ?

Le toubib montra les marques rectilignes sur l'humérus.

— Des rats ?

— Ou des souris, rectifia Bietri.

— Avez-vous une idée de la date du décès ? enchaîna Vidal.

Le légiste tapota un tube en plastique rangé dans sa mallette.

— J'ai recueilli des œufs de mouche dans les plaies et les orifices. Le responsable du département d'entomologie de l'IRCGN les étudiera demain matin. J'aurai une première estimation dans…

— Le lieutenant Illouz était de la maison, le coupa Vidal. Il va de soi que son dossier prime sur tous les autres.

Heurté par le ton autoritaire du commissaire, Bietri se rembrunit.

— Si vous voulez bien m'excuser, j'ai encore du travail.

Les flics s'éloignèrent. Bruno Coste, qui avait assisté à la scène sans broncher, s'approcha du légiste.

— Il faut les comprendre. Ils sont sur les nerfs.

Conscient que la direction de la PJ ne tolérerait pas l'à-peu-près, Bietri décida de prendre les devants et d'effectuer un prélèvement complémentaire. Analyser du tissu musculaire lui permettrait d'établir un rapprochement entre le niveau de putréfaction du corps et les conditions climatiques auxquelles il avait été soumis. Ainsi, il pourrait déterminer avec exactitude le moment de la mort. Il vérifia que ses gants de latex n'étaient pas abîmés, ajusta son masque de chirurgien et chaussa des lunettes protectrices : inciser la chair d'un cadavre en décomposition comportait un risque biologique. Après avoir découpé la jambe droite du pantalon de la victime, il entailla la cuisse au scalpel, en ayant soin de ne pas toucher les asticots. Les marbrures sur la peau indiquaient l'arrivée de gaz dans le système vasculaire. Le légiste atteignit le muscle, pratiqua une biopsie.

Pendant que Pelletier rejoignait Bonada sur la berge de l'étang, Vidal se mit en quête de Sagane. Adossé à un arbre, l'ange de la Criminelle conversait avec son bras droit, le lieutenant Morin Briard. Vidal leur serra la main et s'assit sur un tronc de pin sylvestre. Sagane scruta sa mine défaite.

— Illouz jouait avec le feu, commença-t-il. Ça lui pendait au nez. (D'un clignement de paupières, il ordonna à Briard de se retirer et s'installa à côté de Vidal.) Ce n'est pas ta faute.

Vidal exprima son scepticisme par un soupir.

— Jacques adorait enquêter en solo. (Un semblant de sourire se dessina sur ses lèvres.) Il ne recherchait pas les honneurs, il avait le goût du risque. Je me doutais qu'il tenterait quelque chose. J'aurais dû le surveiller. Qui l'a découvert ?

Sagane tira un carnet de la poche arrière de son jean, compulsa ses notes.

— Un griffon vendéen.

— Un chien ?

— À huit heures ce matin, Charles Dupierry promenait son chien dans le bois. Soudain, le clebs a quitté le sentier en aboyant. Il est revenu un peu plus tard, avec un médius et un annulaire à moitié décharnés dans la gueule.

Vidal frissonna d'horreur.

— Dupierry a trouvé le corps, puis il a appelé le 17 de son portable, poursuivit Sagane. La police urbaine de proximité a identifié le cadavre d'Illouz grâce aux données enregistrées dans le Fichier des personnes disparues – sa carte et son portefeuille n'étaient pas sur lui. Comme Jacques faisait partie de la maison, le substitut du procureur a jugé opportun de me confier l'enquête.

Vidal parut agacé.

— Les animaux de la forêt ont contaminé le périmètre, se lamenta-t-il. Sans parler de ce maudit cabot. Les TIC ne dégoteront aucun indice susceptible de nous conduire au meurtrier. Je ne…

La sonnerie de son cellulaire l'interrompit.

— On a du nouveau, chef, fit Jarry.

Le commissaire reporta son regard sur la zone occupée par les « fourmis » de la PTS.

— Je ne vous vois pas. Où êtes-vous ?

— En face.

Il pivota d'un quart de tour, aperçut les membres de son équipe sur la rive opposée. Son cœur battit la chamade quand il discerna une forme allongée aux pieds de Jarry.

— Suis-moi, lança-t-il à Sagane.

Ils longèrent l'étang à grands pas. Vidal accéléra la marche dans la dernière ligne droite. D'un geste prompt, il intima aux autres de s'écarter de son chemin. Sans un mot, il s'agenouilla près du cadavre et souleva le drap blanc qui le recouvrait. Bien que son visage fût bleuâtre et parsemé de lésions, le commissaire reconnut le mort.

— Ne le touchez pas, intervint un technicien. Le docteur Bietri vient tout de suite.

Vidal se redressa et déambula sur le bord de l'étang avec un rire nerveux. À son tour, Sagane se pencha sur le macchabée.

— Qui est-ce ?

— Le tonton d'Illouz, répliqua Pelletier. La taupe qui rancardait Jason.

Bietri et Bruno Coste se portèrent à la rencontre du groupe. Le médecin légiste glissa les gants usagés dans un sachet en plastique, enfila une paire neuve et procéda à l'examen préliminaire de la dépouille de Barnabé.

— Il était à cet endroit précis ? interrogea-t-il sans s'adresser à une personne en particulier.

— Oui, répondit Jarry. Pourquoi ?

Bietri passa un doigt sur son menton d'un air pensif.

— La desquamation avancée du corps atteste une immersion prolongée.

Cette remarque interpella le Marseillais.

— Vous voulez dire que son assassin l'a plongé dans l'étang ?

— Rien ne prouve qu'il s'agit d'un meurtre, contesta Bietri.

Il autorisa Coste à photographier Barnabé.

— Il s'est peut-être noyé, suggéra Sagane avec ironie.

— Jason l'a tué, décréta Vidal en revenant sur ses pas. Mais vous oubliez un détail, toubib. Comment est-il arrivé sur la berge ?

Loin de décontenancer le légiste, cette question le ravit.

— C'est très simple, commissaire. Il est resté immergé jusqu'à ce que les gaz putrides le ramènent à la surface. Ensuite, poussé par le mouvement de l'eau, il s'est échoué sur la rive où la faune parasitaire l'a infesté. (Il décocha un sourire moqueur au policier.) Je croyais que vous saviez cela. (Il se tourna vers Sagane.) Si vous souhaitez assister à l'autopsie des victimes, rendez-vous à l'IML à dix-huit heures trente. (D'un geste, il signifia à Coste son intention de partir.) Bonne continuation, messieurs.

Deux infirmiers glissèrent le corps dans une housse qu'ils déposèrent sur une civière. Puis ils regagnèrent l'ambulance stationnée à proximité d'une maison forestière. Surpris par le froid, Sagane boutonna son manteau et rejoignit Vidal, hypnotisé par le reflet des chênes dans l'eau.

— Une pièce du puzzle se cache peut-être au fond de l'étang, énonça-t-il.

Les yeux éteints de Vidal s'allumèrent à nouveau.

— Allons à la pêche aux indices, s'emballa-t-il.

Sagane téléphona à la section de recherches de la gendarmerie des Hauts-de-Seine, demanda au maréchal des logis de permanence d'envoyer deux plongeurs. Les flics patientaient depuis plus d'une demi-heure quand deux sous-officiers rappliquèrent avec leur équipement. Vidal leur expliqua la situation. Le plus gradé – un adjudant-chef peu bavard – revêtit une combinaison, enroula une ceinture de plomb autour de sa taille et chargea une bouteille d'oxygène sur son dos. Les deux hommes s'encordèrent et l'adjudant-chef s'enfonça dans l'eau trouble. Sur la berge, son collègue maintenait la corde bien tendue – les gendarmes appelaient cette manœuvre la ligne de vie, ou la commande –, veillant à donner du mou chaque fois que le plongeur progressait d'un mètre.

L'homme-grenouille jaillit de l'étang à l'instant où le découragement s'abattait sur les enquêteurs. Un objet métallique brillait dans sa main gantée de caoutchouc. Pelletier n'attendit pas qu'il soit sur la rive pour s'élancer vers lui. La déception décomposa ses traits lorsqu'il identifia le petit appareil.

— Qu'est-ce que c'est ? s'enquit Vidal.

Le plongeur lui remit le briquet à quartz en forme de tête de serpent.

— Il appartenait à Barnabé, conjectura Bonada.

Agnès Jarry jeta un coup d'œil sur le cobra.

— Ce n'est pas à lui. Il ne fumait pas.

— Comment le sais-tu ? questionna Picard haut et fort.

— Jacques m'a dit qu'il était asthmatique. Son pneumologue lui avait interdit la cigarette.

— Le tueur a dû le perdre, présuma Picard.

— Le tueur ou un pêcheur, contra Vidal qui n'encaissait pas les réflexions du capitaine, qu'elles soient absurdes ou sensées.

Picard le mal-aimé ne releva pas. Il était à court d'arguments. La logique imparable de son supérieur avait anéanti son espoir de relancer l'enquête. Sagane mit le briquet dans une pochette zippée.

— Les experts du labo vont l'examiner, au cas où…

Les policiers se dirigèrent en silence vers l'aire de

stationnement. Avant de monter dans sa voiture, Pelletier aborda Bonada.

— Tout à l'heure, dans le bureau du patron, tu as traité Barnabé de « skelpp » ou de « slepp ».

Bonada sourit.

— *Schlepp*, corrigea-t-il. Ça signifie « gros lard » en yiddish. (L'étonnement plissa son front.) Tu as l'air intrigué.

Le Marseillais haussa les épaules.

— J'ignorais que tu connaissais cette langue.

Assis dans la Peugeot, Vidal s'impatientait. Il klaxonna pour manifester son mécontentement.

— Je ferais mieux d'y aller, susurra Pelletier.

13

Les employés de la morgue sortirent le cadavre de Jacques Illouz du casier frigorifique, le déposèrent sur un chariot et le conduisirent à la salle d'autopsie. Ils attendirent l'assentiment de Raoul Bietri pour le coucher sur la table de travail.

Le légiste enfila une combinaison, se coiffa d'un bonnet et vérifia les instruments de dissection alignés sur un plateau. Bruno Coste chargea une pellicule dans son Nikon, fixa un flash électronique sur le boîtier et cadra le défunt. Lorsqu'il fut prêt, Bietri s'adressa aux visiteurs qui se tenaient en retrait :

— Venez, messieurs.

Vidal, Pelletier et Sagane s'approchèrent de la table. Le néon du plafond jetait une lumière crue sur feu le lieutenant Illouz. L'odeur de la chair putréfiée se mêlait à celle de l'aldéhyde formique, arrachant un haut-le-cœur au Marseillais.

— Comme vous le savez, la victime a été tuée d'une balle dans la tête, commença Bietri.

Avec un bistouri, il entailla le scalp et le rabattit sur le visage du mort afin de mettre le crâne à nu. Du doigt, il montra les points d'entrée et de sortie du projectile.

— Les fractures ne se sont pas refermées, l'os s'est désagrégé, expliqua-t-il. La troisième couche de la boîte crânienne a été perforée en biseau. Cette signature permettra à la balistique d'établir avec précision la trajectoire de la balle.

Coste photographiait le « patient », Pelletier sténographiait les remarques du légiste sur un bloc-notes. L'observation et la pesée des organes ne révélant rien d'intéressant, Bietri proposa d'étudier la dépouille de Barnabé.

— Allez le chercher, commanda-t-il à ses collaborateurs.

Pelletier s'attarda sur le chewing-gum collé au larynx d'Illouz, au niveau de la glotte.

— J'ai jamais vu un truc pareil, soupira-t-il.

— Et en ce qui concerne la date de la mort ? demanda Vidal.

Bietri retira ses gants, prit une feuille dans une chemise en papier et la lui tendit.

— Un porteur m'a remis l'expertise entomologique de l'IRCGN avant que vous arriviez. Les œufs prélevés sur la victime ont été pondus par des calliphorines et des sarcophagines du deuxième escadron de la mort. Ces mouches sont attirées par la putréfaction gazeuse qui se produit environ quinze jours après le décès.

Vidal et Pelletier échangèrent un regard entendu.

— Il a été refroidi la nuit du double meurtre de Pierrefitte-sur-Seine, déclara le Marseillais. A-t-il été supprimé dans le bois ?

— L'entomologiste est certain que les mouches de la première vague l'ont contaminé dans la forêt, alors que son cadavre était encore frais, répondit Bietri.

Maintenant, il est possible que son assassin l'ait abandonné dans la nature peu de temps après l'avoir éliminé, *avant* que les lividités apparaissent sur le cou et les parties déclives et que la rigidité s'installe. (Les assistants entrèrent avec le corps de Barnabé. Le légiste leur fit signe de l'étendre sur un billard vacant.) Par ailleurs, les résultats de l'analyse du tissu musculaire confirment que la mort remonte à deux semaines. Allons voir l'indic.

Les policiers demeurèrent silencieux pendant l'examen macroscopique. La perplexité crispa la face de Bietri tandis qu'il explorait la cavité buccale à la lumière de sa lampe frontale.

— Étonnant, laissa-t-il tomber.

— Quoi donc ? s'enquit Sagane.

Bietri appliqua son index sur les lèvres.

— La cause du décès. Pas d'écorchures ni de contusions épidermiques, pas de traumatisme crânien, pas de pétéchies hémorragiques, de cyanose linguale ni de marques autour du cou, pas d'orifice ni d'auréole de poudre.

Vidal planta ses yeux dans ceux du légiste.

— Ne me dites pas que vous concluez à la mort naturelle.

Bietri lut de l'antipathie dans le regard du flic. Il s'efforça de dissimuler son embarras et continua :

— Je soupçonne l'empoisonnement. Le toxicologue élucidera ce mystère. Vous permettez…

Vidal s'écarta de la table, et le légiste ouvrit le corps de Barnabé comme un chef fend une volaille, alternant le scalpel, la pince à os, les ciseaux et le petit couteau. Après avoir extrait les organes, il les pesa sur la balance à plateaux et les mit dans des cuves remplies de formol. L'épluchage terminé, il scruta les poumons.

— Aspiration pulmonaire minimale, fit-il.

— Traduction ? s'impatienta Vidal.

— Il n'y a pas d'eau dans les poumons, intervint Pelletier.

Bietri opina de la tête.

— Si Barnabé s'était noyé, ils en seraient gorgés.

Le commissaire haussa les sourcils.

— Si j'ai bien compris, il a été tué avant d'être précipité dans l'étang.

Bietri acquiesça, débrida les organes thoraciques avec les ciseaux et effectua plusieurs biopsies. L'examen anatomopathologique révélerait sans doute la présence de diatomées – des algues siliceuses – dans les voies aériennes et les poumons de la victime, validant ainsi la thèse du légiste. Celui-ci préleva un échantillon du bol alimentaire, appuya sur la vessie pour recueillir un peu d'urine : leur analyse déterminerait la nature de l'intoxication. Il inspectait le contenu stomacal lorsqu'il aperçut, parmi les restes de l'ultime repas de Barnabé, un objet de la taille d'une pièce de dix centimes d'euro. Les policiers remuèrent la tête d'un air dérouté en identifiant l'étoile à six branches entourée d'un cercle.

— Qu'est-ce que ce truc fout là ? lâcha Sagane. Je peux le voir ?

Bietri nettoya à l'eau l'étoile de David, la désinfecta à l'alcool à quatre-vingt-dix et la remit à l'officier de la Crim qui l'orienta vers le tube au néon.

— De l'argent, commenta Sagane. Un mot en hébreu est gravé sur le revers.

— Lequel ? questionna Pelletier.

Comme Sagane était de confession juive et qu'il parlait couramment l'hébreu, il n'eut aucun mal à le traduire.

— *Haïm*, répliqua-t-il. « La vie », en français.

La pâleur subite de Vidal trahit son émotion. Pelletier arracha le symbole judaïque des mains de Sagane, l'examina sous toutes les coutures et demanda au commissaire, blême de stupéfaction :

— C'est la sienne, n'est-ce pas ?

Son supérieur fixa l'étoile par-dessus son épaule et confirma, avec une expression à la fois incrédule et hagarde :

— Oui. Ça n'a pas de… sens.

Sagane les considéra tour à tour.

— Mais enfin, de qui parlez-vous ? articula-t-il en élevant la voix.

Le Marseillais abattit la pièce à conviction devant lui, sur la table de dissection.

— Ce machin appartient à Bonada.

L'étonnement agrandit les yeux de Sagane.

— Un jour, Joseph m'a montré cette médaille, l'éclaira Vidal. Il m'a raconté que son père la lui avait offerte sur son lit de mort. (De l'annulaire, il surligna le mot tracé sur l'argent.) À sa naissance, ses parents lui ont donné deux prénoms français – Thomas et Joseph – et un prénom d'origine hébraïque. (Il tapota l'inscription en creux.) *Ce* prénom. Jusqu'à aujourd'hui, j'ignorais ce qu'il signifiait.

— Cela n'explique pas la présence de l'étoile dans l'estomac de Barnabé, intervint Sagane.

— On devrait interroger Bonada, suggéra Pelletier.

Vidal lui décocha un regard réprobateur et s'énerva :

— Je bosse avec Joseph depuis des années. Il est au-dcssus dc tout soupçon.

— Ne laisse pas ton amitié pour lui t'aveugler, répliqua le capitaine.

— De quel droit le juges-tu ? persista Vidal. Tu ne le connais pas comme *moi* je le connais.

— En effet, concéda Pelletier. Je ne le fréquente pas en dehors du travail. Au bureau, nos discussions portent toujours sur les mêmes sujets : les enquêtes en cours et les championnats de football. Cet état de fait garantit mon objectivité.

Sagane le fixa avec circonspection.

— Où veux-tu en venir ?

Pelletier frotta son pouce contre son index et son majeur avec nervosité.

— Nous n'avons pas encore approfondi l'hypothèse selon laquelle Jason aurait un informateur dans la police.

Un tic nerveux releva la lèvre inférieure de Vidal.

— Je ne veux pas entendre ces conneries ! s'emporta-t-il, choqué que Pelletier doute en public de l'intégrité de l'un de ses équipiers. Tu vas trop loin, Ange.

— La découverte de l'étoile donne à penser que Bonada est dans le coup, renchérit Pelletier, faisant fi de la mise en garde de son chef.

Le commissaire rejeta ces accusations d'un geste.

— Une présomption de culpabilité ne constitue pas une preuve, s'indigna-t-il.

Le Marseillais passa la langue sur ses lèvres gercées et se défendit :

— Il faut voir les choses en face : si ce bidule barbotait dans les viscères du tonton, c'est parce qu'il l'a avalé.

Interloqués, les autres cessèrent de bouger et le silence s'abattit sur la salle.

— Tu dérailles, grogna Vidal en secouant la tête.

— Barnabé savait que le toubib le dégoterait pendant l'autopsie et qu'il nous aiderait à identifier son assassin, dit Pelletier avec assurance. Il a dû l'ingérer avant de mourir, sans que le tueur s'en aperçoive. (Il envoya l'étoile dans la direction de Vidal qui l'attrapa *in extremis*.) Il est concevable que Bonada soit impliqué dans le trafic de Bethsabée et qu'il ait fumé Illouz et son informateur.

Sagane afficha une grimace dubitative et intervint :

— Cette bricole n'a pas une grande valeur marchande. Il n'empêche que Bonada ne devait pas s'en séparer facilement : un cadeau offert par un proche revêt toujours une signification particulière. Dans ces conditions, comment Barnabé s'y est-il pris pour la lui chouraver ?

Cette offensive n'ébranla pas Pelletier.

— Compte sur moi pour apporter la lumière sur cette question, rétorqua-t-il.

Bietri toussa pour manifester sa présence.

— La parenthèse est-elle close ? s'enquit-il d'un ton patelin. Puis-je continuer ?

— Allez-y, bougonna Vidal sans lui accorder le moindre regard.

Le légiste parcourut une feuille portant l'en-tête de l'Institut de recherche criminelle de la gendarmerie nationale.

— Il a fallu quinze jours à l'indicateur pour remonter à la surface de l'étang. Il est donc décédé la même nuit que votre équipier, une ou deux heures plus tôt pour être exact.

Bien qu'il fût d'un naturel peu loquace, Coste prit la parole, à la surprise générale :

— Sauf votre respect, vous oubliez une chose. Pour quelle raison le meurtrier a-t-il immergé le corps de l'indic et pas celui du lieutenant Illouz ?

Impressionnés par la pertinence de cette question, les policiers restèrent bouche bée. Tout en stérilisant ses instruments dans l'autoclave, Bietri hasarda une hypothèse :

— Il avait l'intention de les faire disparaître tous les deux. À mon avis, quelqu'un – un promeneur ou un rôdeur – l'a dérangé pendant qu'il plongeait Barnabé dans l'eau. Craignant d'être vu, il s'est enfui, abandonnant le cadavre d'Illouz sur la rive.

Bietri s'attendait à recevoir une volée d'objections, mais personne ne trouva à redire à ses propos. Vidal le pria de lui faxer les résultats des analyses au quai des Orfèvres. Il salua Sagane et Bruno Coste puis se retira, Pelletier sur ses talons.

— Réveille-toi, Eric, lança le Marseillais alors qu'ils débouchaient sur le parking de l'IML.

Excédé par l'obstination de son partenaire, Vidal stoppa net et fit volte-face d'un mouvement fébrile. Il approcha son visage grimaçant de colère de celui de Pelletier, frappa sa poitrine de son index tendu et fulmina :

— Joseph est de la famille. Comment peux-tu le mettre en cause ?

Pelletier soutint le regard furibond de son supérieur.

— Je me trompe peut-être, mais reconnais qu'il y a de quoi se poser des questions. Oublions l'interrogatoire. Contentons-nous de mettre Bonada sur table d'écoute et de le filer pendant quelque temps. Nous verrons où cela nous mènera.

— Nulle part, gronda Vidal en se dirigeant vers la Peugeot. Je réponds de son innocence.

Pelletier vint se planter devant lui.

— Et si Joseph n'est pas l'agneau que tu crois ? S'il est le monstre que nous traquons depuis trois ans ou bien l'un de ses sbires ? Je ne tiens pas à avoir la mort d'un autre flic sur la conscience.

Cette éventualité fit fléchir le commissaire. Le front barré d'un pli soucieux, il réfléchit un moment avant de céder :

— Agis avec discrétion. Je ne veux pas qu'il découvre qu'on enquête sur lui. (Sa gorge se noua.) Jamais, tu entends ?

— Cela va de soi, lâcha Pelletier dans un soupir.

14

Après avoir quitté l'Institut médico-légal, vers vingt heures quinze, Vidal se rendit au Hammett's Club, un piano-bar rétro de la rue Surcouf, à deux pas des Invalides.

Des affiches et des photos de films policiers inspirés des romans noirs des années trente à quarante ornaient les murs de l'établissement. Vêtu d'un imperméable mastic et coiffé d'un feutre à bord cassé, un mannequin représentant Humphrey Bogart dans *Le Grand Sommeil* était posté à l'entrée. Une fidèle imitation de Rita Hayworth dans *La Dame de Shanghai* était assise au milieu de la salle. Habillé comme sa mère, une lueur de folie dans les yeux et un grand couteau de cuisine à la main, un Norman Bates plus vrai que nature se tenait près du pianiste, un type maigriot aux cheveux gominés et à la voix de crooner qui chantait *Fly Me to the Moon* de Frank Sinatra en se contorsionnant.

Tandis que Vidal buvait une gorgée de scotch, Florence Sebbag, son indicatrice, entra dans le bar. Afin de ne pas attirer les regards, elle s'était à peine maquillée et portait une toilette simple et de bon goût : un duffle-coat anthracite, un gros pull-over et un jean noirs. Le commissaire fut tout décontenancé : c'était la première fois qu'il la voyait ainsi vêtue. Le sourire de Flo s'élargit à mesure qu'elle s'approchait, et Vidal trouva qu'elle ressemblait à Julia Roberts, avec sa bouche parfaitement dessinée et ses dents d'une blancheur éclatante. Il se leva pour l'accueillir, attendit qu'elle s'installe sur la banquette pour se rasseoir.

— Content de te voir, commença-t-il en lui adressant un regard amical. J'avais peur que tu ne puisses pas te libérer.

Flo ôta son trois-quarts, le posa à côté d'elle et laissa tomber :

— Je suis venue aussi vite que j'ai pu.

Elle demanda au serveur une eau minérale. Vidal sécha le verre de scotch et commanda dans la foulée une vodka-martini.

— Vas-y mollo, mon chou, le sermonna la prostituée.

Vidal haussa les épaules d'un air blasé et repartit :

— Un verre n'a jamais tué personne.

Le serveur apporta les consommations, les déposa sur la table en louchant sur Flo et s'éloigna. Lorsque Vidal l'avait appelée pour la prier de le rejoindre au Hammett's Club, la jeune femme avait compris à son intonation qu'il n'était pas dans son assiette et qu'il ne l'invitait pas pour lui conter fleurette.

— Qu'est-ce qui t'arrive ? s'enquit-elle avec gravité.

L'expression égarée du flic et la nervosité avec laquelle il croisait et décroisait les doigts accentuèrent son inquiétude.

— On a retrouvé le cadavre d'Illouz dans un bois, répondit Vidal, les yeux dans le vague.

Flo se raidit et blêmit à cette nouvelle. Elle n'avait jamais rencontré les équipiers du commissaire, mais il en parlait si souvent qu'ils lui étaient devenus familiers.

— Eric, je suis… désolée, balbutia-t-elle d'une voix faible mais horrifiée.

Vidal porta la vodka à ses lèvres, en avala un peu avant de continuer avec une mimique honteuse :

— Pelletier a prévenu ses parents, je n'en ai pas eu le courage. Je le connaissais par cœur, j'aurais dû me douter qu'il…

— Tu ne pouvais pas deviner ses intentions, le coupa Flo avec fermeté. Tu n'as rien à te reprocher.

— Ce n'est pas tout, reprit Vidal alors que le pianiste entonnait *I've Got Dreams to Remember* d'Otis Redding. Bonada est soupçonné de l'avoir tué.

Flo tressaillit de stupeur.

— Joseph ? s'écria-t-elle. C'est une blague ou quoi ?

— Depuis que je bosse au 36, je le prends comme modèle, confessa le commissaire. Je ne le vois pas flinguer Illouz de sang-froid et abandonner son corps dans la nature comme s'il s'agissait d'un tas d'ordures.

— Je t'en prie, arrête, le secoua Flo. Tu te fais du mal. (Elle se rencogna dans la banquette.) Tu ne devrais pas être ici, à confier tes problèmes à une vulgaire prostituée.

Cette remarque plongea Vidal dans la perplexité.

— Je ne te suis pas.

— Tu devrais être chez toi, avec Claire, répliqua-t-elle avec une dureté inattendue.

— Je n'ai pas envie d'ennuyer Claire avec mes histoires, se justifia Vidal. Elle aussi a ses soucis, je ne veux pas en rajouter.

Flo croisa les bras puis soupira :

— Je compatis à ta douleur et j'espère que Joseph est

innocent. (Elle inspira pour se donner une contenance.) Ce que je vais te dire n'a rien à voir avec le drame que tu vis. J'en ai ma claque, Eric. J'accours chaque fois que tu as besoin de moi mais j'obtiens que dalle en retour. Je suis tout juste bonne à te refiler des tuyaux et à te remonter le moral lorsque tu as touché le fond. (Elle prit ses affaires, se leva et embrassa le policier sur les deux joues.) Trouves-en une autre.

Elle atteignait la sortie quand Vidal la rattrapa et lui agrippa le poignet.

— Tu n'es pas sérieuse. On forme une équipe du tonnerre, tous les deux.

Flo se dégagea et déplora :

— Tu n'as toujours pas compris.

— Compris quoi ?

Les larmes embuèrent les yeux de Flo et elle articula, avec un mélange de dépit et de tendresse :

— Je suis amoureuse de toi.

Puis elle le planta là et s'enfuit en courant.

15

Sur le chemin du retour, Vidal suça des pastilles de menthe afin de masquer son haleine alcoolisée. Il arriva chez lui vers vingt-trois heures, triste et déprimé.

Avant de rejoindre Claire, qui regardait un film dans le salon, il prit le journal du soir sur le guéridon de l'entrée et le feuilleta, s'attardant sur l'entrefilet de la rubrique Faits divers et justice qui mentionnait la disparition du lieutenant Illouz.

MEURTRES MYSTÉRIEUX À RUEIL-MALMAISON

Les cadavres d'un officier de police et de son indicateur ont été retrouvés ce matin dans le bois de Saint-Cucufa. Les enquêteurs se refusent à apporter des éclaircissements sur les circonstances de ces crimes.

Après avoir reposé le quotidien, Vidal gagna le séjour d'un pas traînant. Claire l'entendit, baissa le volume du téléviseur. En le voyant sur le seuil de la pièce, elle quitta le canapé et se jeta dans ses bras. Vidal savoura pleinement cette étreinte fougueuse qui tombait à point nommé. Claire prit sa tête dans ses mains, plongea ses yeux vert-de-gris dans les siens et rompit le silence de sa voix caressante :

— J'ai appris pour Jacques. Je suis navrée, Eric.

— L'article publié dans le journal est plutôt vague, s'étonna Vidal. Comment as-tu su qu'il s'agissait d'Illouz ?

Claire l'embrassa avant de l'éclairer :

— Yvan vient d'appeler. Il m'a tout raconté.

Membre du groupe Fhima, le commandant Yvan Seigner était l'officier le plus décoré des Stups après Vidal. Il avait été affecté au quai des Orfèvres la même année que le commissaire. Les deux flics s'appréciaient beaucoup et se fréquentaient en dehors du boulot.

— Qu'est-ce qu'il voulait ?

— Te présenter ses condoléances.

Vidal cessa de penser à cette affaire et détailla sa compagne d'un regard sans équivoque. Elle portait une chemise d'homme en popeline blanche, à col italien, qui couvrait ses fesses de Vénus callipyge. Ses cheveux mouillés étaient plaqués en arrière et dégageaient son visage aux traits purs. Grisé par son parfum à l'essence de jasmin, Vidal sentit son sexe se durcir. Claire déchiffra le désir dans ses yeux, l'incita à baisser son pantalon et à s'installer sur le canapé. Elle commença à se déshabiller mais Vidal clappa de la langue pour lui signifier de renoncer à ce strip-tease. Il avait envie de la prendre sans délai. La jeune femme aimait ces moments où il n'était pas nécessaire de parler pour se comprendre.

Un sourire coquin plissa sa bouche lorsqu'elle vint s'asseoir à califourchon sur son amant. Tandis qu'il lui mordillait l'oreille, elle défit les trois premiers boutons de la chemise et écarta sa culotte échancrée. Ils firent l'amour sous la reproduction de *Dora Maar et le Minotaure* accrochée au mur. La télé encore allumée répandait une lumière bleutée sur leurs corps. Les mouvements frénétiques alternaient avec les va-et-vient lents et réguliers. Attentif au plaisir de sa partenaire, Vidal attendit qu'elle ait un orgasme pour jouir à son tour.

Ils restèrent un long moment silencieux. Enfin, Claire demanda :

— Où étais-tu ? J'ai téléphoné au 36 mais tu étais déjà parti.

Vidal affecta la décontraction.

— Tu as essayé de me joindre sur mon portable ?

Claire acquiesça et précisa :

— J'ai laissé deux messages sur ton répondeur.

Craignant d'être dérangé, Vidal avait éteint le cellulaire pendant son entrevue avec Flo.

— J'avais besoin d'être seul, articula-t-il. J'ai vu un film.

— Lequel ?

— *Apocalypse Now*. Il passe dans ce vieux cinéma de la place Denfert-Rochereau.

Claire le dévisagea, à la manière d'un enquêteur désireux de percer un suspect à jour.

— Tu n'as pas craqué, j'espère ?

— C'est de l'histoire ancienne, la rassura-t-il.

Il avait menti si naturellement que sa compagne n'insista pas davantage. Bien qu'il en mourût d'envie, il décida de ne pas parler de Bonada et soupira :

— Je suis vanné. Allons nous coucher.

— Déjà ? se plaignit Claire avec une mimique de petite fille espiègle. Il fut un temps où tu assurais.

16

Le lendemain après-midi, Vidal reçut plusieurs télécopies de l'Institut médico-légal.

Le rapport sur le décès du lieutenant Illouz ne comportant aucun élément nouveau, il étudia le « cas Barnabé ». Comme Bietri l'avait prédit, le responsable du laboratoire de toxicologie concluait à la mort par empoisonnement et précisait, au bas de la page : « Arrêt respiratoire consécutif à l'injection d'une dose létale d'héroïne. » Le légiste n'avait pas vu la piqûre de seringue entre les omoplates de la victime car elle s'était refermée. Le spectrographe avait permis de visualiser le canal.

Vidal consulta le dossier transmis par l'IRCGN de Rosny-sous-Bois. D'après le service d'anatomopathologie, l'absence de diatomées dans le cerveau, le foie, les reins et la moelle osseuse de Barnabé prouvait qu'il était mort lorsque l'assassin l'avait plongé dans l'étang. Plus intéressant, les techniciens en identification criminelle avaient relevé une empreinte de pneu à une dizaine de mètres de l'endroit où gisait le cadavre de Jacques

Illouz. Elle pouvait très bien provenir de l'automobile du tueur. Selon l'unité véhicules, il s'agirait du modèle standard fixé aux roues des voitures de faible encombrement. Un seul constructeur dotait l'ensemble de sa gamme de ce type de pneumatiques : Honda.

Vidal prenait des notes sur un cahier quand Pelletier débarqua dans le bureau.

— On a chopé une conversation pas très catholique, annonça-t-il d'une voix morne.

Vidal se leva et suivit son équipier. Tôt dans la matinée, le commissaire avait rendu visite au juge d'instruction. Au vu des premières constatations, celui-ci avait autorisé le chef de groupe à enquêter sur Bonada.

Les flics traversèrent un long couloir, s'engouffrèrent dans le central d'écoutes. Équipé de soixante-dix ordinateurs – un par téléphone piégé –, ce local constituait le cœur de la brigade des stupéfiants du 36. Les communications des cibles – trafiquants, grossistes et dealers – étaient gravées sur CD-Rom, décodées et transcrites sur des cahiers numérotés.

Bonada avait quitté le Palais de justice vers onze heures, prétendument pour rejoindre son tonton au cimetière de Montmartre. Après son départ, Picard s'était enfermé dans le central et avait branché le PC relié à son portable. Depuis, il écoutait tous ses appels.

Vidal boucla la porte du local derrière Pelletier, nota l'absence du lieutenant Jarry.

— Où est Agnès ? s'enquit-il.

Picard enleva le casque audio et répondit :

— Elle a pris Joseph en filature. (Il inséra un disque compact dans l'ordinateur posé sur l'étagère du milieu, attendit que les données en mémoire s'affichent sur l'écran pour cliquer sur l'icône du téléphone puis sur celle de l'horloge.) Il a passé ce coup de fil il y a un peu moins d'une heure.

Vidal prêta l'oreille à la discussion entrecoupée de crachotements.

— Allô ! lança un homme.

— Ugo Bouvier ? demanda le policier.

— Lui-même.

— Joseph Bonada à l'appareil.

— Ah ! Je suis content de vous entendre ! s'emballa son interlocuteur. Le propriétaire de l'appartement de la rue des Bluets est d'accord pour vous le louer.

— Merveilleux ! jubila Bonada. Pouvons-nous signer le contrat aujourd'hui ?

Un bruit familier résonna dans la pièce : Bouvier tournait les pages de son agenda.

— *A priori*, oui. Je m'arrange avec M. Saperstein et je vous rappelle.

— J'attends.

Bonada raccrocha.

— Le dénommé Bouvier a bigophoné sept minutes plus tard, reprit Picard en sélectionnant la plage suivante. Leur entretien a duré environ trente secondes.

Il appuya sur Lecture et la voix de Bouvier fusa dans le central :

— Monsieur Bonada ? M. Saperstein accepte de vous rencontrer à l'agence, à l'heure que vous désirez.

Bonada parut réfléchir un instant.

— Quinze heures, OK ?

— Parfait. Au revoir.

Vidal se gratta nerveusement le front et décocha un regard cinglant à Picard, signe qu'il s'apprêtait à lui dire son fait.

— Joseph veut louer un meublé dans le XIe,

grogna-t-il d'un ton où perçait l'ironie. Quel scoop ! Tu n'as pas une information plus consistante ?

— Laisse-moi t'expliquer, s'interposa le Marseillais qui, pour une fois, ne voyait aucune raison de s'en prendre au capitaine. Joseph habite un appart rue de Normandie depuis bientôt trois ans.

Son supérieur plissa le nez et gronda :

— Si tu allais droit au but ?

— Pourquoi, alors qu'il a l'intention de déménager sous peu, a-t-il repeint la cuisine et le salon ? (Il donna une tape sur l'épaule de Picard.) Roland l'a aidé à passer la seconde couche le week-end dernier. (Picard la tête de Turc approuva d'un battement de paupières.) Il y a anguille sous roche.

— La conduite de Joseph est étrange, j'en conviens, conclut Vidal. Pour autant, elle n'est pas répréhensible. Que sait-on sur ce Bouvier ?

Pelletier lui tendit le cahier sur lequel Picard avait recopié le dialogue. Vidal survola les annotations griffonnées dans la marge au feutre rouge.

— Roland a mené sa petite enquête, enchaîna Pelletier. Ugo Bouvier est négociateur à l'agence immobilière Capitole située boulevard de Ménilmontant. (Il sortit une feuille de sa poche, la déplia. Son doigt gravita autour du schéma tracé au crayon à papier.) Son nom figure certainement sur l'organigramme du réseau de distribution dirigé par Jason. Reste à découvrir son emplacement. S'agit-il d'une tête pensante ou d'un vulgaire sous-fifre ?

— Afin de tromper la vigilance d'un éventuel fouineur des Stups, Joseph et Bouvier ont eu recours à la technique du code caché : leur bavardage recèle un message, énonça Picard.

— En gros, cette histoire de location est une

couverture, compléta Pelletier. Ils ont prévu de se retrouver à quinze heures à l'agence pour s'entretenir d'une question qui n'a rien à voir avec l'immobilier. (L'exaltation embrasa son regard.) J'ai le sentiment que nous devons suivre cette piste. À toi de décider.

Vidal hésita avant de prononcer sans conviction :

— On y va.

Le Marseillais ferma le poing en signe de victoire. Vidal saisit son portable et composa le numéro de Jarry.

— Où êtes-vous, Agnès ?

Malgré le concert de Klaxon, il entendit la jeune femme répliquer :

— Place du Colonel-Fabien.

Vidal massa son tympan vrillé par les cris des avertisseurs.

— Et Joseph ?

— Il s'engage sur le boulevard de la Villette.

Le commissaire baissa les yeux vers sa montre.

— Il a rendez-vous avec un employé de l'agence immobilière Capitole, boulevard de Ménilmontant, dans quarante-cinq minutes. Quand vous serez sur place, contactez-moi. On arrive. (Il effleura une touche du clavier, prêt à raccrocher, puis se ravisa.) Vous avez pris quelle voiture ? Je ne voudrais pas que Joseph vous repère.

— Le lieutenant Briard de la Criminelle m'a prêté sa caisse.

Soulagé, Vidal éteignit son mobile et pivota vers Picard.

— Toi, tu restes ici pour surveiller les appels qui transitent par le cellulaire de Bonada. (Il agrippa Pelletier par le bras.) Allons-y. Je vais te prouver que tu te méprends sur le compte de Joseph.

17

Pelletier se gara rue de la Roquette, en face de l'agence immobilière Capitole.

Il coupa le moteur de la Renault 19 qu'il avait empruntée au commandant Yvan Seigner puis caressa la médaille accrochée à l'anneau du porte-clés. Le dessin en relief sur la pièce de métal représentait un chevalier en armure luttant contre un serpent à plusieurs têtes, comparable à l'Hydre de Lerne : l'emblème de la brigade des stupéfiants.

À côté de lui, Vidal scrutait les alentours en pianotant sur sa cuisse. Lorsque la Citroën de Bonada apparut dans son champ visuel, le commissaire tapa le numéro de Jarry sur son mobile.

— Vous le voyez ? s'enquit-il avec une intonation pressante dans la voix.

Jarry stationnait tout près, rue de la Folie-Méricourt. De sa position, elle avait une vue imprenable sur le local commercial.

— Affirmatif, répondit-elle.

— Ne bougez pas avant que je vous le dise.

— Bien, patron.

Bonada descendit de voiture, inspecta les environs d'un regard exercé et se dirigea vers l'agence sans se hâter. Son attitude ne reflétait pas la moindre inquiétude. L'espace d'un instant, Pelletier se surprit à douter de la culpabilité de son collègue. Il secoua la tête, comme pour chasser cette idée de son esprit, et concentra son attention sur la scène qui se déroulait en contrebas. Contre toute attente, Bonada stoppa devant la succursale. Il alluma une cigarette, tira plusieurs bouffées.

— Qu'est-ce qu'il fout ? grogna Vidal.

Le Marseillais répliquait quand la porte vitrée de l'agence s'ouvrit sur un type grand, dégingandé, qui avait l'air endimanché dans son complet anthracite. Le gars sourit en apercevant Bonada, lui serra la main et l'invita à marcher.

— Le fameux Ugo Bouvier, laissa tomber Pelletier.

Les deux hommes remontèrent le boulevard, en direction de Notre-Dame-du-Perpétuel-Secours.

— J'avais raison, Joseph n'est pas venu pour signer un contrat de location, poursuivit Pelletier. On les trace ?

Vidal appela Jarry.

— À partir de maintenant, plus de téléphone. Branchez votre équipement de filature et suivez-les.

La jeune femme s'exécuta, coiffa un bonnet en laine pour passer inaperçue et sortit de sa voiture. Le Marseillais sourit en la voyant courir pour rattraper Bouvier et Bonada. Vidal raccorda le micro-cravate fixé au revers de son blouson et l'oreillette transparente glissée dans son oreille à sa radio portable puis s'assura que le dispositif fonctionnait.

— Agnès ? Vous me recevez ?

Le récepteur crépita et la voix du lieutenant jaillit, cristalline :

— Cinq sur cinq.

— On reste en contact.

De longues minutes s'écoulèrent avant que Jarry se manifeste.

— Ils sont entrés dans le cimetière du Père-Lachaise, chuchota-t-elle.

— Que font-ils ? demanda Vidal en se mordillant la lèvre.

— Ils parlent.

— De quoi ?

— Je n'entends pas. Ils vont me repérer si je les serre de trop près.

Vidal se persuadait mentalement que Bonada n'était pas celui que Pelletier croyait lorsque Jarry annonça, d'un ton qui trahissait une certaine fébrilité :

— Ils s'arrêtent. Le...

L'oreillette de Vidal émit des grésillements. Il manœuvra la radio pour rétablir la communication. Les parasites se turent et Jarry continua, avec la même excitation :

— Bouvier tend une liasse de billets à Joseph. Ça sent le deal, patron. (Elle garda le silence, dans l'attente de la suite des événements.) Bingo ! Joseph lui remet un sachet de poudre blanche en échange.

Cette nouvelle abattit Vidal. Pelletier perçut son trouble, colla son oreille à la sienne pour écouter la conversation.

— Il lui a refilé un képa d'héro ou de la coke, conclut Jarry.

Pelletier étreignit l'épaule de son supérieur et compatit avec un accent de sincérité :

— Je suis désolé, Eric.

— Bordel de Dieu ! tempêta Vidal en frappant du poing le tableau de bord.

Le récepteur crachota et Jarry murmura :

— Changement de programme. Ils rebroussent chemin.

Dans un accès de rage, Vidal bondit hors du véhicule et se rua vers le boulevard de Ménilmontant. Alors que Pelletier s'extirpait de la Renault, un piéton eut un mouvement de recul en voyant la crosse du Manurhin qui dépassait de son étui de ceinture. Le policier tira la fermeture de son blouson afin de dissimuler le revolver.

Tout en courant, Vidal souffla dans l'émetteur :

— On rapplique, Agnès. Quelle sortie vont-ils emprunter ?

— Celle qui se situe face au métro Père-Lachaise.

La respiration saccadée par l'effort, Pelletier arriva à la hauteur de Vidal. Ce dernier lui exposa son plan.

— Joseph a son arme de service sur lui. J'ai peur qu'il fasse un carton.

— On va y aller mollo, le rassura son équipier.

Le Marseillais se posta dans l'escalier qui menait à la station pour guetter Bouvier et Bonada. Vidal décida d'attendre plus bas, sur le boulevard, pour leur barrer la route. Bonada fut le premier à pousser le portillon qui permettait d'accéder au cimetière. Son regard dériva vers un panneau publicitaire placé à proximité du métro. En se baissant pour ne pas être vu, Pelletier se cogna à une adolescente qui étouffa un juron. Il se redressa avec précaution, aperçut son collègue et Bouvier qui descendaient le boulevard.

Le flic écarta le bas de son fly-jacket pour dégainer facilement en cas d'échauffourée, quitta sa cachette et marcha à grandes enjambées vers les suspects. Il les rattrapa, tapa sur l'épaule de Bouvier qui se retourna aussi sec. Suspendue à une chaînette, la carte tricolore du capitaine oscilla devant les yeux écarquillés de l'agent immobilier au rythme d'un pendule d'hypnotiseur. Bonada progressa de quelques mètres avant de remarquer la soudaine disparition de son interlocuteur. Il pivota sur ses talons et ne put cacher son malaise en reconnaissant Pelletier.

— Police, formula Pelletier à l'adresse de Bouvier. Veuillez me suivre, s'il vous plaît.

Bonada s'efforça de se ressaisir et lança, du ton dégagé qu'il avait coutume d'employer :

— Qu'est-ce qui t'amène, camarade ?

— Te fatigue pas, Joseph, repartit Pelletier avec gravité. On est au parfum.

La figure de Bonada se contracta. Le Marseillais lut dans son regard qu'il ne se rendrait pas. En reculant, Bonada se heurta à un passant. Il fit volte-face, prêt à bousculer l'importun pour prendre la fuite. Le Smith & Wesson braqué sur lui l'en dissuada.

— Je t'admirais, Joseph, cracha Vidal avec un rictus belliqueux. Je prenais modèle sur toi. Jusqu'au bout, j'ai voulu croire à ton innocence.

Bonada fixa son chef d'un air hébété.

— Qu'est-ce que tu me racontes ?

— Tu viens de dégringoler de ton piédestal, enchaîna Vidal d'un ton cassant. Tu es sous le coup d'une inculpation de vente de produits stupéfiants dans un lieu public. (Il le délesta de son arme.) N'aggrave pas ton cas avec un délit de fuite.

— Vous ne m'avez pas alpagué en flag, se défendit Bonada dans un moment de lucidité. Le juge me relaxera.

— Ça m'étonnerait, siffla quelqu'un derrière lui. La déposition d'un témoin oculaire sera versée au dossier.

Agnès Jarry s'avança vers lui d'un pas assuré.

— J'ai *tout* vu, poursuivit-elle d'une voix aux inflexions menaçantes.

Bouvier profita de l'inattention des policiers pour tirer la came de la poche intérieure de son veston et se précipiter vers le caniveau. Devinant son intention, Pelletier fondit sur lui. Il le saisit aux épaules avant qu'il eût atteint le canal d'évacuation, l'obligea à s'allonger, face contre terre, et s'assit à califourchon sur lui. Après avoir récupéré la dope, il batailla pour ramener les bras du négociateur dans son dos et lui passer les menottes.

Sans cesser de pointer son revolver vers Bonada, Vidal dégrafa l'étui renfermant ses bracelets.

— À toi de choisir, Joseph. Tu rentres à la maison avec ou sans canettes ?

Bonada observa Pelletier qui relevait Bouvier avec brusquerie, puis Jarry qui contenait les badauds.

— Je ferai pas de vagues, promit-il.

Vidal parut soulagé.

— À la bonne heure ! (Il rangea son flingue.) On y va, les enfants.

De retour au quai des Orfèvres, le commissaire téléphona au juge d'instruction pour l'aviser de l'arrestation du capitaine Bonada et lui demander l'autorisation de perquisitionner l'appartement de la rue de Normandie. Le magistrat lui faxa un mandat vingt minutes plus tard. Pendant que Jarry et Pelletier fouillaient le meublé, Vidal se rendit à l'IRCGN de Rosny-sous-Bois afin de déterminer la nature exacte de la poudre contenue dans le sachct. Sur place, un ingénieur chimiste préleva un échantillon et y ajouta un révélateur. La coloration du mélange mit en évidence un alcaloïde d'opium. Une analyse très poussée permit d'isoler le principe actif de l'héroïne.

Vidal regagna le 36 en fin de journée. Il plaçait les objets de la transaction – la drogue et l'argent – sous scellés quand le Marseillais entra dans son bureau.

— La pêche a été fructueuse ? s'enquit-il.

Pelletier se massa le bas du visage et soupira :

— Joseph va avoir de sérieuses emmerdes.

Vers dix-neuf heures, Jarry et Pelletier sortirent Bonada de sa cellule et le conduisirent à la salle d'interrogatoire de la brigade criminelle, située au troisième étage du bâtiment de la PJ. Vidal avait opté pour ce local car il présentait une sécurité totale : la fenêtre avait été condamnée après le suicide de Richard Durn, le tueur de Nanterre.

Les mains dans les poches de son jean, le commissaire tournait autour de Bonada en effectuant des cercles de plus en plus rapprochés, comme un rapace alléché par une proie facile. Excédé, Bonada arrêta de se balancer sur sa chaise et s'accouda à la table.

— La plaisanterie a assez duré, gronda-t-il. Je veux parler à mon avocat.

Vidal s'immobilisa, sidéré par son aplomb. Il s'approcha et le néon fixé au plafond éclaira son visage émacié. Les poussées d'adrénaline et les nuits blanches lui avaient creusé les joues et les orbites. Il rencontra le regard de Jarry, puis celui de Pelletier.

— Vous entendez, les enfants ? (Il durcit le ton.) Ange, rafraîchis-lui la mémoire.

Le Marseillais dirigea son siège à roulettes vers Bonada, stoppa derrière lui. Il colla ses lèvres à son oreille et susurra sur le ton de la raillerie :

— La garde à vue d'un trafiquant peut durer quatre jours. Il n'est autorisé à rencontrer son avocat, choisi par lui ou commis d'office, qu'à l'issue de la soixante-douzième heure. Bla-bla-bla.

Bonada arqua les sourcils d'un air offusqué.

— Depuis quand un dealer encourt-il les mêmes peines qu'un trafiquant ? s'insurgea-t-il. Je vends de la drogue à une poignée de toxicos, point barre !

Tassée sur un vieux canapé, Agnès Jarry transcrivait l'entretien sur un ordinateur portable. Elle enregistra la remarque de Bonada, leva le nez de l'écran et résuma avec froideur :

— Deux chefs d'accusation pèsent sur toi : trafic et vente de substances illicites. Selon l'article 222-34, 35, 37 et l'article 222-39 du code pénal, tu risques la réclusion criminelle à perpétuité.

— Vous oubliez l'amende de huit millions d'euros, renchérit Vidal avec complaisance.

— Exact, enchaîna la jeune femme.

Bonada dévisagea Vidal avec effarement.

— Vous n'êtes pas sérieux !

Le commissaire s'assit en face de lui et lâcha avec la fermeté qu'il réservait aux prévenus :

— Ça fait un bail qu'on bosse ensemble. Je pensais te connaître mais je me fourvoyais. (Il désigna ses collègues d'un signe du menton.) Nous nous sommes tous trompés à ton sujet.

Bonada se hérissa.

— Qu'est-ce que tu me chantes ?

Vidal croisa les bras et prononça en détachant chaque mot :

— Arrête ton cirque et crache le morceau.

Incapable de réprimer son exaspération, Bonada se leva d'un bond et explosa :

— Quel cirque ? (Pelletier appuya sur ses épaules pour l'obliger à se rasseoir.) Mes aveux sont inutiles puisque vous m'avez chopé en flagrant délit ! (Il scruta le visage de ses équipiers, devina avec effroi leurs arrière-pensées.) Minute, papillon ! Vous ne croyez quand même pas que je travaille pour la Pieuvre ou, pire, que je suis Jason ? (Il les fusilla du regard.) Dites-moi que ce n'est pas vrai ! (Il reporta son attention sur Vidal.) Tu n'as rien trouvé de mieux ?

Vidal inspira et s'adressa au Marseillais :

— Va la chercher.

Pelletier quitta la pièce. Il revint avec une boîte en carton qu'il déposa sur la table. Méfiant, Bonada observa le commissaire ôter le couvercle et sortir une pochette en plastique dont il fit glisser le zip.

— La pièce à conviction numéro un, reprit Vidal en attrapant l'objet qu'elle contenait.

Il tendit l'étoile à six branches à Bonada qui s'en empara avec un rictus de colère. Le visage du capitaine blanchit de stupeur lorsqu'il lut le mot en hébreu inscrit sur le revers. Vidal profita de son émotion pour passer la vitesse supérieure.

— Haïm est ton troisième prénom, n'est-ce pas ? attaqua-t-il.

Jarry et Pelletier interprétèrent ce changement de ton comme le signal de l'ouverture des hostilités. Ils rejoignirent leur chef au centre de la salle pour former avec lui le « triangle d'accouchement ».

— Cette étoile de David t'appartient ? grogna le Marseillais.

Bonada hocha la tête et bredouilla :

— Oui. Où l'avez-vous dénichée ? s'étonna-t-il.

Jarry prit le relais de Pelletier.

— Dans les entrailles de Barnabé.

Bonada ne put s'empêcher de sourire.

— Quoi ?

— Comment est-elle arrivée dans l'estomac du tonton ? insista Vidal.

En plongeant son regard mordoré dans celui du commissaire, Bonada comprit qu'il ne plaisantait pas. Sa mimique rieuse s'effaça et il marmonna :

— J'en sais rien. Je l'ai perdue il y a deux semaines, alors que j'agrafais un dealer dans le Marais.

Il se massa les tempes, en proie à une violente migraine. Pelletier lui servit un verre d'eau et continua :

— Raconte-nous ce qui s'est passé.

Bonada but à petites gorgées et s'exécuta :

— C'était le jour où le groupe a épinglé Yannick Lapp. (Il pivota vers Vidal.) Dans l'après-midi, Picard et moi avons filé un revendeur de coke, conformément à tes ordres. Selon les écoutes téléphoniques, il avait rendez-vous avec un client rue du Pas-de-la-Mule. Nous les avons interpellés durant la transaction. Pendant que je menottais l'usager, le dealer a bousculé Picard et s'est enfui. J'ai réussi à le rattraper et à le neutraliser. (Il exprima sa lassitude par un soupir.) Mais ça n'a pas été facile. Le gars s'est débattu comme un forcené. J'imagine qu'il a tiré sur la chaîne jusqu'à ce qu'elle casse et que l'étoile est tombée sur le trottoir ou sur la chaussée. Soit il me l'a volée, soit un passant l'a ramassée après mon départ.

Une grimace tordit les traits de Jarry.

— Ce n'est pas ce qui s'est produit.

Hors de lui, Bonada tapa du poing sur la table.

— Ah oui ! Tu étais sur place, peut-être ?

Vidal tira une feuille de la poche arrière de son pantalon, la déplia et la posa à plat.

— Voici la liste des effets personnels du voyou que tu as coffré. (L'étincelle dans ses yeux ne présageait rien de bon.) Comme tu peux le constater, elle ne mentionne pas l'objet qui nous intéresse. Cela signifie qu'il ne l'a pas fauché.

— Pour quelle raison as-tu attendu le lendemain pour signaler sa disparition ? poursuivit Pelletier.

— Parce que je ne m'en suis pas aperçu avant, voilà tout, se défendit Bonada.

— Faux, rectifia Jarry. Tu ne l'as pas égaré *pendant* l'arrestation de ce type mais plus tard, dans la nuit.

— J'en ai ma claque d'écouter ces conneries, ragea Bonada, les nerfs à fleur de peau.

Vidal fit quelques pas, l'air songeur.

— Tu prétends avoir paumé la médaille il y a quinze jours. Cette date coïncide avec celle de la mort de Barnabé. Bizarre, non ?

Bonada tressaillit.

— Tu es devenu fou !

— Nous savons que Barnabé t'a chipé l'étoile et qu'il l'a avalée à ton insu avant que tu le piques comme un chien enragé, enchaîna Vidal. J'ignore encore comment il s'y est pris, mais je le découvrirai.

Bonada éclata d'un rire tonitruant.

— De mieux en mieux ! Et quel était le but de sa démarche ?

— Te piéger, assena le Marseillais. Il savait que le légiste la trouverait et qu'on pourrait remonter jusqu'à toi.

Cette réplique figea Bonada.

— Hé ! Qu'est-ce qui vous prend ? se rebella-t-il. C'est moi, Joseph ! Votre pote ! Vous vous souvenez ? En vingt-cinq ans de métier, je me suis servi quatre fois de mon arme sur le terrain, en état de légitime défense. Je suis incapable de buter un mec de sang-froid.

— Comment expliques-tu la présence de ton étoile dans le ventre de l'indic ? s'obstina Jarry.

Bonada tambourina sur sa cuisse pour manifester son agacement.

— Je ne l'explique pas. Cela fait-il de moi un meurtrier ?

La lueur de compréhension dans le regard de la jeune femme le réconforta. L'assaut de Vidal le contraignit à revenir sur le champ de bataille.

— Laissons Barnabé de côté. Déborah Zagor, Yannick Lapp et le lieutenant Illouz ont été abattus il y a deux semaines, entre vingt-trois heures et une heure du matin. J'aimerais connaître ton emploi du temps.

— Je n'arrive pas à croire ce que j'entends, déplora Bonada. Je suis un couche-tard. Je devais probablement bouquiner.

Pelletier ne lui accorda pas le moindre instant de répit et monta au front.

— Tu es en mesure de le prouver ?

Bonada remua la tête de gauche à droite.

— J'étais seul.

— Pas de petite amie pour corroborer ta version ? essaya Jarry.

— Personne.

À sa façon de baisser les yeux vers le sol, Vidal devina qu'il mentait.

— Tu es dedans jusqu'au cou, Joseph, fit-il avec une intonation amicale qui prit Bonada au dépourvu. Réagis avant qu'il soit trop tard. Tu étais avec quelqu'un cette nuit-là ?

Bonada repoussa la chaise et se leva. D'un geste, le commissaire ordonna à Pelletier de ne pas intervenir. Bonada s'accroupit dans un coin de la pièce, passa une main dans ses cheveux ébouriffés.

— Je vois une fille de temps en temps, déclara-t-il.

— Quel est son nom ? demanda le Marseillais.

Bonada fuit le regard de ses collègues, comme s'il éprouvait un sentiment de honte.

— Zelda Zonk. (Il avala sa salive, signe que cette révélation lui coûtait.) Elle travaille rue Saint-Denis.

Pelletier accueillit cet aveu avec un froncement de sourcils.

— Une tapineuse ? s'indigna-t-il.

— J'étais avec elle quand Jacques a été assassiné. Interrogez-la, elle vous le confirmera.

Jarry fixa Bonada avec un mélange de mépris et de commisération.

— Je connais cette nana. Je l'ai présentée à un juge d'instruction de Bobigny pour vente et consommation d'héroïne, il y a environ trois mois. Zelda Zonk n'est pas son vrai nom mais le pseudo qu'utilisait Marilyn Monroe – sa star préférée – lors de ses déplacements à l'étranger.

— Comment s'appelle-t-elle en réalité ? s'enquit Vidal.

— Anita Corte Real Bento.

— Nous allons vérifier, assura Pelletier, toujours aussi agressif.

Vidal renversa la boîte en carton pour la vider. Tandis qu'il séparait les plaques compactes des sachets en plastique, Bonada se redressa et marcha vers lui.

— À présent, éclaircissons cette affaire, reprit le commissaire.

Bonada s'installa sur la chaise avec des mouvements mécaniques.

— Quelle affaire ? articula-t-il, l'œil atone et la voix éteinte, comme s'il se désincarnait.

— Le capitaine Pelletier et le lieutenant Jarry ont dégoté plusieurs types de ravageuse dans ton appartement. Nous avons comparé ces échantillons avec les photos d'archives : ils proviennent de prises effectuées par le groupe en début d'année. (Du revers de la main, il poussa une plaquette de cent vingt grammes de résine de cannabis compressée vers Bonada.) Ce chichon, par exemple, est issu du lot Yasmina. Tu te souviens de cette gonzesse ? Elle vendait de la skunk et du haschich dans le quartier du Bois-de-l'Étang, à La Verrière.

— Son fournisseur coupait la came avec des excréments de chat, compléta Jarry. Ce détail a permis au labo d'identifier l'échantillon.

Vidal aligna plusieurs sachets sur la table.

— Cette héroïne pure émane du colis que nous avons intercepté à la gare TGV de l'aéroport Charles-de-Gaulle, dans un train en provenance de Belgique. Les logos gravés sur ces cachets d'ecstasy correspondent à ceux des cinquante mille comprimés que nous avons saisis dans les parkings souterrains de la cité Saint-Blaise, dans le XXe. (Il renonça à continuer.) Pourquoi as-tu volé cette dope ?

Bonada lui décocha un regard plein de morgue.

— Pour arrondir mes fins de mois, pardi ! Je ne m'en sors pas avec ce salaire de merde.

Pelletier se cabra et s'écria :

— Fatche de con ! Des tas de flics bossent vingt heures par jour, dans des conditions limites ! Pour autant, ils ne basculent pas dans la délinquance ! (Il s'éloigna de Bonada pour éviter de le frapper.) Il me fait caguer, ce mafalou. Mieux vaut remettre cette discussion à plus tard.

Bonada jaugea celui qui était devenu son pire ennemi.

— Tu as raison, approuva Vidal. Nous sommes tous à cran. (Il scruta Bonada.) Demain matin, je convoquerai cette Zelda Zonk dans mon bureau afin de prendre sa déposition. Si ton alibi s'avère solide, tu ne seras pas poursuivi pour le quadruple meurtre de Pierrefitte-sur-Seine. Mais tes ennuis ne seront pas terminés. Je suppose que le juge va demander l'ouverture d'une information judiciaire pour tenter d'en savoir plus sur tes relations avec le milieu. Dans un premier temps, tu seras inculpé et écroué pour infraction à la législation sur les stupéfiants.

Alors qu'il faisait signe au Marseillais de s'approcher, la porte s'ouvrit et Roland Picard entra dans la pièce.

— Ton indic vient d'appeler sur ma ligne, annonça-t-il à Jarry.

Pour ne pas être dérangée, la jeune femme avait éteint son cellulaire.

— Qu'y a-t-il de si urgent ? râla-t-elle.

Picard haussa les épaules.

— Il n'a rien voulu me dire.

Jarry pria ses équipiers de l'excuser et s'isola pour téléphoner. La conversation dura moins d'une minute. Le lieutenant raccrocha et lâcha, le souffle haletant :

— Mon informateur prétend savoir qui est Jason.

L'interrogation brillait dans les yeux de Vidal.

— Il a donné un nom ?

— Pas au bigophone, répliqua Jarry d'une voix énergique. J'espère qu'il ne me baratine pas pour que je lui file du blé ou de la came.

Pelletier la considéra avec circonspection.

— Tu veux que je vienne avec toi ?

Jarry déclina sa proposition.

— Je le connais, il ne parlera pas si je suis accompagnée. (Elle mit son blouson, marcha vers la sortie.) Je dois le retrouver chez lui. Dès qu'il a vidé son sac, je vous passe un coup de fil.

Elle s'enfonça dans le couloir. Le Marseillais prit un chewing-gum, en offrit un à son chef qui refusa.

— Qu'en penses-tu ?

Vidal s'abstint de répondre, empoigna Bonada qui arborait une expression d'incrédulité mâtinée d'espoir.

— Ramène-le dans sa cellule. Je vais au petit coin.

Picard emboîta le pas à Vidal. À mi-chemin, ce dernier stoppa net et se tourna vers le capitaine.

— Tu as l'intention de me coller au train toute la soirée ? fulmina-t-il. J'aimerais pisser tranquille.

L'animosité succéda à l'amertume dans les yeux de Picard.

— J'ai un truc important à vous dire, énonça-t-il d'un ton crâne.

Son assurance surprit Vidal autant qu'elle lui déplut.

— Quoi donc ? s'enquit celui-ci avec une défiance manifeste.

Picard le pestiféré soutint le regard du commissaire et repartit, avec une impudence qu'il s'était toujours interdite jusqu'alors :

— Le directeur de la PJ a accepté ma demande d'affectation. Je pars la semaine prochaine.

Bien qu'il fût déconcerté, Vidal ne cilla pas.

— Pourquoi ?

— J'en ai assez d'être votre bouc émissaire.

— Et où vas-tu ?

— À Toulouse. J'ai de la famille, là-bas.

Pour la première fois, Vidal mesura les dégâts causés par sa conduite discriminatoire. Embarrassé, il décida de mettre de l'eau dans son vin.

— Je n'ai pas été très sympa avec toi, concéda-t-il. Il ne faut pas m'en vouloir. Depuis qu'Illouz nous a quittés, j'ai les nerfs en pelote.

— Sa mort n'a pas arrangé les choses, admit Picard.

Mais la vérité c'est que vous ne m'avez jamais porté dans votre cœur.

Vidal eut une mimique amicale.

— J'ai besoin de tout le monde sur ce coup. (Un sourire engageant étira sa bouche.) Reste le temps que cette histoire se termine.

— Quand se terminera-t-elle ? renâcla Picard.

— Lorsque nous aurons coffré Jason et démantelé son réseau. Ne me lâche pas maintenant.

Picard hésita avant de céder.

— D'accord.

18

Rachid Khadra, le tonton de Jarry, louait un deux pièces impasse du Maroc, dans le XIXe arrondissement.

La jeune femme se rangea à proximité de la mosquée Ed-Dawa, descendit de voiture et se dirigea vers l'immeuble vétuste. De la musique raï résonnait dans la cage d'escalier du bâtiment, étouffant les injures proférées par un couple qui se querellait. Jarry grimpa au cinquième étage, frappa à la porte de son indic. N'obtenant pas de réponse, elle s'écria pour couvrir la voix du chanteur :

— Rachid ! C'est moi, Agnès !

Elle attendit que l'informateur manifeste sa présence. En vain. Elle abaissa la poignée, constata avec une moue sceptique que la porte n'était pas verrouillée. L'appréhension remplaça la surprise dans son esprit et elle porta la main à sa hanche pour s'emparer de son arme de service. Le Glock 34 au poing, elle se faufila dans l'appartement, tâtonna dans le noir jusqu'à ce que ses doigts rencontrent un interrupteur. Lorsque la lumière se répandit dans le salon, elle aperçut une forme étendue par terre. L'homme était allongé sur le ventre. Jarry n'eut pas besoin de voir son visage pour l'identifier. L'orifice auréolé de sang au niveau de l'omoplate gauche de Khadra indiquait une blessure par balle. Tandis que le lieutenant s'agenouillait pour prendre le pouls du tonton, un bruit attira son attention. Elle se retourna à temps pour discerner le type encagoulé qui se ruait dans le vestibule.

— Hé ! Vous, là-bas ! s'égosilla-t-elle.

Certaine qu'il s'agissait du meurtrier, Jarry se lança à sa poursuite. Elle déboula les étages, aborda la dernière volée de marches avec une telle précipitation qu'elle heurta une femme. Celle-ci lâcha les sacs qu'elle peinait à porter et s'agrippa à la main courante pour ne pas tomber. Jarry s'excusa puis s'élança vers la sortie de l'immeuble. Le tueur avait pris de l'avance. Il dépassa la mosquée, s'engouffra dans un break garé rue de Tanger. Il fit vrombir le moteur et, à l'instant où l'officier de police arrivait à sa hauteur, enclencha la première sur la boîte de vitesses et écrasa la pédale de l'accélérateur. Le véhicule démarra dans un crissement de pneus, plantant Jarry sur la chaussée. Le lieutenant pointa le pistolet vers l'automobile. Un groupe de jeunes gens traversa la rue, formant un écran entre elle et la cible. Elle renonça à tirer et, tout en rengainant le Glock, tenta de lire le numéro inscrit sur la plaque minéralogique, sans succès.

Dégoûtée, elle regagna l'appartement de Khadra. Comme elle entrait dans le living-room, elle remarqua avec stupéfaction que le cadavre avait disparu ! Elle tira le flingue de son étui et se baissa pour examiner les taches rouges sur la moquette. Les traces, sinueuses, partaient du séjour et conduisaient à la cuisine. Elle s'avança à pas de loup, les yeux rivés sur les zigzags.

Khadra était couché sur le carrelage de la kitchenette. Le cœur de Jarry bondit dans sa poitrine. Était-il encore en vie ? Elle palpa son pouls carotidien, nota avec un mélange de colère et d'affliction qu'il était mort. Un détail l'interpella : la main droite de Khadra était crispée sur une plinthe couverte d'empreintes de doigts, comme s'il avait voulu l'arracher avant de mourir. Sans perdre une seconde, Jarry mit ses gants de latex et détacha la bande de menuiserie du mur à l'aide d'un couteau pointu. La saillie en bois se décolla avec un craquement, et le lieutenant tressaillit d'exaltation en voyant l'enveloppe dissimulée derrière. Elle la décacheta à la hâte, saisit les photographies glissées à l'intérieur et les observa d'un œil scrutateur.

Le premier cliché était une image satellite d'une région à la végétation abondante. En haut, à gauche, Khadra avait marqué une bande de terre d'une croix égyptienne. Agnès eut beau s'abîmer les yeux sur le cliché, elle fut incapable de reconnaître le site.

Elle n'avait jamais vu le type baraqué qui figurait sur la seconde photo. Assis dans un café, une bière à la main, il souriait à l'objectif. De prime abord, ce cliché était anodin. Recelait-il des indices susceptibles de démasquer Jason ou l'un de ses complices ? Les clients de l'établissement installés en face de l'ami de Rachid se reflétaient dans une glace murale. Jarry n'en reconnut aucun. L'arrière-plan était trop flou pour qu'elle puisse identifier les personnes attablées à la terrasse vitrée.

Jarry s'interrogea sur le meurtre de son indicateur. À l'évidence, il avait été tué parce qu'il connaissait Jason et qu'il s'apprêtait à vendre la mèche à la police. Bonada avait-il commandité l'assassinat depuis le quai des Orfèvres ? Alors que la jeune femme allumait son portable pour avertir son chef, le doute s'insinua dans son esprit. Et si Joseph était innocent ? Elle frémit d'angoisse en se remémorant les personnes qu'elle avait mises dans la confidence, après le coup de fil de Rachid : Vidal, Pelletier et Picard. Elle abominait l'idée que l'un d'eux soit le trafiquant ou qu'il travaille pour lui. Elle fourra les photos dans la poche intérieure de son blouson, résolue à taire leur découverte et à débrouiller cette affaire toute seule. De nouveau calme, elle composa le numéro du commissaire sur son cellulaire. Il répondit au bout de deux sonneries.

— Vidal, j'écoute.

Sans quitter du regard le cadavre du tonton, Agnès laissa tomber :

— Rachid Khadra est mort.

19

Jarry resta dans l'appartement de Khadra jusqu'à l'arrivée de ses équipiers et des techniciens de la PTS. Le commissaire lui demanda des éclaircissements puis l'autorisa à rentrer chez elle.

Les époux Jarry habitaient un meublé situé rue du Lieutenant-Thomas, dans le XXe arrondissement. Franck, le mari d'Agnès, était représentant de commerce. Il travaillait pour Alessandro Alvi, un fabricant de prêt-à-porter féminin implanté dans le Sentier. Il s'était absenté de Paris quelques jours pour présenter la collection printemps-été à des clients lyonnais.

Tout en se changeant, Agnès écouta le message enregistré sur le répondeur téléphonique. Franck l'informait qu'il serait de retour en fin de semaine et terminait par une déclaration d'amour torride qui la fit sourire. Après une brève hésitation, la jeune femme décida de l'appeler plus tard. Elle s'assit à son bureau, brancha le PC et scanna la photo prise dans le café. Le logiciel Twiguelry 2.7.3. que Picard avait installé sur son ordinateur lui permit de nettoyer le premier et le second plan. Quand elle atteignit le plus haut degré de définition, elle agrandit les visages des consommateurs visibles dans la glace murale et les imprima.

Elle reconnut l'un des clients installés sur la terrasse. L'objet qu'il portait à ses lèvres happa son regard : un briquet en forme de tête de serpent, identique à celui que le plongeur de la gendarmerie avait dégoté dans l'étang de Saint-Cucufa !

— Ce n'est pas… possible, balbutia-t-elle, sous le choc.

Khadra avait-il été le premier à identifier Jason ? Ce cliché démontrait qu'il le filait et permettait de faire le rapprochement entre le gars attablé à la terrasse du café et une pièce à conviction capitale du dossier : le briquet. Le tonton avait compris qu'il constituerait une charge suffisante en cas de procès après que Jarry lui eut parlé de la découverte du cobra.

Elle resta immobile un long moment, absorbée dans ses pensées. Si Jason apprenait qu'elle l'avait percé à jour, elle courait un grand danger. Et si elle venait à disparaître, personne ne saurait jamais la vérité. Cette éventualité l'oppressa et elle ressentit la nécessité impérieuse de confier ce secret à un ami. Mais à qui se fier ? Après mûre réflexion, un seul homme lui apparut digne de confiance. Elle éteignit le PC, rangea les agrandissements dans une chemise en carton et remplaça le marque-page inséré dans le roman qu'elle était en train de lire par le cliché satellite, décidée à l'étudier plus tard. D'une main tremblante, elle pianota sur son portable. Alors qu'elle faisait les cent pas, le répondeur de son correspondant se déclencha. Déçue, elle se résigna à laisser un message :

— Agnès Jarry à l'appareil. Rappelle-moi de toute

urgence, à n'importe quelle heure de la nuit. Je sais qui est Jason. Surtout, ne dis rien aux autres.

Elle coupa la communication.

Vingt minutes s'écoulèrent. Nerveuse, elle ramassa son sac et en sortit un paquet de cigarettes. Elle maugréa en constatant qu'il était vide, consulta la pendule fixée au mur : le bureau de tabac de l'avenue de la République fermait bientôt. La jeune femme s'y rendit à pied. Pendant le trajet, elle tenta de joindre son futur confident à deux reprises. Sur le chemin du retour, elle essaya encore, sans résultat. Tandis qu'elle tapait le code d'entrée de l'immeuble, le cellulaire sonna. D'une pichenette, elle envoya la cigarette au loin et colla le téléphone à son oreille.

— Allô ! lança-t-elle.

Un gloussement s'éleva dans l'écouteur. La surprise se peignit sur les traits de Jarry.

— Elie ? C'est toi ?

Le rire étouffé cessa.

— Le jury a rendu son verdict, Agnès, prononça un homme avec solennité. Tu as été condamnée à la peine capitale.

Cette déclaration ébahit le lieutenant.

— Qui êtes-vous ? s'enquit-elle d'un ton impératif. Comment connaissez-vous mon nom et mon numéro de portable ?

— À moins que tu n'aies une meilleure idée, l'épitaphe suivante sera gravée sur ton tombeau : « Ci-gît la reine des fouineuses. »

Au son de sa voix, Jarry comprit qu'il ne s'agissait pas d'une plaisanterie mais d'une menace de mort en bonne et due forme. Son interlocuteur était-il un sbire de Jason ? Elle raccrocha dans un accès de panique. Le cœur battant, elle poussa la porte de l'immeuble et se dirigea vers l'escalier au pas de course. Elle posait le pied sur la première marche quand on la frappa à la tête avec un objet contondant.

Elle perdit connaissance avant que son corps touche le sol.

Lorsqu'elle reprit conscience, elle était pendue par les pieds.

Des filets de salive s'écoulaient par la commissure de ses lèvres et glissaient le long de ses joues. Elle se rappela avoir reçu un coup sur le crâne, regarda en contrebas. Quand les bolides se reflétèrent dans ses yeux, elle fut saisie de terreur : son corps se balançait au-dessus d'une voie de circulation !

Nauséeuse, elle détourna les yeux. Après quatre essais infructueux, elle parvint à relever la tête : un Noir à la barbe rase la tenait par les chevilles ; son expression ne trahissait pas le moindre effort.

— Tu es brillante, Agnès, lança un homme derrière lui. Toutefois, tu ne sais pas mentir.

Un Blanc au visage anguleux et aux cheveux frisés s'appuya au garde-fou et fixa le lieutenant avec la fascination du pêcheur qui observe le poisson pris dans la nasse. Jarry le reconnut aussitôt, se débattit. Le Black lui tordit la cheville pour la dissuader de s'agiter.

— Je te présente Shabazz, mon bras droit, continua Jason en désignant son acolyte. J'ai toujours eu un faible pour toi, Agnès. (Il soupira d'un air faussement mélancolique.) Dommage, j'aurais pu te rendre heureuse.

La jeune femme dressait la tête par intermittence, relâchant sa nuque dès que la douleur devenait insupportable.

— Où sommes-nous ? s'enquit-elle, en proie à un malaise grandissant.

L'indifférence succéda à l'attendrissement sur les traits de Jason.

— Sur une passerelle située entre les portes de Montreuil et de Bagnolet, répliqua-t-il avec dureté. L'année dernière, un type s'est suicidé en sautant de cet endroit. Plusieurs véhicules l'ont écrabouillé. La 2e division de la PJ a eu un mal de chien à l'identifier.

— Comment as-tu su ? demanda Jarry qui ne sentait plus ses membres supérieurs.

— Tu as commis une erreur en prétendant que le meurtrier avait découvert ce qui était caché dans la cuisine de Rachid Khadra, souligna Jason avec un sourire sadique. Sa funeste mission accomplie, Shabazz a quitté l'appartement les mains vides. J'ai tout de suite compris que tu avais menti et que tu détenais des éléments de nature à me nuire. (Il brandit le cliché pris dans le café et les épreuves agrandies.) Ils traînaient sur ton bureau. Tu as été bien imprudente.

Comme il n'avait pas montré l'image satellite, Jarry se douta qu'il ne l'avait pas trouvée. Il y avait des chances pour que la police la déniche et déblaye le chemin qui menait au repaire du trafiquant.

— Ils finiront par t'alpaguer ! cracha-t-elle, galvanisée par cette perspective.

Jason alluma une cigarette avec lenteur, aspira une bouffée avant de poursuivre d'une voix glaciale :

— Je vais te poser trois questions.

— Pourriture ! vociféra Agnès dans un regain de révolte.

Jason considéra les voitures qui se suivaient sans interruption sur le périphérique puis donna le coup d'envoi :

— C'est tout ce que tu as dégoté chez le tonton ?

La tête de Jarry semblait peser des tonnes et sa vue commençait à se brouiller.

— Oui, s'entendit-elle répondre.

Jason parut convaincu.

— Qui d'autre est au courant ? enchaîna-t-il.

Le lieutenant grelotta de froid après une rafale de vent. Ses lèvres frémissantes s'entrouvrirent et elle grogna :

— Personne.

Le trafiquant eut un moment d'hésitation.

— Es-tu prête à te joindre à nous ? reprit-il en tambourinant sur la barre d'appui du parapet avec ses doigts. La Pieuvre a besoin de gens comme toi. Je suis sûr que tu pourrais faire carrière.

Un rire sonore secoua Jarry. Jason ressentit cette effusion comme une insulte.

— Jamais ! vomit-elle, de nouveau d'humeur belliqueuse.

L'indignation enflamma le regard de Jason.

— En cas de réponse négative à la troisième question, le candidat perd la partie, et donc la vie, dit-il en s'efforçant de réprimer sa colère.

Il tapa sur l'épaule de Shabazz et lui indiqua de l'index le camion bâché qui apparaissait sur le boulevard périphérique.

— Adieu, ma belle.

Le Black se décala légèrement pour faire face au poids lourd, attendit qu'il soit à quelques mètres de la passerelle pour larguer son fardeau. Jarry tomba en chute libre, sans un cri. Le chauffeur sursauta en la voyant heurter la chaussée. Il eut le réflexe d'appuyer sur la pédale de frein des deux pieds. Le mécanisme bloqua les roues mais le camion continua d'avancer.

Tandis que le véhicule écrasait la jeune femme, le conducteur poussa un hurlement, blême d'horreur.

Ce ralentissement forcé déclencha une réaction en chaîne.

La Peugeot qui collait au gros cul fit une brusque embardée pour l'éviter et enfonça le rail de sécurité. L'automobiliste, qui n'avait probablement pas attaché sa ceinture, passa à travers le pare-brise et atterrit sur la voie opposée où une fourgonnette le percuta de plein fouet. Un break qui roulait à vive allure entra en scène. Le pilote aperçut le poids lourd à l'arrêt et la voiture accidentée, tourna le volant pour changer de direction avec une telle brutalité qu'il perdit le contrôle du bolide. Celui-ci effectua une série de tonneaux avant d'emboutir l'arrière de la Peugeot. Fonçant à plus de cent cinquante kilomètres à l'heure, une Kawasaki tamponna le break qui gisait à l'envers. Le motard télescopa la carrosserie avec une violence inouïe. Son casque intégral vola en éclats et son crâne se fracassa contre la caisse.

Jason et Shabazz avaient assisté au carambolage depuis leur poste d'observation. Hypnotisé par le spectacle chaotique, le trafiquant demanda au nervi de lui remettre les jumelles de vision nocturne pour qu'il puisse contempler les carcasses fumantes et les cadavres ensanglantés.

Lorsqu'une sirène ulula dans la nuit, il pivota vers son homme de main et siffla :

— Tirons-nous.

20

Le conducteur du poids lourd prévint police secours depuis son portable.

L'unité de roulement rappliqua aussitôt, accompagnée de plusieurs ambulances du SAMU. Cependant que les médecins portaient les premiers secours aux blessés, les gardiens de la paix installèrent des cordons de sécurité pour boucler le secteur. Un agent identifia Jarry grâce à la carte tricolore glissée dans son jean et s'empressa d'avertir la permanence de la brigade des stupéfiants du 36.

Vers vingt-trois heures trente, l'officier de service téléphona à Vidal pour le mettre au fait. Claire s'étant rendue à Reims pour présenter des costumes à un producteur de cinéma, le commissaire était seul chez lui. La nouvelle lui fit l'effet d'une décharge électrique. Le choc serra si violemment son cœur qu'il crut un instant frôler l'arrêt cardiaque. Dans un sursaut de révolte, il sauta à bas de son lit, chaussa une paire de tennis et enfila un pull sur son pyjama. Tout en tapant le numéro de Pelletier sur son mobile, il quitta son appartement à la hâte.

Une fois informé de la situation, le Marseillais se chargea d'alerter Picard.

Vingt minutes plus tard, Vidal arriva sur les lieux, bientôt rejoint par Pelletier. Le tronçon du périphérique bouclé par les forces de l'ordre fumait comme un barbecue. Les flics promenèrent leurs regards horrifiés sur les corps ensanglantés, les véhicules renversés et emboutis.

Tandis que quatre blouses blanches de la Police technique et scientifique s'affairaient autour du cadavre du lieutenant Jarry, un jeune gardien de la paix s'éloigna de la scène de crime à grands pas et, incapable de se retenir davantage, vomit son dîner sur la chaussée.

Bien que Jarry eût la moitié du visage en bouillie, Vidal la reconnut.

— Mon Dieu, parvint-il à articuler, submergé de chagrin.

Comme Pelletier s'approchait de lui, il essuya la larme qui perlait sur sa joue du revers de la main. Le Marseillais resta cloué sur place en apercevant le corps écrabouillé de son équipière. Une vague d'effroi l'envahit et il bégaya :

— Mourir de cette façon, c'est… atroce.

Il demeura silencieux une minute puis désigna le type coiffé d'une casquette qui s'entretenait avec deux flics, non loin de là.

— Selon le conducteur du camion, il y avait quelqu'un sur la passerelle au moment où Agnès est tombée, dit-il avec difficulté.

— Il a donné un signalement ? s'enquit son chef.

Pelletier secoua la tête de droite à gauche et expliqua :

— Le réverbère ne fonctionnait pas. Il a entrevu une silhouette.

Sans cesser de fixer les techniciens en identification criminelle qui prélevaient des fibres sur les vêtements de la défunte, le commissaire lâcha d'un ton affirmatif :

— Ils l'ont tuée parce qu'elle savait quelque chose susceptible de les compromettre.

— Quelque chose que Rachid Khadra lui aurait appris ?

— Oui.

— Pourquoi n'a-t-elle rien dit ? s'interrogea Pelletier.

— Elle se méfiait de nous, conjectura son supérieur. Ces gars sont prêts à tout pour défendre leur territoire. Nous sommes en guerre, Ange.

— Qui va la gagner, cette guerre ? soupira le capitaine d'un air fourbu.

Vidal s'abstint de répondre. Les ambulanciers succédèrent aux TIC, soulevèrent la dépouille de Jarry avec précaution et la déposèrent sur un brancard. Vidal eut l'impression de voir des enfants ramasser les morceaux d'une poupée cassée.

— On n'aurait pas dû la laisser rentrer seule, reprit Pelletier. J'aurais dû la raccompagner.

— On ne pouvait pas savoir, énonça Vidal avec émotion.

— Tu m'excuseras, mais j'en ai assez vu, ajouta le Marseillais en tournant les talons.

Avant de partir à son tour, Vidal salua Jacob Barnavi et le pria de lui communiquer son rapport dans les meilleurs délais. En regagnant sa voiture, il croisa Picard qui se dirigeait comme une flèche vers la scène de crime, le teint livide.

— Je te préviens, c'est pas beau à voir, laissa tomber le commissaire.

Picard ignora Vidal et passa son chemin.

De retour chez lui, Vidal ôta son pull et ses chaussures avec des gestes désordonnés et les balança sur le canapé du salon.

Il se rua dans la cuisine, se servit un verre de whisky mais demeura debout près de la table sans y toucher. Une force invisible l'empêchait de se saisir du verre et de le boire cul sec. Soudain, alors qu'il songeait à la dernière fois qu'il avait vu Agnès Jarry en vie, il lui sembla apercevoir le visage moqueur de Jason sur le mur qui lui faisait face. La figure grimaçante de haine, il s'empara du verre, le lança en direction de son pire ennemi et poussa un hurlement vengeur quand il se fracassa contre le mur.

— Enfant de salaud ! s'époumona Vidal. J'aurai ta peau ! Tu entends ? J'aurai ta peau ! (Sous l'impulsion d'une fureur incontrôlable, il empoigna les bouteilles d'alcool dans le placard fixé au-dessus de la table et les vida dans l'évier.) Tu te mets le doigt dans l'œil si tu crois que je vais me cuiter en pleurnichant sur les macchabées de mes équipiers !

Lorsque le glouglou de la dernière bouteille eut cessé, Vidal les jeta toutes à la poubelle avec un mélange de détermination et de satisfaction. De nouveau calme, il se rendit dans la chambre à coucher. Avec des mouvements impatients, il tira un carton de la penderie, déchira à l'aide d'un cutter le ruban adhésif qui le maintenait fermé et sortit plusieurs photos encadrées qu'il avait décrochées à la mort de sa fille parce qu'il ne se sentait pas le courage d'affronter son regard. Il choisit un cliché de lui et de Tessa pris devant le Colisée, à Rome, trois ans auparavant, et le plaça bien en évidence sur le dessus de marbre de la commode Empire. Apaisé comme peut l'être celui qui a vaincu ses démons, il s'assit sur le bord du lit et, après une courte hésitation, planta ses yeux humides dans ceux de Tessa.

À cet instant, il comprit qu'il ne voulait plus être un mort parmi les vivants.

— Je ne boirai plus jamais une goutte d'alcool, ma petite fille, murmura-t-il avec des larmes dans la voix. Je te le promets.

21

Muni des premiers éléments de l'enquête et du rapport préliminaire de la PTS, le divisionnaire Guillaume Cornavain, le patron de la brigade des stupéfiants du quai des Orfèvres, tint une conférence de presse dans son bureau le lendemain matin.

Cornavain venait de fêter ses soixante-deux ans. Avec son regard interrogateur, ses cheveux en brosse et ses épaules carrées, il avait l'allure d'un militaire de carrière. Bien qu'il eût trente-six ans de service à son actif, il n'avait pas été décoré de la médaille d'honneur de la police nationale et s'en félicitait : surnommée la « médaille des vieux cons », cette distinction était décernée aux flics ayant plus de vingt ans de métier.

Cornavain fit son apparition à huit heures pétantes, flanqué de Vidal. Les deux hommes saluèrent l'assemblée puis s'assirent côte à côte. Aussitôt, les caméras cadrèrent leurs visages et les micros se tendirent vers leurs bouches dans un mouvement rapide et parfaitement synchronisé. Cornavain jaugea les personnes présentes et invita Cristelle Ferrari, l'une des journalistes les plus en vue de la chaîne Europe Info, à poser la première question.

— Monsieur le divisionnaire, est-on sûr que le lieutenant A. J. a été assassinée ?

Pour des raisons légales, la presse désignait les officiers des Stups par leurs initiales.

Cornavain se racla la gorge et commença avec une gravité de circonstance :

— Nous privilégions la thèse du meurtre. Après avoir conduit A. J. de force sur une passerelle située à environ cent mètres de l'avenue du Professeur-André-Lemière, entre les portes de Bagnolet et de Montreuil, le tueur l'a précipitée dans le vide, sans doute pour donner à son forfait l'apparence d'un suicide.

Des flashs crépitèrent, l'aveuglant.

— Nous savons qu'un poids lourd lui a roulé sur le corps, enchaîna un barbu tout débraillé qui prenait des notes sur un carnet à spirale en piteux état. Le légiste est-il en mesure de pratiquer une autopsie ?

— L'examen du cadavre s'annonce délicat, confessa Cornavain.

— Plusieurs véhicules se seraient carambolés sur la voie de circulation, intervint Sylvie Hortsberg, la présentatrice-vedette de *TF15*. Y a-t-il eu des victimes ?

Cornavain pinça les lèvres d'un air peiné.

— Nous déplorons la mort de trois personnes.

Toujours sur la brèche, Ferrari coiffa ses confrères sur le poteau :

— Est-il vrai que A. J. avait rendez-vous avec un indicateur ?

Cornavain laissa à Vidal le loisir de répondre.

— Celui-ci prétendait connaître Jason et les « narconautes », ces trafiquants qui alimentent les milieux huppés de la capitale en drogues dures, laissa tomber le commissaire. Nous croyons que A. J. a été supprimée parce qu'elle détenait des renseignements sur ce réseau.

— Vous soupçonnez Jason d'avoir commandité l'élimination du lieutenant ? demanda Hortsberg, qui détestait l'idée que Ferrari, sa bête noire, lui vole la vedette.

Cornavain s'accouda à la table et croisa les doigts.

— Absolument, prononça-t-il. L'homme qui se cache derrière ce pseudonyme est aujourd'hui considéré comme l'empoisonneur public numéro un. Nous devons, nous *allons* mettre un terme à ses méfaits.

— La police semble impuissante à résoudre le problème, le provoqua un binoclard qui mordillait un crayon avec l'avidité d'une souris rongeant un morceau de pain.

Vidal reconnut Alexandre Chapuis, le rédacteur en chef du magazine *Urgence*.

— La capture de la bête n'est qu'une question de temps, affirma-t-il devant le parterre de journalistes.

— Vous courez après Jason depuis trois ans et vous n'avez toujours aucune piste, renchérit Chapuis.

— Qu'en savez-vous ? se défendit Vidal.

— Vous avez vos indics, nous avons les nôtres, repartit Chapuis, provoquant l'hilarité générale.

D'un regard appuyé, Cornavain incita Vidal à sauver la face.

— Si l'on ne veut pas gêner le bon déroulement de l'enquête, certaines informations doivent rester confidentielles, rétorqua le commissaire.

À son tour, Cristelle Ferrari jeta de l'huile sur le feu :

— N'est-ce pas là le discours que la police tient à la presse quand elle est aux abois ?

Cornavain décida de clore la conférence avant que la situation ne dégénère.

— Si vous voulez bien nous excuser, dit-il en se levant. Nous avons beaucoup de travail. Le chargé de communication des Stups vous informera des derniers développements de l'affaire en temps et lieu.

Tandis que s'élevait un brouhaha de protestations, le divisionnaire entraîna Vidal vers la sortie.

— Jason nous tourne en ridicule, grogna-t-il lorsqu'ils furent dans le couloir. Je compte sur vous pour régler cette question au plus vite.

.

Alors que Vidal regagnait son bureau, le téléphone sonna.

— Salut, beau mec, lança la voix douce de Claire après qu'il eut décroché d'un geste machinal.

— Hé ! se réjouit-il. Ça me fait plaisir de t'entendre ! Comment vont les affaires ?

— Nous avons soumis plusieurs costumes au producteur, répondit sa compagne. Rien n'est encore signé. Il fanfaronne mais jusqu'ici nous n'avons pas vu la couleur de l'argent. Eva pense que, dans le meilleur des cas, il nous paiera une misère.

— Quand rentres-tu ?

— Demain matin. J'ai envie d'être avec toi.

— Moi aussi.

— Agnès Jarry était une fille bien, déplora-t-elle.

— Et un bon flic, compléta Vidal d'un ton ému. En quatre ans, je n'ai jamais réussi à la tutoyer. Elle inspirait le respect. Je ne sais pas ce qu'elle pensait de moi. Nos discussions tournaient autour du boulot et des romans noirs de Jim Thompson.

— Elle aimait travailler avec toi.

— Elle te l'a dit ?

— J'ai eu l'occasion de parler avec elle à la soirée donnée par Seigner pour ses quarante ans. C'était une idéaliste. Elle était persuadée que vous alliez changer l'ordre des choses.

— Elle était dans le juste.

— Allons, Eric ! Les saisies que vous effectuez sont dérisoires et les gros bonnets de la drogue passent toujours au travers.

— Que veux-tu insinuer par là ? se braqua Vidal. Que ce que nous faisons ne sert à rien ?

— Je t'en prie, arrête, l'interrompit-elle. Je ne t'ai pas appelé pour me disputer avec toi.

— Tu as raison. Je suis désolé.

Le silence de Claire, entrecoupé de déglutitions, trahissait son angoisse.

— Eric…

— Oui ?

— Je ne pourrais pas vivre sans toi, déclara-t-elle d'une seule traite.

— Pourquoi dis-tu cela, mon ange ? s'enquit Vidal, dont le ton trahissait la préoccupation.

— Ce malade en a contre toi et tes hommes, lâcha-t-elle, manifestement bouleversée. Abandonne cette enquête, je t'en supplie.

— Je ne peux pas.

— Tu n'es qu'une tête de mule, s'énerva-t-elle.

— Nous finirons par le coincer. Il n'y en a plus pour longtemps, je te le promets.

— Toi et tes promesses ! Tu ne comprends pas que j'ai peur pour toi ?

— Ce job m'aide à remonter la pente. Ne me demande pas d'y renoncer.

Claire soupira d'abattement.

— Sois prudent, je ne voudrais pas te perdre, articula-t-elle avec une intonation pathétique avant de raccrocher.

Vidal hésita à la rappeler, finit par reposer le combiné sur son support : s'étendre sur ce sujet ne ferait qu'accentuer l'anxiété de Claire. Le policier se cala dans son siège et ouvrit le rapport sur Bonada à la dernière page pour lire la conclusion du juge d'instruction.

Le récit de Zelda Zonk, la prostituée qui vouait un culte à Marilyn Monroe, corroborait les déclarations du capitaine : Joseph était bien avec elle la nuit du quadruple homicide de Pierrefitte-sur-Seine. Placé en garde à vue la veille au soir, il n'avait pas pu exécuter Jarry ni Rachid Khadra. La suite n'était guère réjouissante : déféré devant le parquet de Créteil, Bonada avait été mis en examen pour détention et vente de produits stupéfiants puis écroué en début de matinée. Dès que le ministère public avait rendu son verdict, Vidal avait appelé Bonada pour lui dire qu'il ne se pardonnait pas d'avoir douté de son innocence. « Si j'avais compris plus tôt que tu n'étais pas celui que je croyais, j'aurais passé ton petit commerce sous silence et je me serais contenté de te faire la morale », avait-il ajouté avant de promettre à son ami de témoigner en sa faveur lors du procès.

Le commissaire survola le dernier paragraphe : l'héroïne achetée par Ugo Bouvier était destinée à sa consommation personnelle ; le juge avait donc ordonné la remise en liberté de l'agent immobilier et, conformément à la loi, la « destruction administrative du produit par incinération ». Vidal rangeait le dossier dans le deuxième tiroir du bureau quand on gratta à la porte. Pelletier passa la tête dans l'entrebâillement et laissa tomber d'une voix hésitante :

— Tu as une minute ?

Vidal acquiesça et l'invita à s'asseoir en face de lui.

— J'ai vérifié l'emploi du temps du mari d'Agnès,

pour la forme, commença le Marseillais. Le légiste estime qu'elle est décédée vers vingt-trois heures. À cette heure-là, Franck Jarry buvait un verre dans un piano-bar de la banlieue lyonnaise, en compagnie d'un gros client. Il est rentré à son hôtel, situé au centre-ville, un peu après minuit.

Vidal supposa que son collègue ne l'avait pas dérangé pour lui annoncer cette broutille.

— Si tu en venais à la partie immergée de l'iceberg ? fit-il sans se départir de son sérieux.

Pelletier sortit un agrandissement de la chemise en papier qu'il tenait à la main et le remit à son supérieur.

— Un technicien en identification criminelle a dégoté un cheveu sur le cadavre de Jarry. (Vidal fixa le centre de l'épreuve : le filament aux reflets ambrés, dont la forme évoquait un arc brisé, ressortait sur le fond noir.) Il n'appartient ni à Agnès ni à son époux.

— Jason serait-il blond ? subodora Vidal avec un sourire, le premier depuis qu'il avait appris la disparition de sa collaboratrice et amie.

Pelletier manifesta son irrésolution par un haussement d'épaules.

— En tout cas, le gars qui a rendu visite à Agnès cette nuit l'est.

Une profonde surprise se lut sur la face du commissaire.

— Quel gars ?

Pelletier tendit un bordereau de déposition à son chef.

— Bertrand Vasseur, le voisin du dessus, est un gros fumeur. Chaque soir, avant de se coucher, il sort pour cloper une dernière cigarette – l'odeur du tabac incommode sa femme. En regagnant son appart, il a vu le type en question sortir du meublé des Jarry et dévaler l'escalier.

Cette nouvelle transfigura Vidal.

— Tu as son signalement ? exulta-t-il.

— Mieux que ça, se gargarisa Pelletier. Je sais qui c'est.

Vidal n'en crut pas ses oreilles.

— De qui s'agit-il ?

Le Marseillais lui donna une photographie en couleurs.

— Je me suis procuré la plus récente.

Vidal s'empressa de poser les yeux sur le cliché. La consternation s'étala sur son visage lorsqu'il identifia l'homme au teint terreux et au menton en galoche : Roland Picard, la brebis galeuse des Stups du 36.

— Nom de Dieu ! s'écria-t-il en se frottant le front d'un air effondré. Je comprends maintenant pourquoi j'ai jamais pu le sentir. Tu es sûr de toi ?

Pelletier opina de la tête.

— Ce matin, Picard et moi avons recueilli les témoignages des habitants de l'immeuble. Vasseur l'a tout de suite reconnu et m'a entraîné dans un coin pour m'en faire part.

— Une seconde, se ressaisit Vidal que cette découverte avait mis K-O. À quelle heure Vasseur l'a-t-il croisé ?

— Minuit moins le quart.

Cette précision effrita l'optimisme du commissaire.

— Je te rappelle qu'Agnès n'a pas été tuée à son domicile et que le légiste a fixé l'heure du décès à vingt-trois heures. Admettons que Picard soit l'assassin. Pourquoi aurait-il couru le risque de mettre les pieds chez les Jarry, *a fortiori* quarante-cinq minutes après avoir liquidé Agnès ?

Cette interrogation ne démonta pas le Marseillais.

— À mon avis, il cherchait quelque chose. Un objet ou un document susceptible de le compromettre.

La perplexité altéra le visage de Vidal.

— On a accusé Joseph à tort. Ne commettons pas deux fois la même erreur. Il doit y avoir une explication.

Pelletier balaya cette remarque d'un geste et continua sur sa lancée.

— Ah oui ! Si Roland n'a rien à se reprocher, pour quelle raison n'a-t-il pas parlé de sa virée nocturne ? (Ébranlé par cette vérité, Vidal resta sans voix.) Il y a du louche là-dessous.

Le commissaire approuva d'un signe de tête et enchaîna d'un ton déterminé :

— Pour en avoir le cœur net, nous allons confronter son ADN et celui que les blouses blanches ont extrait du cheveu.

Le Marseillais se fendit d'une moue embarrassée.

— Ça va être long.

— Pourquoi ?

— Le cheveu n'a pas de bulbe. Nous avons un ADN sans noyau.

— Et merde ! pesta Vidal.

— Le laboratoire de Paris ne dispose pas du matériel nécessaire à l'analyse de l'ADN mitochondrial, celui de Nantes, si.

— Procédons par ordre, rétorqua Vidal. Va me chercher Roland. J'aimerais entendre sa version.

22

Posté dans la pièce contiguë à la salle d'interrogatoire, Ange Pelletier observait les deux hommes qui conversaient derrière la glace sans tain. Comme ils murmuraient plus qu'ils ne parlaient, le Marseillais manœuvra le potentiomètre fixé au mur afin d'augmenter le volume.

— Je suis heureux d'apprendre que ta fille se porte bien, prononça Vidal avec sincérité. Quel est son nom, déjà ?

— Sarah, soupira Picard.

— Sarah, épouse d'Abraham et mère d'Isaac, déclara le commissaire sur un ton emphatique. Un bien joli prénom. Quel âge a-t-elle ?

— Trois ans.

— Tu la vois souvent ?

— Une ou deux fois par mois, râla le suspect numéro un. Ça dépend de l'humeur de mon ex. (À bout de patience, il se leva et fit le tour de la salle d'accouchement, tête baissée et bras croisés.) Pourquoi m'avez-vous fait venir ici ? Nous pouvions discuter de nos vies respectives ailleurs, dans un endroit plus approprié.

Vidal quitta sa chaise et marcha vers lui.

— Au cours de ma carrière, j'ai côtoyé des tas de poulets, reprit-il. J'ai bossé avec le plus jeune commandant de l'histoire de la PJ, officiellement une épouse aimante et une mère attentionnée, officieusement une femme dépravée qui se rendait dans un hôtel crasseux du XVIIIe durant la pause-déjeuner pour s'adonner à des jeux pervers en compagnie de son amant, un maître S-M à la mode.

— Louvoyer n'est pas votre fort, s'agaça Picard. Que me reprochez-vous au juste ?

Vidal chassa le chat qu'il avait dans la gorge et s'expliqua :

— Cette anecdote démontre qu'il est impossible de connaître vraiment les gens, ceux avec qui l'on vit aussi bien que ceux avec qui l'on travaille. Tu étais chez Agnès cette nuit. (Son interlocuteur pâlit.) Un témoin t'a vu sortir de son appart à minuit moins le quart.

Picard détourna la tête pour fuir le regard inquisiteur du commissaire.

— Il fallait que je lui parle, se défendit-il.

— En pleine nuit ? s'étonna Vidal. Ça ne pouvait pas attendre le lendemain ?

— En l'occurrence, non, rétorqua Picard.

Vidal se pinça la lèvre inférieure d'un air préoccupé.

— Qu'y avait-il de si urgent ? Ben quoi, tu avais l'intention de lui déclarer ta flamme ?

Cette question excéda Picard.

— Qui êtes-vous pour me juger ? gronda-t-il. Je voulais lui dire combien elle comptait pour moi.

Vidal parut mesurer la gravité de cet aveu.

— Tu es sérieux ?

— Je n'ai jamais été aussi sérieux, répliqua Picard du tac au tac.

— Agnès aimait son mari, décréta Vidal sur le ton de la remontrance. Tu n'avais aucune chance de la séduire.

Le capitaine regagna la table d'un pas traînant et se laissa tomber sur son siège. Ses forces semblaient l'avoir abandonné.

— J'étais fou d'elle. (Son expression trahit son abattement.) Ce n'était pas calculé. L'idée de vider mon sac est venue d'un coup.

— Le moment était mal choisi, déplora Vidal. Savais-tu que son époux était en déplacement ?

— Oui.

Le commissaire eut une mimique ennuyée.

— Pourquoi n'as-tu rien dit ? (Il saisit sa chaise, la retourna et s'assit à califourchon, face à Picard.) J'aimerais comprendre.

Picard cligna des yeux sous l'effet du stress.

— Je n'ai pas oublié la façon dont vous avez mis Bonada sur la sellette. (Il alluma une cigarette. Ses joues se creusèrent quand il tira sur la pneumophage avec l'avidité d'un tabagique.) Si j'avais mangé le morceau, vous auriez pensé que j'avais quelque chose à voir avec la mort d'Agnès.

Vidal effleura les poils de sa barbe naissante d'un air méditatif.

— Tu t'es donc pointé chez elle pour lui conter fleurette, résuma-t-il. Que s'est-il passé ensuite ?

De l'index, Picard tapota la sèche pour faire tomber la cendre.

— La porte de l'appartement était ouverte, alors je suis entré, raconta-t-il, l'estomac noué par l'émotion. (D'un geste, Vidal l'incita à poursuivre.) Il n'y avait personne.

— Tu n'as pas trouvé cela… bizarre ? siffla Vidal sans le regarder.

Picard souffla une bouffée de tabac.

— Si, bien sûr.

L'attitude détachée de Vidal contrastait avec la précision de ses questions. Pelletier crut déceler une stratégie dans ce comportement inhabituel.

— Pour quelle raison n'as-tu pas prévenu le groupe ? fit le commissaire.

— Je me préparais à vous avertir lorsque le Marseillais m'a appelé sur mon portable pour m'annoncer la mort tragique d'Agnès, articula Picard d'une voix étranglée par le chagrin.

— Quelle heure était-il, approximativement ?

— Minuit moins vingt, me semble-t-il, lâcha Picard avec un brin d'hésitation.

Vidal feignit de calmer le jeu.

— Tes arguments tiennent la route. (Il se leva et parcourut la salle, les mains derrière le dos.) Qu'as-tu fait après le coup de fil de Pelletier ?

Picard essuya les gouttes de sueur qui perlaient sur son front avec un Kleenex.

— Je me suis rendu sur le lieu du crime. J'étais dans un état second.

— Comme nous tous, confessa son chef. Il reste un dernier problème à régler. (Une lueur d'interrogation traversa le regard de Picard.) La PTS a trouvé un cheveu blond sur le corps d'Agnès.

Le cœur de Picard galopa dans sa poitrine.

— Vous… (Les mots s'entrechoquèrent dans sa gorge.) Vous croyez que je l'ai tuée ?

— Je n'ai pas dit cela.

Picard se dressa d'un bond, sa chaise tomba à la renverse.

— Vous l'avez insinué, c'est pire ! s'emporta-t-il d'une voix tonnante, défiguré par la révolte. Je vous signale que le témoin m'a aperçu trois quarts d'heure *après* le crime ! Rien ne prouve que j'aie balancé Agnès sur le périph ! (Il afficha son mépris.) J'ai droit à un avocat.

Vidal se pencha vers lui.

— La présence d'un diable en robe longue n'est pas nécessaire : pour l'instant, il y a seulement présomption de culpabilité. Qui plus est, il existe un moyen de te disculper. Consentirais-tu à subir un prélèvement salivaire ?

Picard se renfrogna.

— J'aurais dû m'en douter, marmonna-t-il pour lui-même. Il ne peut y avoir de concordance entre mon ADN et celui contenu dans ce cheveu puisque je suis innocent ! tempêta-t-il.

— L'analyse comparative permettra de le démontrer.

Picard hésita avant de capituler d'un ton las :

— J'accepte.

Soulagé, Vidal le gratifia d'un sourire.

— Sage décision. Je reviens de suite.

— Je suis ici parce que vous me haïssez, éructa Picard alors que son supérieur s'acheminait vers la porte de sortie.

— Je ne te hais pas, réagit Vidal sans s'arrêter. Mon acharnement n'a rien de personnel. Je fais mon travail, point final.

— Je n'aurais pas dû accepter de rester jusqu'à ce que l'enquête soit terminée, persista Picard.

Le commissaire ne releva pas, retrouva Pelletier dans la pièce voisine.

— Je vais chercher le matériel, lança-t-il avec entrain. Surveille-le.

Il se retira et son collègue reporta son regard sur la salle d'accouchement. Ce que Pelletier vit le glaça : Picard cognait son front contre la vitre sans tain avec la régularité d'un métronome, à l'instar d'un aliéné frappant de la tête les murs de sa cellule capitonnée. Il accéléra la cadence et la glace commença à vibrer, par à-coups. Pelletier s'apprêtait à se ruer dans la salle pour le neutraliser lorsqu'il cessa de battre la mesure sur la baie vitrée et retourna s'asseoir, comme si de rien n'était.

Il demeura immobile jusqu'au retour de Vidal.

Vers midi, le commissaire reçut un coup de fil d'Elie Sagane.

— Agnès m'a téléphoné une heure avant de passer sous les roues de ce quinze tonnes, annonça l'officier de la Criminelle. Je n'étais pas à la maison quand elle a appelé – j'enquêtais sur un parricide commis à Neuilly-sur-Seine. Elle a laissé un message sur le répondeur.

— Que disait-elle ?

— Qu'elle connaissait la véritable identité de Jason. Elle me demandait de n'en parler à personne et de la contacter le plus vite possible.

Vidal se gratta l'arête du nez d'un geste nerveux.

— Rien d'autre ? s'enquit-il avec frénésie.

La réponse de Sagane fut catégorique :

— Rien du tout.

— D'après ce que j'en sais, vous n'étiez pas très proches, Agnès et toi, continua Vidal.

— Exact, confirma Sagane.

— Pourtant, elle voulait te mettre dans la confidence. Pourquoi ?

Sagane soupira en signe d'incertitude.

— Je l'ignore. Désolé, je dois y aller. Je t'apporterai une copie de l'enregistrement en fin de journée.

Il allait couper la communication quand Vidal l'interpella :

— Elie ? Je crois qu'on le tient.

— Tu te fous de moi ? Qui est-ce ?

Vidal avait perçu l'excitation dans sa voix.

— Pas au téléphone.

— J'arrive, fit Sagane avec précipitation.

Et il raccrocha.

23

À sept heures pile, Valentin Barth alluma la radio pour écouter les informations. Lorsque le présentateur aborda l'enquête sur le meurtre d'Agnès Jarry, il augmenta le son :

« … *Le quai des Orfèvres est en effervescence depuis qu'un autre lieutenant de la brigade des stupéfiants a été assassiné, avant-hier. Une grande première : les Stups et la Criminelle ont décidé de coordonner leurs efforts pour appréhender le ou les responsables. Ce matin, le commandant Elie Sagane a répondu aux questions de notre confrère Didier Bloch, sur l'antenne de Radio Plus. Il a annoncé qu'un suspect est actuellement interrogé dans les locaux du 36, mais a refusé de dévoiler son identité. "Si cet homme est le tueur que nous recherchons, il paiera pour son crime", a-t-il prévenu. L'officier de police s'est déclaré favorable à une punition exemplaire et souhaite que le châtiment décidé par la justice soit à la mesure du forfait…* »

Barth éteignit le poste, se rasa et s'habilla. Il s'assit sur le bord du lit pour lacer ses chaussures, prit le billet de train sur la table de nuit. Le départ du TGV pour Nantes était fixé à neuf heures. Comme il était en retard, Valentin jugea préférable de se rendre à la gare Montparnasse en taxi. Il rangea dans son sac à dos l'enveloppe en papier bulle contenant le cheveu trouvé sur le cadavre du lieutenant Jarry et l'échantillon de salive appartenant au suspect, puis composa le numéro de la société de transport Galaxia sur son téléphone sans fil. Une opératrice à la voix chevrotante joignit un chauffeur disponible, informa Barth que l'attente prévisible était de dix minutes. Ce dernier la remercia et raccrocha.

Formé à l'Institut de recherche criminelle de la gendarmerie nationale de Rosny-sous-Bois, Barth avait intégré le laboratoire du quai des Orfèvres trois ans plus tôt en tant que balisticien et décrypteur de faux documents. Jusqu'ici, il s'était acquitté de tâches exclusivement relatives à sa fonction. La veille dans l'après-midi, le divisionnaire Cornavain l'avait convoqué pour lui confier une mission confidentielle : porter les prélèvements de l'affaire Jarry au labo de Nantes et les remettre en main propre au responsable du service de biologie moléculaire. Le non-respect de la procédure – d'ordinaire, les échantillons étaient acheminés par navette – avait conforté Valentin dans l'idée que le meurtrier était un flic et que la direction de la PJ n'ébruitait pas la nouvelle par peur du lynchage médiatique. Quand il avait demandé des renseignements sur le suspect, Cornavain l'avait envoyé paître. La réaction épidermique du divisionnaire avait excité sa curiosité. Le nom du présumé coupable étant écrit sur le sachet qui renfermait le coton-tige imbibé de salive, il avait été tenté d'ouvrir l'enveloppe à plusieurs reprises. Le cachet de cire de l'administration l'en avait dissuadé.

Sa montre indiquait huit heures moins cinq. Il zieuta par la fenêtre, aperçut le taxi en bas de l'immeuble. Il revêtit son manteau, chargea le sac sur son épaule et déverrouilla la porte d'entrée. Tandis qu'il franchissait le seuil de l'appartement, une main armée d'un poing américain s'abattit sur son visage. Une pointe métallique s'enfonça dans sa pommette droite, une autre transperça son nez. Son agresseur le frappa à la bouche pour l'empêcher de crier, le balança à travers le salon et referma la porte. Le visage ensanglanté, Valentin se prit les pieds dans le tapis. Dans sa chute, il renversa la télévision. L'instinct de conservation lui commanda de ramper vers la sortie. Son bourreau, un homme cagoulé, lui donna un coup sur la tête pour l'assommer et prit l'enveloppe cachetée dans son sac.

Après s'être assuré que la voie était libre, le Black ôta sa cagoule puis emprunta l'escalier. Le taxi, une Mercedes caca d'oie hérissée d'antennes, stationnait près du musée d'Art et d'Histoire du judaïsme. Le chauffeur commençait à perdre patience : la cigarette qu'il avait au coin des lèvres remuait au rythme de son marmonnement. Shabazz attendit qu'il tourne la tête pour sortir de l'immeuble et s'engager dans la rue Rambuteau, sans se presser. Il sourit en voyant le break Honda garé devant l'église Notre-Dame-des-Blancs-Manteaux. Il monta dans le véhicule, remit le pli confidentiel à son boss.

Jason le félicita et démarra.

24

Vers neuf heures, Vidal reçut la visite du divisionnaire Cornavain.

— Bonjour, Eric, commença Cornavain en s'avançant pour serrer la main du commissaire.

La femme et l'homme qui l'accompagnaient entrèrent dans le bureau à leur tour et saluèrent Vidal d'un signe de tête.

Membre du groupe Delavigne, le capitaine Ortal Mutz était âgée de vingt-huit ans. Petite, finement musclée, elle se mouvait avec une grâce féline. Sa chevelure auburn, dont les boucles cascadaient sur ses épaules, encadrait un visage harmonieux dans lequel brasillaient des yeux tantôt bleus, tantôt verts. Promise à une brillante carrière, elle avait pratiqué la danse classique avec acharnement durant des années. Le jour de ses dix-huit ans, une radiographie avait réduit à néant ses chances de devenir étoile. Le diagnostic du médecin était sans appel : son ossature, usée par trop d'efforts, était comparable à celle d'une quinquagénaire ; si elle reprenait l'entraînement, elle s'exposait à des fractures.

Elle s'était engagée dans la police une semaine plus tard, sur un coup de tête. Elle n'avait jamais eu à regretter cette décision. Vidal avait sympathisé avec elle dès son arrivée au 36, trois ans auparavant.

Après l'obtention d'une maîtrise de droit et d'un DEA de criminologie, le commandant Yvan Seigner s'était engagé dans l'armée de l'air et était devenu aspirant au 1er régiment de parachutistes. Rebuté par la discipline et les idées vieillottes de la force militaire, il avait démissionné deux ans plus tard pour passer le concours de l'école de Cannes-Écluse. Titularisé, il avait débuté sa carrière à la 2e division de la PJ où il enquêtait essentiellement sur des viols et des braquages avant d'intégrer les Stups. La quarantaine, il avait un physique de baroudeur et l'ironie facile, ce qui lui avait valu des altercations avec son supérieur, le commissaire Fhima, et des blâmes de la direction de la PJ. Ses actions d'éclat lui avaient permis de se remettre en selle à plusieurs reprises.

Vidal considérait Seigner comme un ami et le fréquentait assidûment.

— Étant donné les pertes que votre groupe a subies, j'ai pensé que l'aide du commandant Seigner et du capitaine Mutz vous serait utile, continua Cornavain. J'espère que vous n'y voyez pas d'inconvénient.

Vidal sourit pour signifier son approbation à ce recrutement sauvage.

— Je n'en vois aucun. (Il se tourna vers ses collègues.) Soyez les bienvenus.

Rassuré, Cornavain prit congé des officiers et du commissaire. Celui-ci attendit qu'il referme la porte pour s'enthousiasmer :

— Et si je vous mettais au parfum ?

Une heure plus tard, Mutz et Seigner connaissaient les tenants et aboutissants du dossier Jason.

Vidal devisait avec Yvan Seigner quand Pelletier fit irruption dans son bureau, le teint livide et la respiration coupée.

— Valentin Barth est à l'hosto ! déclara-t-il.

La stupeur pétrifia Vidal.

— Quoi ?

Le Marseillais hésita à donner davantage de détails devant Seigner. Quoiqu'il eût été informé de la nouvelle affectation du commandant deux heures auparavant, il ne s'était pas encore fait à l'idée de travailler avec lui. L'expression interrogatrice de Vidal eut raison de sa réserve.

— Il a été passé à tabac dans son appart, alors qu'il se préparait à partir pour Nantes, expliqua-t-il. Son frère, qui a un double des clés, l'a trouvé étendu dans le salon un peu avant onze heures. Il a aussitôt appelé police secours.

Vidal émergea de son hébétude et s'enquit :

— Comment va-t-il ?

— Il est amoché mais il s'en sortira.

— A-t-il vu son agresseur ?

— Le type portait une cagoule.

Le commissaire se passa une main dans les cheveux d'un air accablé.

— Il y a quelqu'un sur place ?

Pelletier hocha la tête en signe d'acquiescement.

— Les anges de la Crim. Sagane t'apportera son rapport dans l'après-midi.

Vidal mit son blouson et prit son arme de service dans le premier tiroir du bureau.

— Je n'ai pas l'intention d'attendre cet après-midi.

On y go. (Il arbora une mine préoccupée et revint sur ses pas.) Sagane t'a parlé de l'enveloppe ?

— Elle s'est envolée, répliqua le capitaine.

— L'agresseur l'a emportée, corrigea son supérieur. À ton avis, qui avait intérêt à la faire disparaître ?

Seigner sifflota, signe qu'il s'apprêtait à émettre une hypothèse.

— Quelqu'un qui redoutait le résultat du test ADN, avança-t-il.

— Et qui savait que Barth devait se rendre à Nantes aujourd'hui, compléta Pelletier.

— Le propriétaire du cheveu déniché sur le cadavre d'Agnès, conclut Vidal.

Seigner comprit où il voulait en venir.

— Picard n'a pas pu tabasser Barth, décréta-t-il. Il est en garde à vue depuis hier.

Pelletier se massa nerveusement la nuque.

— Roland n'est plus ici.

Vidal lui adressa un regard réprobateur, à la manière d'un père crispé par les facéties de son fils.

— J'suis pas d'humeur, avertit-il.

— Je ne plaisante pas, s'obstina son équipier. Le bruit court que le meurtrier d'Agnès est de la maison. Cornavain a pensé qu'il valait mieux dissiper les soupçons avant que les on-dit n'arrivent aux micros de la presse.

— De quelle façon ? s'énerva Vidal, qui s'attendait au pire.

Le Marseillais gonfla les joues pour exprimer son embarras.

— Il a obtenu du juge que Picard soit assigné à résidence, répondit-il avec un léger tremblement dans la voix. Roland est rentré chez lui cette nuit, sous bonne escorte.

— Tu déconnes ? explosa Vidal.

Ses yeux lançaient des éclairs. Craignant d'être foudroyé, Pelletier baissa la tête.

— L'OPJ Luxey monte la garde devant sa porte, bafouilla-t-il, dans l'espoir de refouler la colère qui déferlait en lui.

— Et c'est maintenant que tu me le dis ?

— Je ne suis pas complètement jobastre ! se défendit Pelletier. Je l'ai su il y a à peine dix minutes. J'ai surpris une conversation entre Cornavain et son adjoint.

— Cornavain est un crétin ! beugla le commissaire. Pourquoi me l'a-t-il caché ?

— Il a dû avoir peur que tu le cries sur les toits, se gaussa Seigner.

Furieux, Vidal ouvrit la porte à la volée et se fraya un passage dans le couloir, talonné par ses collègues.

— À quelle heure Barth a-t-il reçu sa petite visite ? grogna-t-il.

— Huit heures du matin, l'éclaira Pelletier.

Pris d'une subite illumination, Vidal stoppa net et se tapa le front avec la paume de sa main.

— Picard est dans le coup ! s'exclama-t-il.

— Il ne pouvait pas sortir, objecta Seigner. Un poulet surveille son appart.

Vidal accueillit cette explication avec un reniflement.

— Mais il lui était possible de communiquer avec l'extérieur, insista-t-il. Il aura chargé l'un de ses sbires de trucider Valentin Barth et de récupérer le pli compromettant, à moins qu'il n'ait engagé un pro. Dans ce milieu, un simple coup de fil équivaut à un contrat. (Il se concentra sur la conduite à adopter.) Il suffit d'éplucher les relevés des prestataires de services de Picard pour découvrir le numéro ou l'adresse e-mail du flingueur.

Cette stratégie emballa Seigner.

— Je m'en occupe, fit-il en rebroussant chemin.

Pelletier pivota vers son chef.

— Et nous ? demanda-t-il avec dépit. Qu'est-ce qu'on devient ?

— On va tailler une bavette avec Roland.

Les sourcils de son équipier se froncèrent.

— Cornavain nous enverra à la casse si jamais il l'apprend.

Cette éventualité contracta Vidal. Il détestait le divisionnaire, ce n'était un secret pour personne. Paperassier notoire, Cornavain préférait la quiétude de son bureau aux frissons de la traque. Le commissaire renonça à médire de lui et se dirigea vers l'escalier.

— Tu te grouilles ? lança-t-il à Pelletier sans se retourner.

25

Roland Picard louait un trois pièces rue Crozatier, dans le XIIe arrondissement. Pelletier mit plus de dix minutes à trouver une place. Pendant qu'il effectuait un créneau, Vidal inspecta les alentours. Une bagnole de la PJ était garée devant l'immeuble.

Les deux hommes descendirent de voiture et s'engouffrèrent dans le bâtiment. L'appartement de Picard se situait au premier étage. Vidal et Pelletier s'arrêtèrent sur le palier, échangèrent un regard surpris en remarquant l'absence de Luxey. Le commissaire déboutonna la patte de son étui de ceinture et empoigna la crosse du Smith & Wesson. Il s'avança à pas mesurés, imité par son collègue, puis appliqua son oreille sur la porte. Il ne perçut aucun bruit, frappa à deux reprises.

— Luxey, tu es là ? Roland ? C'est Eric Vidal ! (Ses appels restèrent sans réponse. Pressentant un malheur, il essaya d'ouvrir. En vain.) Écarte-toi, Ange.

Il visa la poignée, tourna la tête et appuya sur la détente. À peine la serrure eut-elle sauté qu'il poussa la porte et bondit dans le living-room, avec une telle impétuosité qu'il perdit l'équilibre. Les semelles de ses chaussures dérapèrent sur le plancher glissant et il s'étala de tout son long. Son rythme cardiaque s'accéléra lorsqu'il identifia la substance gluante qui collait à sa peau et à ses vêtements. Alors qu'il se relevait, tant bien que mal, il aperçut le macchabée étendu dans la mare de sang. Blanc comme un linge, le dos inondé de sueur, il s'éloigna précipitamment et rejoignit Pelletier qui observait ce spectacle depuis le seuil du séjour.

Le corps du capitaine Luxey était lardé de coups de couteau.

Vidal s'essuya le visage avec un mouchoir en papier et soupira d'un air attristé :

— Il avait deux gosses. Sa femme attend le troisième. Je fais le tour du propriétaire.

Son équipier acquiesça, enfila une paire de gants de latex et entreprit d'explorer la scène de crime. Vidal réapparut cinq minutes plus tard, la bouche retroussée en un rictus rageur.

— Picard nous a baisés, éructa-t-il en shootant dans un tabouret. Les placards sont vides. Il a emporté toutes ses affaires.

Pelletier désigna la boîte bleue que le commissaire tenait à la main.

— Qu'est-ce que c'est ?

— Je l'ai dégotée dans l'armoire à pharmacie, l'éclaira Vidal. Elle contient des éponges hémostatiques identiques à celle que Sagane a trouvée à l'hôtel Barberousse de Vitry-sur-Seine, près du cadavre éventré de Julia Hurbon.

Pelletier pivota vers la dépouille de Luxey.

— Vois le bon côté des choses : maintenant, nous savons qui est Jason.

Son supérieur secoua la tête.

— Ce petit salaud a bien caché son jeu. (Il alluma son portable.) Je préviens la PTS.

Le commandant Yvan Seigner rappliqua dans le bureau de Vidal en début de soirée. Tout en s'asseyant, il déposa une poche en plastique devant son collègue. Tandis que celui-ci parcourait la première page du rapport glissé à l'intérieur, il annonça :

— Ce matin, Picard a bigophoné de son cellulaire à six heures moins dix. Il est resté en ligne vingt-trois secondes.

Vidal leva les yeux sur lui.

— Qui a-t-il appelé ?

— Le relevé d'Europe Télécoms mentionne le numéro d'un certain Nicolas Rouillon, poursuivit Seigner. Le bulletin numéro un de son casier judiciaire précise qu'il a écopé de deux ans de prison ferme pour trafic de substances vénéneuses et de cinq ans pour incitation à la consommation de produits stupéfiants.

— C'est le flingueur, décréta Vidal. Où crèche-t-il ?

Seigner décolla le Post-it qui adhérait à une page du dossier et le lui tendit. Le commissaire lut les coordonnées inscrites sur le becquet, décrocha le téléphone pour avertir Pelletier. Seigner se pencha vers lui et lâcha d'un ton décourageant :

— T'excite pas. (L'index de Vidal s'immobilisa au-dessus d'une touche du clavier.) Ortal s'est pointée chez Rouillon il y a un peu moins d'une heure. Le gus gisait au fond de sa baignoire, un petit trou entre les yeux.

L'enthousiasme de Vidal retomba. Il raccrocha avec vigueur et frappa du poing la paume de sa main.

— Pas de témoins ?

Le commandant remua négativement la tête et reprit :

— Il semble que Rouillon se soit ramené chez Picard avant sept heures – heure à laquelle Luxey est mort – et qu'il l'ait délivré.

— Après avoir fumé le poulet, ils se sont rendus chez Valentin Barth pour récupérer cette saloperie de cheveu, enchaîna Vidal avec la lassitude du sportif qui revient sur un échec cuisant. J'imagine que Rouillon est le seul à s'être sali les mains.

— Pourquoi Picard l'a-t-il éliminé ?

Vidal brandit le rapport.

— Parce qu'il savait que le relevé de la compagnie du téléphone nous permettrait de remonter jusqu'à lui. Je suppose que Rouillon connaissait les activités de la Pieuvre. Roland se doutait qu'il parlerait en cas d'arrestation.

— Picard n'avait pas le choix, conclut Seigner. Pour s'en sortir, il *devait* passer un coup de fil. (Vidal approuva en silence.) Il a choisi de sacrifier Rouillon car il n'était pas vital pour l'Organisation.

— Cet enfant de putain a combiné le plan parfait, râla Vidal. Si nous voulons le pincer, nous devons employer les grands moyens.

Seigner devina son intention.

— Tu es prêt à prendre ce risque ?

La détermination étincela dans les yeux du commissaire.

— Oui.

Seigner quitta son siège et marcha vers la sortie.

— Yvan ? lança Vidal. Beau boulot.

26

Vidal exposait ses intentions à ses équipiers, le lendemain matin, lorsque le préfet Izard et le divisionnaire Cornavain débarquèrent en fanfare dans son bureau. Âgé de cinquante-neuf ans, Pierre Izard avait le sourire forcé et l'humour noir de ceux qui sont affreusement malheureux. Deux choses lui étaient insupportables : la vieillesse et l'échec.

Lisant dans les yeux du haut fonctionnaire qu'il ne s'agissait pas d'une visite de courtoisie, Vidal ordonna à ses collaborateurs de se retirer puis, sans flagornerie, lui proposa de prendre place sur le canapé. Izard refusa d'un geste expéditif, de même que Cornavain, qui n'avait pourtant pas été invité à s'asseoir.

— La situation m'inquiète, commissaire, commença Izard de sa voix de stentor qui faisait forte impression pendant les discours.

Depuis l'agression du technicien de la PTS Valentin Barth et le meurtre de l'OPJ Jean-François Luxey, les rumeurs allaient bon train. Jusqu'ici, Jason avait frappé quand bon lui semblait. Cette réalité semait la terreur et la discorde dans les couloirs du quai des Orfèvres. L'idée que la direction de la PJ et la préfecture de police de Paris fussent incapables sinon d'arrêter le trafiquant, du moins de l'empêcher d'agir à sa guise, paniquait les flics des Stups qui présageaient le pire.

— Le ministre de l'Intérieur en personne s'interroge sur votre aptitude à régler le problème, reprit Izard avec dureté. Son message est clair : si vous n'obtenez pas de résultats satisfaisants dans les semaines qui viennent, je serai contraint de vous retirer cette affaire et de vous mettre à pied.

Derrière lui, Cornavain se faisait tout petit. Vidal se doutait que le divisionnaire raserait les murs dans les prochains jours : s'il n'avait pas pris la décision d'assigner Picard à résidence, Barth ne serait pas hospitalisé et Luxey serait encore en vie.

— Illouz, Jarry et maintenant Luxey, renchérit Izard. L'assassinat de fonctionnaires de police compétents est une atteinte à la crédibilité du ministre. La balle est dans votre camp, mon vieux. Ne me décevez pas.

Il se dirigeait vers la sortie lorsque Vidal lança :

— Il y a un moyen d'en finir, monsieur le préfet.

Izard ouvrit la porte, s'immobilisa sur le seuil du bureau.

— Lequel ?

Cinq secondes s'écoulèrent avant que Vidal n'étale son jeu :

— L'argent délie les langues.

Quoiqu'il devinât la réponse, Izard s'enquit :

— À quoi pensez-vous ?

— La vénalité est un vice très répandu dans le milieu, expliqua Vidal avec un sourire de gagneur. Je mettrais ma tête à couper que les associés de Picard ne font pas exception. Une récompense conséquente devrait ébranler leur fidélité.

Izard parut évaluer les avantages de cette suggestion.

— Je me charge de rédiger l'offre, décréta-t-il au bout d'une minute. Je m'arrangerai pour que *L'Européen* la publie dans l'après-midi.

Il sortit sans saluer Vidal. Cornavain baissa la tête pour éviter le regard méprisant du commissaire et marcha sur ses talons.

À quinze heures trente, Vidal se rendit au kiosque de la rue de Harlay pour acheter le journal de la mi-journée. Impatient, il s'installa sur un banc pour lire la une :

L'INCROYABLE ÉVASION

Ce matin, la direction de la police judiciaire a levé le voile qu'elle avait jeté sur l'assassin présumé du lieutenant A. J. : il s'agirait d'un officier de la brigade des stupéfiants du quai des Orfèvres. Sous le coup d'une assignation à résidence, cet ancien membre du GIR de Poitou-Charentes a pris la fuite après avoir tué le policier affecté à la surveillance de son appartement.

« Taupe », « traître », « vendeur de poison », « tueur de flics », tels sont les qualificatifs injurieux qui pleuvent sur le capitaine Roland Picard depuis que ses anciens collègues ont appris la nouvelle : l'officier aux brillants états de service et le trafiquant de drogue connu sous le nom de « Jason » ne seraient qu'une seule et même personne. Picard a fait ses classes à Poitiers, au sein du Groupement d'intervention régional, puis il a intégré la « brigade des paludiers », comme on appelle les Stups, à la faveur d'une promotion. « Entrer dans la place lui a permis de se

familiariser avec nos méthodes et d'anticiper nos réactions », *nous a confiés le commissaire E. V., son supérieur.* « Ainsi, il a pu éliminer les enquêteurs susceptibles de le gêner dans ses projets. » *Si l'indignation est de mise dans les couloirs du quai des Orfèvres, certains essaient encore de comprendre.* « Roland était un homme discret, consciencieux, très professionnel », *a déclaré le lieutenant Morin Briard de la Criminelle.* « Tout le monde l'appréciait. » *Une première dans les annales judiciaires françaises : le préfet Pierre Izard a décidé de suivre le conseil du commissaire E. V. et de mettre à prix la tête du hors-la-loi, comme au bon vieux temps du Far West. À partir de demain, l'avis suivant sera diffusé dans la presse et affiché dans de nombreuses rues de la capitale :*

LA PRÉFECTURE DE POLICE DE PARIS
OFFRE UNE RÉCOMPENSE DE :
250 000 EUROS
À LA PERSONNE QUI AIDERA À LA CAPTURE DE :
ROLAND PICARD.
UN NUMÉRO VERT EST À VOTRE DISPOSITION 24 H/24 :
08 00 15 22 53

Vidal jeta un œil sur le portrait de Picard qui accompagnait l'avis de recherche, balança le quotidien à la poubelle et regagna le 36. Il se réfugia dans le local le plus calme du bâtiment – le « musée » de la brigade des stupéfiants – pour réfléchir. Les vitrines éclairées par des néons aveuglants renfermaient toutes sortes d'objets liés à la fabrication et à la consommation de drogue. Les échantillons de chanvre indien, de cocaïne, d'héroïne et de Bethsabée côtoyaient les cailloux de crack et les cachets d'ecstasy frappés des logos tendance. Des photos de toxicomanes, prises avant et pendant la « descente aux enfers », étaient exposées sur une table munie d'un châssis vitré. Une bergère saisie par les douanes traînait dans un coin : son propriétaire, un antiquaire qui s'était improvisé passeur, avait farci de marijuana les accoudoirs sinueux et les pieds cambrés. Deux hommes entrèrent dans la pièce, pendant que Vidal promenait ses yeux sur une pipe à crack confectionnée par un Antillais qui l'avait baptisée la « pine du diable ».

— Chef ? (Le commissaire se tourna vers Pelletier.) Tu as de la visite.

Franck Jarry se tenait derrière le Marseillais, sur le pas de la porte. Vidal s'avança vers le mari d'Agnès, lui serra la main avec chaleur et laissa tomber :

— Je suis content de vous voir, Franck. Comment allez-vous ?

Le veuf eut une expression éloquente.

— Je survis, peina-t-il à articuler.

Vidal passa un bras autour de ses épaules et soupira, avec de la douleur dans la voix :

— Je compatis à votre deuil. (Les yeux de Jarry s'embuèrent et ses lèvres tremblotèrent.) Désirez-vous boire un café ?

L'autre refusa avec politesse.

— Je n'ai pas beaucoup de temps. (Il extirpa une photographie en couleurs de la poche de son veston et la remit à Vidal.) Je l'ai trouvée hier soir, alors que je cherchais un livre dans notre bibliothèque.

Vidal considéra le paysage à la végétation luxuriante.

— On dirait une image satellite. (Ses sourcils se froncèrent sous l'effet de l'étonnement.) Qu'est-ce qu'elle foutait chez vous ?

Jarry éternua, s'excusa avant de répondre :

— Agnès ne laissait jamais traîner les documents qu'elle rapportait du boulot. Elle les glissait dans le roman ou la bande dessinée qu'elle était en train de lire. (Il baissa la voix, comme s'il se préparait à révéler un secret.) Ce cliché était inséré dans *Le Désert des Tartares*, qu'elle avait commencé deux jours avant sa mort. (Il se tut pour mesurer l'impact de sa déclaration.) Je suis sûr qu'il y a un lien entre cette photo et votre enquête sur Jason et les narconautes.

Le commissaire accueillit cette affirmation avec une mimique circonspecte.

— Si c'était le cas, Agnès m'en aurait parlé.

Il tendit le cliché à Pelletier qui l'étudia à son tour.

— Ma femme était sur une piste, s'obstina Jarry.

— Vous avez des preuves ?

Jarry sembla pris au dépourvu.

— Non, avoua-t-il dans un murmure.

— Vous êtes à bout, prononça Vidal sur un ton apaisant. Le mieux serait de décrocher et de partir quelque temps.

Cette leçon de morale frustra les espérances de Jarry et il se renferma dans le silence.

— Tu l'as vue ? lança Pelletier sans détacher ses yeux de l'image satellite.

— Quoi ? souffla Vidal qui écoutait d'une oreille distraite.

Son équipier pointa un doigt vers la croix tracée sur la photo, en haut à gauche.

— Elle désigne un endroit précis.

Jarry saisit cette occasion de rallier Vidal à sa cause.

— J'allais justement vous en toucher un mot, lâcha-t-il dans un regain d'optimisme.

Vidal s'empara du cliché, fixa la bande de terre qui serpentait à travers la verdure.

— Il existe un moyen de savoir si cette image provient du Système probatoire d'observation de la Terre et de quelle région il s'agit, avança Pelletier.

— Lequel ? lui demanda Vidal.

— J'ai toujours mon contact au ministère de la Défense.

Vidal décocha à Jarry un sourire bienveillant.

— Vous avez bien fait de venir, Franck.

Il proposa de le raccompagner. Jarry attendit qu'ils atteignent le parking du quai des Orfèvres pour reprendre la parole :

— Agnès était enceinte de six semaines.

Le commissaire eut une mine piteuse.

— Je l'ignorais, bafouilla-t-il. Je suis… désolé.

Jarry monta dans sa voiture, abaissa la vitre de son côté.

— Promettez-moi d'arrêter ce salaud, Eric, implora-t-il.

— Je l'arrêterai.

Tranquillisé par la résolution qu'il avait perçue dans le ton du commissaire, Jarry mit la première et quitta le parking.

27

En partant, vers dix-neuf heures, Vidal était dans un état second. La verte semonce du préfet Izard et la confidence douloureuse de Franck Jarry l'avaient secoué. Toute la journée, il avait oscillé entre la révolte et le chagrin.

Tandis qu'il atteignait sa Volkswagen, il aperçut Ortal Mutz et Yvan Seigner sur le parking du 36. Le commandant caressait la joue d'Ortal en la fixant d'un air amoureux. Gêné, Vidal détourna les yeux. Il s'empressait de déverrouiller le véhicule quand Seigner le vit à son tour et courut vers lui.

— Je vais boire un café avec Ortal, laissa tomber Seigner en arrivant à sa hauteur. Tu viens ?

— Une autre fois, le remercia Vidal qui s'efforçait de dissimuler son embarras. J'ai promis à Claire que je rentrerais tôt.

Seigner avait perçu son trouble car il commença à se justifier :

— Ortal et moi, on…

— Je t'arrête tout de suite, le coupa Vidal en s'engouffrant dans la voiture. Ça ne me regarde pas.

Seigner semblait déterminé à clarifier la situation.

— Il n'y a rien entre elle et moi, continua-t-il d'un ton affirmatif. Notre relation est purement amicale. Il m'arrive de la câliner, un peu comme un grand frère, mais nous n'avons jamais dépassé le stade de la camaraderie.

Vidal ferma la portière, baissa la vitre et énonça d'un ton dégagé :

— Vous êtes majeurs et vaccinés. Vous menez votre vie comme vous l'entendez.

Il démarra avant que Seigner ne reprenne ses explications et emprunta le quai des Orfèvres. Son cœur tambourinait contre sa poitrine et sa tête menaçait d'éclater. Tout en remontant le boulevard du Palais, il décida qu'il ne rentrerait pas chez lui dans cet état.

Il avait besoin de quelque chose de fort et de brutal.

Après s'être garé impasse de la Planchette, il marcha en direction de la rue Blondel.

Son excitation monta d'un cran lorsqu'il les vit. Légèrement vêtues et aguicheuses, à la fois vulgaires et émoustillantes, elles arpentaient le trottoir en roulant des hanches ou guettaient le client en piétinant pour se réchauffer. La certitude qu'il pouvait s'offrir celle qu'il voulait l'étourdit et il les passa en revue d'un regard avide. Il s'agissait seulement de se rincer l'œil car il avait déjà fait son choix. En le voyant s'approcher d'elle, Flo afficha sa surprise. D'ordinaire, le commissaire ne se pointait jamais sans prévenir. Tout devint très clair quand il la dévora des yeux : il n'était pas venu pour lui soutirer des informations mais pour faire l'amour avec elle. La joie se mêla à la fierté dans le cœur de la jeune femme.

Elle espérait ce moment depuis le début de leur collaboration.

Sans un mot, elle s'engagea sous le porche de l'immeuble vétuste. Vidal la talonnait, le regard enflammé par le balancement de ses fesses rebondies et l'oreille flattée par le staccato de ses talons aiguilles résonnant sur les pavés de la cour. Flo monta les escaliers sans se presser, en accentuant le mouvement de ses hanches, comme pour attiser le désir du policier. Parvenue au troisième étage, elle ouvrit la porte de la chambre de bonne où elle se donnait chaque jour à des paumés et des pervers.

— Je ne veux pas de ton argent, déclara-t-elle en refusant le billet de cent euros que Vidal lui tendait d'une main tremblante.

Elle se déshabilla et s'étendit sur le lit avec une sensualité exacerbée. Vidal était en ébullition. Il ôta à son tour ses vêtements, prit un préservatif sur la table de nuit et le déroula sur son pénis en érection.

— Viens, trésor, souffla Flo.

Comme Vidal s'exécutait, l'image de Claire s'interposa entre le corps nu de la prostituée et le sien. La honte le saisit aussitôt et il recula en secouant la tête de gauche à droite.

— Qu'est-ce que tu as ? interrogea Flo, déroutée par ce revirement.

Tout en se rhabillant en quatrième vitesse, le flic bégaya :

— Je ne… peux pas. Je suis désolé.

Vexée, Flo le rabroua :

— Pars vite. Ta petite femme t'attend.

Il sortit sans demander son reste.

28

Le surlendemain matin, Vidal feuilletait un rapport lorsque le Marseillais surgit dans son bureau.

— L'offre de la Préfecture a porté ses fruits ? demanda Pelletier d'entrée de jeu.

Le commissaire eut une mimique désenchantée.

— La permanence a reçu une centaine d'appels en deux jours. Tous bidon. Je commence à penser que c'était une mauvaise idée.

Pelletier affichait une mine béate. Déchiffrant la jubilation dans le regard de son partenaire, Vidal laissa tomber :

— Toi, tu as une bonne nouvelle à m'annoncer. (Il fixa le capitaine avec intérêt.) Je suis tout ouïe.

Pelletier défit le nœud du carton à dessin qu'il tenait à bout de bras, saisit les photographies 40 x 60 rangées à l'intérieur et les déposa sur la table. La première était un cliché satellite semblable à celui que Franck Jarry avait découvert dans sa bibliothèque.

— J'ai eu du mal à convaincre le Templier de me confier ces documents, expliqua Pelletier qui désignait toujours par son nom de code son contact au ministère de la Défense. Ils sont confidentiels.

Vidal leva les yeux sur son équipier et s'enquit :

— Pour quelle raison ?

— Tu te souviens de Khristos Caligheris ?

— Évidemment.

Le mois précédent, un commando recruté par ce malfaiteur avait dévalisé les principales bijouteries de la place Vendôme. Cette opération sans précédent avait choqué l'opinion publique : armés jusqu'aux dents, les gangsters n'avaient pas hésité à mitrailler tout ce qui bougeait pour couvrir leur fuite, semant les rues de cadavres. Après des semaines de gesticulations et d'investigations stériles, la brigade de répression du banditisme désespérait d'arrêter Caligheris et de mettre la main sur le butin, évalué à plus de douze millions d'euros.

— Selon un indic de la BRB, Caligheris et ses comparses se cachent dans un bled de la Haute-Normandie, reprit Pelletier. Comme les enquêteurs manquent de moyens et d'effectifs pour ratisser la zone, le juge d'instruction en charge du dossier a réquisitionné SPOT 6, le super-satellite du ministère dont les caméras permettent la stéréoscopie. (Il pointa un doigt vers l'épreuve posée devant Vidal.) Celle-ci représente le périmètre balayé par Spoty dans le cadre de cette affaire, à savoir le département de la Seine-Maritime.

La grimace de Vidal traduisit son incompréhension.

— Quel est le rapport avec notre enquête ?

Le capitaine tira de sa poche de poitrine la photo retrouvée par Franck Jarry.

— Elle est issue du jeu de clichés pris par SPOT 6 à la demande de la BRB.

La surprise creusa davantage les ridules sur lc visage du commissaire.

— Comment Agnès se l'est-elle procurée ?

Pelletier serra les lèvres et haussa les épaules.

— Mystère. Quoi qu'il en soit, le secteur qui l'intéressait se trouve en Seine-Maritime. (Il effleura la croix de l'index.) Le point d'intersection indique Forges-les-Eaux, une commune située à environ quarante kilomètres de Rouen. Le Templier l'a explorée hier après-midi, et devine quoi ? Il a relevé un truc pas clair.

Vidal cessa de piétiner et questionna, d'une voix impérative :

— Quel truc ?

Le Marseillais étala sur le bureau des photos montrant une camionnette verte.

— Le satellite a shooté cette fourgonnette sur la départementale 1314, à neuf kilomètres de Neufchâtel-en-Bray. (Il prit appui sur le bord de la table et se pencha vers son supérieur.) Tu la vois ?

Vidal remarqua la traînée blanche qui s'était formée dans le sillage du véhicule.

— Nom de... (Il passa une main sur sa figure blafarde.) Ces fumiers utilisent le procédé Van de Elzen !

Guère soucieux de polluer le sol et de contaminer la nappe phréatique, les chimistes des laboratoires clandestins déversaient les substances toxiques nécessaires à la fabrication des ravageuses dans la nature. Comme ils prenaient le risque d'attirer l'attention sur eux en agissant à découvert, Peter Van de Elzen, le plus gros trafiquant de drogues de synthèse des Pays-Bas, avait créé un système à la fois simple et révolutionnaire qui consistait à se débarrasser des déchets à l'abri des regards : il suffisait de pratiquer une ouverture dans le châssis d'une camionnette en marche, d'y adapter un compresseur et une pompe afin d'évacuer les liquides.

— Elle a fait demi-tour avant d'atteindre Neufchâtel, continua Pelletier. SPOT l'a photographiée alors qu'elle gagnait un entrepôt installé sur un terrain inculte, aux abords de la forêt de Bray.

— La vidange effectuée, le conducteur est rentré au bercail, en déduisit Vidal.

Son collègue acquiesça d'un air emballé.

— Nous parlons le même langage.

— Il n'y a pas de traces blanches sur les clichés suivants, constata Vidal.

— La pluie les a effacées.

Le commissaire sourit, amusé.

— Ils sont malins. (Il examina le bâtiment.) À qui appartient-il ?

Pelletier afficha la moue vaniteuse de celui qui détient un secret que d'autres brûlent de connaître.

— Tiens-toi bien : d'après le cadastre, le proprio serait un certain… (Il marqua une pause, à la manière d'un comédien qui ménage son effet.) … Nicolas Rouillon.

— Le type que Roland a suicidé dans sa baignoire ? lança Vidal, éberlué par cette révélation.

— Lui-même.

Vidal se massa le coin des lèvres avec nervosité.

— Rouillon était le maillon faible de la Pieuvre, décréta-t-il. Picard le manipulait. Il s'est servi de son nom pour acquérir ce hangar, il l'a sacrifié pour pouvoir se faire la malle. (Un soupir trahit son dégoût.) Roland est un monstre. Allons voir ce qui se trame.

Pelletier eut un geste d'apaisement.

— Pas de panique. Ortal et Yvan sont sur place depuis hier soir.

Son chef remua la tête pour saluer cette initiative.

— La fourgonnette est toujours garée devant l'entrepôt ?

— Oui. Seigner t'attend pour intervenir.

Vidal enfila son blouson.

— En route.

29

Vidal et Pelletier parvinrent à destination deux heures plus tard.

Le C15 des Stups stationnait derrière une ferme située à cent cinquante mètres du hangar suspect. Seigner s'était approché de la cible à la faveur de la nuit. En moins de dix secondes, il avait fixé une minicaméra à la barrière qui faisait face au bâtiment, de façon qu'elle puisse filmer l'entrée en continu. L'émetteur relié à l'objectif permettait au lieutenant Emmanuel Charlier, l'informaticien du central technique et informatique du 36, de visionner les images à bord du sous-marin, sur son ordinateur portable.

Vidal monta dans le véhicule, suivi du Marseillais. La brigade disposait d'un matériel de pointe : scanner, Caméscope digital, appareils photo avec zoom. Après avoir salué Charlier, le commissaire s'adressa à Seigner :

— Quoi de neuf ?

Seigner mâchouillait le capuchon d'un stylo à bille avec la fébrilité d'un enfant qui fait ses dents.

— Que dalle.

— Tu as mis l'entrepôt sur écoute ?

— Le propriétaire n'a pas le téléphone.

— L'étau est en place ?

Seigner hocha la tête.

— Si les résidants mettent le nez dehors, ils ne pourront pas aller bien loin. La zone est bouclée. (Il déplia une carte routière et touristique de la région.) Ortal et l'agent Chappant surveillent la D 915, les agents Raynaud et Kurover sont postés sur la 1314.

Vidal émit un grognement satisfait.

— Le loup sort de sa tanière, lança Charlier avant qu'il ne reprenne la parole.

Seigner et Vidal se précipitèrent vers l'opérateur. Deux types, un pataud à la démarche embarrassée de culturiste et un nabot aux mouvements désordonnés, se profilaient sur l'écran de l'ordinateur. Tandis que le colosse grimpait dans la fourgonnette verte, son acolyte décadenassa la barrière. Vidal attendit qu'ils empruntent la D 915, en direction de Dampierre-en-Bray, pour sélectionner l'indicatif radio du capitaine Mutz et donner l'alerte.

— Autorité à Tristan et Iseut. L'oiseau quitte sa cage. Préparez-vous à l'intercepter.

La Ford Mondeo d'Ortal Mutz était garée sur l'accotement de la départementale.

Amaury Chappant, le gardien de la paix avec lequel elle travaillait en binôme depuis la veille au soir, était assis sur le siège du mort. Un bruit de moteur l'arracha à sa méditation et il orienta son regard vers la route. Comme la camionnette jaillissait du brouillard, la voix de Vidal résonna dans le récepteur suspendu au tableau de bord :

— Autorité à Tristan et Iseut. Vous la voyez ?

Mutz attacha la chaînette à laquelle pendait sa carte autour de son cou et répondit :

— Affirmatif.

— Assurez-vous que la voie est libre avant d'intervenir.

Ortal scruta l'image renvoyée par le rétroviseur intérieur, n'aperçut aucun autre véhicule.

— RAS.

Chappant agrippa son revolver et formula à l'intention de son équipière :

— Je suis prêt.

À présent, moins de vingt mètres séparaient la fourgonnette de la voiture banalisée. Mutz jugea le moment propice pour agir et s'écria en actionnant le démarreur :

— Maintenant !

La jeune femme quitta le bas-côté aussi sec, freina en travers de la chaussée et descendit de la Ford avec empressement. Son collègue sortit à son tour. Le chauffeur de la camionnette se récria à grand renfort de coups de Klaxon. Guère impressionnée, Ortal brandit sa carte et lui enjoignit de stopper. Comme elle s'y attendait, il appuya sur le champignon et entreprit de contourner le barrage. Elle écarta le pan de son blouson du coude, saisit le Glock à sa ceinture et visa la roue avant gauche, imitée par Chappant qui mit la droite en joue. Les pneumatiques éclatèrent comme des ballons de baudruche. Le bolide s'affaissa, se dirigea brutalement vers l'accotement où il percuta un arbre. Le front du passager heurta le pare-brise qui s'étoila. Mutz se rua vers le véhicule dont le moteur commençait à fumer, glissa une main dans l'encadrement de la vitre et posa deux doigts sur le pouls du gars.

— Celui-ci est vivant, dit-elle.

Alors que Chappant ouvrait la portière côté conducteur, une semelle boueuse s'abattit sur sa figure et il tomba sur le sol. Le chauffeur, qui avait feint l'inconscience, sauta à bas de la banquette et ajusta la tête du flic avec un riot gun. Son index épousait la détente quand quelqu'un prononça derrière lui :

— Tu es dans ma ligne de mire, balourd.

Le chauffeur fit face à Ortal qui le braquait en serrant son pistolet à deux mains. Ce qu'il lut dans les yeux de la jeune femme le convainquit de capituler et il lâcha son arme. Chappant se rua sur lui, le plaqua contre la carrosserie de la fourgonnette puis le menotta. Mutz retourna à la Ford, décrocha la radio.

— Iseut à autorité, annonça-t-elle. Mission accomplie.

30

La démarche sourde et menaçante d'un fauve encagé, Vidal allait et venait dans le sous-marin en grognant dans son portable par intermittence. Le grand vent qui s'était levé secouait le véhicule et faisait grincer ses amortisseurs.

La discussion terminée, Vidal éteignit le cellulaire et dit aux autres :

— C'était Ortal. Le conducteur n'a toujours pas desserré les dents.

Après qu'une ambulance du SAMU eut conduit le passager de la camionnette à l'hôpital, Mutz avait informé le parquet puis s'était rendue au commissariat le plus proche afin d'interroger le chauffeur, conformément aux directives de son chef.

— J'en ai ras le cul de poireauter, râla celui-ci.

Personne ne s'était manifesté depuis l'interpellation des suspects, trois heures auparavant. Il n'y avait qu'une seule façon de savoir ce qui se goupillait dans le bâtiment : s'y introduire. Fort de cette évidence, le commissaire sollicita l'attention de ses collègues et déclara d'une voix assurée :

— Je suis d'avis d'entrer dans ce putain d'entrepôt.

Pelletier abonda dans son sens.

— Je suis d'accord. Nous avons assez attendu.

Seigner sembla évaluer les chances de réussite et les risques encourus.

— Le mieux est de cueillir les complices à leur sortie, objecta-t-il.

— S'ils existent, s'agaça Vidal. On planque dans ce patelin depuis hier soir. Hormis ces deux types, on n'a pas vu âme qui vive.

— Tu as songé aux émanations toxiques ? s'inquiéta Seigner. Nous ignorons tout des produits qui se trouvent à l'intérieur.

— Le coup est jouable, à condition d'avoir l'équipement adéquat, s'obstina Vidal.

Pelletier remua la tête en signe d'approbation.

— Le nécessaire de protection contre les agents chimiques n'est pas encore en vente libre, souligna Seigner avec humour.

Vidal étreignit l'épaule du lieutenant Charlier avec ferveur.

— Appelle le service nucléaire.

L'escadron de défense contre les armes nucléaires, biologiques et chimiques comprenait une centaine de gendarmes spécialisés dans l'intervention en espace contaminé. Le colonel Gérardin, le patron de cette unité d'élite basée à Rosny-sous-Bois, à quatre kilomètres de l'Institut de recherche criminelle, avait dépêché trois hommes à Forges-les-Eaux. Leur mission consistait à sécuriser l'entrepôt qui, selon toute vraisemblance, abritait un laboratoire clandestin.

Vidal et Seigner insistèrent pour participer à l'opération. Cependant que les majors Ducasse et Châtillon évacuaient les fermes environnantes avec discrétion, le sous-lieutenant Lentaigne invita les deux flics à bord du bus de commandement pour les briefer sur le port de la combinaison étanche et les consignes à respecter sur le terrain. Lorsque ses équipiers furent de retour, il rassembla tout le monde et exposa la technique opératoire avec force détails. Tandis que Pelletier et Charlier regagnaient le C15, les techniciens de la décontamination enfilèrent leur gilet pare-balles et leur tenue protectrice.

Lentaigne manipula la radio individuelle fixée à sa poitrine et s'adressa aux policiers :

— Déclenchement du mode brouillé. Nous communiquerons sur le canal 8. (Les autres effectuèrent le réglage et il donna le signal du départ.) Châtillon, Ducasse et moi-même ouvrons la marche. Quoi qu'il arrive, restez derrière nous. Lion à Antilope. Nous nous mettons en route. Prévenez-moi si le ciel se couvre.

Dans le sous-marin, Pelletier et Charlier observaient l'entrée du bâtiment par le biais de la minicaméra attachée à la barrière. Le Marseillais s'assura que le périmètre était désert avant de prononcer :

— Pas de nuages en vue, Lion.

Battue par le vent rugissant, la formation parcourut en silence la distance qui la séparait de l'entrepôt. Bien que le dispositif incorporé à sa combinaison régulât la température du corps, Vidal transpirait. Le masque à gaz l'incommodait et il peinait à respirer, à l'instar d'un plongeur inexpérimenté qui a du mal à s'accoutumer au tuba.

Le détachement stoppa devant la clôture qui entourait le hangar. Seigner ouvrit le cadenas qui pendait à la palissade avec la clé que le capitaine Mutz avait récupérée dans la poche du conducteur de la fourgonnette. Les gendarmes s'aventurèrent sur le terrain broussailleux au pas de charge, talonnés par les flics. Tous s'accroupirent de chaque côté de la porte. Lentaigne tira un détecteur thermique miniaturisé de son étui de cuisse, l'alluma et le plaqua sur une paroi. Il consulta le graphique qui s'affichait sur l'écran puis laissa tomber :

— L'appareil capte une source de chaleur.

Vidal sourcilla en apercevant la courbe qui représentait le rayonnement infrarouge.

— Humaine ? s'enquit-il.

Lentaigne désaimanta le boîtier et le rangea.

— Il peut s'agir d'une machine qui tourne. (Un sourire passa sur ses lèvres.) J'espère que vous ne comptiez pas sur l'effet de surprise : nous allons faire du raffut.

D'un regard, il intima l'ordre à ses hommes de monter à l'assaut. Habitués à travailler ensemble, ceux-ci se préparèrent à l'action sans piper mot. Châtillon dégaina son flingue ; Ducasse agrippa le bélier Knock Knock par la poignée, lui donna de l'élan et le projeta contre la porte blindée. Il s'y reprit à plusieurs fois avant que la serrure se rompe et que les goupilles en acier trempé du mécanisme anti-effraction jaillissent et s'éparpillent dans l'entrée. Les scaphandriers s'engouffrèrent dans le bâtiment à la queue leu leu en un ballet parfaitement réglé. Les lasers à leurs pistolets trouèrent la pénombre.

— Police ! cria Lentaigne. Montrez-vous et les mains en l'air !

Il n'obtint pas de réponse. Ducasse repéra le transformateur, sur un pilier métallique. Il le brancha et une lumière éclatante inonda le hangar. Le commando inspecta les lieux.

Des bidons et des jerricans d'une capacité de vingt

litres étaient alignés le long des murs latéraux. Ils contenaient divers liquides utilisés pour traiter et affiner les drogues : acétone, anhydride acétique, éthanol, chloroforme et éther. Des machines à pilules étaient disposées sur deux rangées au centre du dépôt : huit de taille pharmaceutique ; dix de dimension industrielle. Seigner constata que l'une d'elles était encore chaude, en conclut que le thermographe de Lentaigne avait enregistré les radiations émises par son moteur.

Alors que le commandant les étudiait, Vidal et Lentaigne se dirigèrent vers les cartons entassés derrière les bécanes. Le sous-lieutenant en fendit un à l'aide d'un cutter, dégagea le sachet rempli de poudre brune qui dépassait et le tendit au commissaire.

— De la morphine base, annonça Vidal. Le kilo revient à six cent dix euros sur le marché légal ; il est vingt fois plus cher sur celui de la contrebande. (Il désigna les récipients posés le long des murs.) Certains acides permettent de la transformer en héroïne.

Les deux hommes éventrèrent tous les cartons et déposèrent leur contenu sur le sol : des ballots de cocaïne et de Grande Bleue, des plaques friables de résine de cannabis, des cailloux de crack, des timbres au LSD, des granulés de Gamma OH, des gélules d'amphétamines, de la pâte de coca, des bouteilles de kétamine et de protoxyde d'azote.

— Je n'ai jamais vu autant de came, déclara Lentaigne.

Vidal examina le dépôt cristallin au fond d'un flacon de kétamine.

— Moi non plus, reconnut-il.

— Nous sommes dans la caverne d'Ali Baba, prononça Seigner qui les avait rejoints. Selon toi, à combien s'élève le montant du butin ?

— Plusieurs dizaines de millions, estima Vidal.

Cette saisie record leur vaudrait une promotion assortie d'une augmentation, sans parler des plates excuses du préfet Izard et des honneurs de la presse.

— Lieutenant ? héla Châtillon.

Lentaigne retrouva son équipier dans les profondeurs de l'entrepôt. Le major tira une trappe, orienta sa torche électrique vers l'ouverture ménagée dans le sol. Lentaigne balada ses yeux sur l'arsenal clandestin probablement importé des pays de l'Est et constitué de kalachnikov AK-74, de lance-roquettes antichars, de bombes lacrymogènes et de pistolets automatiques à quinze coups de calibre 9 mm parabellum.

— Armes de guerre pour pros du braquage, remarqua Lentaigne.

— Ce n'est pas tout, continua Châtillon avec enthousiasme.

Il guida son supérieur vers le coin informatique, composé d'ordinateurs, d'imprimantes de qualité photographique et de massicots sophistiqués. Des billets de cinquante euros étaient empilés sur une table. Lentaigne en prit un, le considéra à la lumière de la lampe.

— Une contrefaçon, énonça-t-il en montrant le contour imprécis de la voûte du pont et les deux tirets violacés sous la botte italienne de la carte de l'Europe. Nos amis bouffent à tous les râteliers : trafic de stupéfiants, hold-up et fabrication de faux euros.

Il se hâta de rapporter ces faits aux flics. Châtillon chercha Ducasse du regard, le vit forcer la porte d'un local, près de l'entrée. Le canon d'un fusil s'abattit sur le visage de Ducasse à l'instant où il pénétrait dans la pièce.

— Cédric ! hurla Châtillon en se précipitant vers son collègue qui tombait à genoux, face à lui.

Alors que les autres accouraient, l'homme qui s'était caché dans le local, un petit brun trapu au regard halluciné, surgit, les mains crispées sur un fusil à pompe. Les policiers et les gendarmes s'immobilisèrent en le voyant pointer l'arme vers les bidons de produits explosifs.

— Et maintenant ? lança Vidal.

— Je prends le large, répliqua vivement le gars. Je vous conseille de ne pas me suivre.

Le commissaire feignit de s'incliner.

— Très bien. Casse-toi. (Lentaigne et Seigner le fixèrent avec incrédulité.) Tu te barres, oui ou merde ?

Déstabilisé par ce brusque changement de ton, le type marcha vers la sortie d'un pas hésitant, poussa la porte défoncée par le Knock Knock d'un geste précautionneux. Comme il bondissait hors du bâtiment, la boule en caoutchouc d'une matraque télescopique le heurta au sommet du crâne et il s'effondra dans les hautes herbes. L'assaillant apparut, engoncé dans un scaphandre. Il se pencha sur sa victime pour s'assurer qu'elle était inconsciente puis pivota vers les spectateurs ébaubis. Seigner observa que Vidal ne semblait pas surpris.

— Tu l'as vu venir, pas vrai ? questionna-t-il.

Vidal acquiesça avec un sourire entendu, s'avança vers Pelletier qui passait les menottes au flingueur.

— Je croyais t'avoir ordonné de ne pas quitter le C15, le tança-t-il, pour la forme. Beau travail.

Seigner jaugea le Marseillais d'un air intrigué.

— Tu peux m'expliquer ?

Pelletier secoua la trique afin que ses éléments coulissent et s'emboîtent les uns dans les autres.

— Je n'arrivais pas à vous joindre, alors j'ai

rappliqué. (Il mit le gus sur le dos, scruta sa figure balafrée.) Inconnu au bataillon.

Ducasse se releva péniblement et se dirigea vers ses équipiers d'une démarche titubante.

— Comment ça va ? s'inquiéta Lentaigne en fixant sa joue sanglante.

— Je tiens le coup, le rassura le major.

Vidal entreprit de retirer le masque de sa combinaison mais Lentaigne l'en empêcha.

— Nos tenues ont été exposées à des agents toxiques. Nous devons les désinfecter dans les plus brefs délais. Châtillon ? Vérifiez qu'il y a une arrivée d'eau dans le bâtiment et dressez la tente de décontamination.

— À vos ordres.

Châtillon retourna au dépôt, suivi de Pelletier. Celui-ci reparut avec une mine réjouie.

— La saisie du siècle ! s'extasia-t-il.

Tandis que Lentaigne appelait une ambulance pour Ducasse, Vidal et le Marseillais s'éloignèrent afin de discuter.

— Franck Jarry avait raison, décréta le commissaire. Agnès était sur une piste. Ce laboratoire appartient à la Pieuvre.

— Les ténors de l'Organisation vont s'étouffer en apprenant son démantèlement, ricana Pelletier.

— Je vois la scène comme si j'y étais, enchaîna son chef avec délectation.

Pelletier recouvra son sérieux.

— Je m'étonne qu'il n'y ait que trois hommes pour gérer un labo de cette importance.

— C'est la meilleure façon de ne pas éveiller la curiosité du voisinage.

— Les mecs que nous avons arrêtés doivent en savoir

long. On a peut-être une chance de remonter jusqu'à Picard.

L'expression de Vidal s'éclaira à cette perspective.

— Compte sur moi pour ne pas les lâcher.

— Où va-t-on mettre la dope ? s'enquit Pelletier.

Son supérieur regardait Châtillon monter la tente qu'il avait sortie de son barda.

— Dans un endroit sûr, repartit-il. Ils ne reculeront devant rien pour la récupérer.

31

Le groupe Vidal réintégra le 36 en début de soirée. Les policiers passèrent la plus grande partie de la nuit à cuisiner le chauffeur de la camionnette et le type qui avait attaqué le major Ducasse.

À l'aube, les prévenus furent conduits au troisième étage du bâtiment de la PJ et bouclés dans les cellules en verre Securit réservées aux gardés à vue. Pendant qu'ils somnolaient sous étroite surveillance, Vidal s'enferma dans son bureau pour taper un rapport circonstancié sur le démantèlement du laboratoire clandestin. Lorsqu'il eut fini, il relut les bulletins faxés par le Casier judiciaire national et le compte rendu de l'interrogatoire.

Sept ans plus tôt, Grégory Gosrynski, le conducteur de la fourgonnette, avait été mis en examen à Fréjus pour violences aggravées et port d'arme prohibée avec récidive puis condamné par le tribunal de Draguignan à dix-huit mois de prison, dont six avec sursis. À sa sortie de cabane, il avait été recruté par la division Provence-Alpes-Côte d'Azur de la Pieuvre. Parachuté livreur, il approvisionnait les principaux night-clubs de

Saint-Raphaël, Sainte-Maxime et Saint-Tropez. Ses clients, les gérants des discothèques et les D-J, l'appelaient une fois par semaine, avant le rush du week-end. Efficace et discret, le « petit » revendeur n'avait pas tardé à prendre du galon. Le réseau Haute-Normandie l'avait sollicité pour travailler dans le seul laboratoire français de l'Organisation, implanté à proximité de Forges-les-Eaux, en pleine campagne. En tant que responsable de la production, il traitait par téléphone avec les fournisseurs de matière première.

Bien qu'il fût toujours hospitalisé, Rudy Valat, le passager de la camionnette, était hors de danger. Son curriculum révélait qu'il avait purgé une peine de dix ans de prison pour trafic de drogue, assortie de la confiscation de ses biens et de l'annulation de son permis de conduire. De nouveau libre, il avait rempilé, alléché par le poste de chimiste que lui offrait la Pieuvre. Ses déclarations recoupaient celles de Gosrynski : Ludovic Lucot, l'agresseur de Ducasse, était le patron du labo baptisé Zyrka 456 ; sa fonction lui valait d'approcher les pontes de l'Organisation, parmi lesquels Jason, et d'assister aux tables rondes trimestrielles. Valat et Gosrynski étaient incapables d'identifier les dirigeants, pour la simple et bonne raison qu'ils ne les avaient jamais rencontrés. En dehors des « coursiers » chargés de livrer la marchandise produite par Zyrka aux quatre coins du pays – qu'ils ne connaissaient que de vue – et de Lucot, ils n'avaient de contact avec personne.

Lucot, quant à lui, avait refusé de coopérer. Vidal espérait qu'il passerait aux aveux avant que la loi ne l'autorise à s'entretenir avec un avocat, à la soixante-treizième heure de la garde à vue. Toxicomane, Lucot était un adepte du « speed ball » : afin d'atténuer l'état dépressif engendré par la consommation de cocaïne ou d'ecstasy, il prisait de l'héroïne. Trois hommes avaient été nécessaires pour maîtriser le trafiquant durant l'interrogatoire : rendu déchaîné par le manque, il avait renversé la table avant de sauter à la gorge de Pelletier pour l'étrangler. Vidal n'avait pas attendu la vingt-quatrième heure de la détention, comme le règlement le prévoyait, pour demander à un médecin de ville de l'examiner et de lui prescrire le traitement de substitution légal. Après que Lucot eut avalé un comprimé de Lexomil, le Marseillais et le capitaine Ortal Mutz l'avaient enfermé dans la cage aux junkies, où il roupillait encore.

Le commissaire fut tiré de sa réflexion par la sonnerie de son mobile.

— Vidal, j'écoute, répondit-il tout en rassemblant les papiers éparpillés devant lui.

— Vous avez marqué un point, Eric, laissa tomber une voix susurrante qu'il reconnut aussitôt. Mais la partie n'est pas terminée.

Vidal bondit hors de la pièce, courut jusqu'au bureau de Pelletier.

— Vous êtes toujours là ? se gaussa son interlocuteur. Je vous signale que c'est à mon tour de jouer.

Vidal se contraignit à la concentration et lança :

— Tu es hors jeu, Roland : Zyrka ne se situe pas sur ton territoire.

— La Pieuvre m'a promu, poursuivit Picard avec suffisance. Depuis trois semaines, les régions Île-de-France *et* Haute-Normandie relèvent de ma juridiction.

La porte de Pelletier était entrouverte. Vidal entra et, d'un regard, enjoignit à son équipier de garder le silence.

— J'imagine que la fermeture du labo a été un véritable choc pour toi, reprit-il sur le ton du sarcasme. La dope aurait rapporté beaucoup d'argent.

Il décolla un Post-it, griffonna une phrase que son collègue s'empressa de lire : « Localiser l'appel ». Pelletier devina l'identité du correspondant, chercha son portable sous le fouillis de dossiers. Comme il sortait pour joindre le central technique et informatique, Vidal essaya de gagner du temps :

— Ton boss doit l'avoir mauvaise, renchérit-il. On raconte qu'il découpe les traîtres et les incapables à la tronçonneuse. (Il clappa de la langue.) Je ne voudrais pas être à ta place.

À l'autre bout du fil, l'homme soupira d'énervement et grogna :

— Le deal est le suivant : la came ou le plomb. Vous me rendez ce qui m'appartient, sinon je vous envoie *ad patres*.

— Tu comptes me balancer du haut d'une passerelle, comme Agnès ? cracha Vidal.

— Que décidez-vous ? maugréa son adversaire.

32

Pelletier arpentait le couloir, l'oreille collée à son mobile.

Pour sa part, il ne se faisait aucune illusion. Jason utilisait certainement un téléphone cellulaire sécurisé, c'est-à-dire un portable raccordé à un brouilleur de fréquence, pour empêcher les Stups de déterminer sa position. Le Marseillais n'en attendait pas moins d'un esprit aussi retors. Il piétinait d'impatience quand la voix du lieutenant Emmanuel Charlier fusa avec la soudaineté d'une sirène :

— Il est ici !

Le cœur de Pelletier sprinta dans sa poitrine.

— Comment ça, *ici* ?

— Il est dans l'immeuble ! s'écria Charlier sous l'effet de l'excitation. Il bigophone de la cabine du rez-de-chaussée !

Pelletier tira sur la bande Velcro de l'étui à sa ceinture, s'empara du Manurhin.

— J'y vais !

Il se jeta dans l'escalier, déboula les quatre étages en

un temps record. Des avocats vêtus de la traditionnelle robe noire parlaient à bâtons rompus devant le prétoire de la cour d'appel. Un grand type masquait la vue de la cible. Pelletier se fraya un chemin à travers le groupe de jacasseurs, écarta le « papa Longues Jambes » pour avoir le champ libre et braqua le revolver sur la cabine. Elle était vide ! Le capitaine tourna le buste vers l'assistance muette qui le fixait avec autant d'indignation que de peur.

— Où est-il ?

— Qui ? demanda un homme à la fois digne et hautain.

— Le gars qui téléphonait !

Les yeux de l'avocat s'emplirent d'un infini mépris.

— Nous sommes ici depuis plus d'une demi-heure, et nous n'avons vu personne, rétorqua-t-il avec arrogance.

Pelletier prit le cellulaire dans la poche extérieure de sa parka, remarqua que, dans sa hâte, il avait omis de l'éteindre. Alors qu'il le portait à son oreille, la voix de Charlier s'éleva dans l'écouteur :

— Ange, tu m'entends ?

— Oui. L'oiseau s'est envolé.

Charlier resta un instant silencieux.

— Il est encore en communication avec Eric, il *devrait* être là, décréta-t-il. Y a quelque chose qui cloche. Attends une seconde ! Le capteur mouline.

— Ce qui veut dire ?

— Il s'est rendu compte qu'il n'a pas indiqué la bonne position.

Cette nouvelle mit le Marseillais en rage.

— Fatche de con ! fulmina-t-il. Picard est dans le bâtiment, oui ou non ?

— Oui. La machine est en train de le localiser. Ça y

est ! Il appelle du poste attribué au lieutenant Alexis Noyel, le 73 20 75. Il…

— Je sais où le trouver, le coupa Pelletier en montant les marches quatre à quatre. Préviens Mutz et Seigner.

Noyel occupait un bureau de la section antiterroriste de la Criminelle, au troisième étage. La direction de la Crim avait dressé un filet antisuicide dans la cage d'escalier après qu'un membre d'Action directe eut tenté de mettre fin à ses jours en sautant dans le vide. À bout de course, Pelletier traversa le couloir. Une femme de ménage astiquait les vitrines renfermant les chapeaux, les casquettes, les bérets et les képis coiffés par les policiers du monde entier. Les fonctionnaires du 36 les avaient rapportés de leurs nombreuses missions à l'étranger.

Mutz et Seigner étaient déjà sur place, prêts à prendre d'assaut le bureau de Noyel. Pelletier pria la femme chargée de l'entretien de s'en aller puis rejoignit le tandem de choc. Les flics se concertèrent du regard. Le pistolet au poing, Seigner ouvrit la porte en cinq sec et se précipita dans la pièce, imité par ses collègues. La vue de ces canons pointés vers lui projeta l'homme attablé contre le dossier de son fauteuil avec une telle violence qu'il renversa son café sur lui.

— Qu'est-ce qui… vous arrive ? bégaya-t-il.

Les visiteurs s'abstinrent d'expliquer la raison de leur présence et inspectèrent la pièce. À l'exception du lieutenant Noyel, il n'y avait personne. La mimique de Pelletier trahit son incrédulité.

— Si vous me disiez ce que vous cherchez, je pourrais peut-être vous aider, continua Noyel.

Les yeux du Marseillais obliquèrent vers lui.

— Roland Picard est dans les parages. Il a utilisé ton téléphone.

Noyel fronça les sourcils et le nez, comme si le capitaine s'adressait à lui dans une langue qu'il ne comprenait pas.

— Tu plaisantes ?

Seigner ramassa le gobelet en plastique et prit la suite de Pelletier.

— Il a pu s'en servir quand tu es sorti acheter ce café.

— Je ne suis pas client du percolateur, répliqua Noyel avec une expression de dégoût. Ce café provient de ma Thermos.

Il étendit le bras pour attraper la bouteille isotherme.

— Tu ne t'es pas absenté de ton bureau pour pisser ou te dégourdir les jambes ? s'enquit Ortal Mutz d'un ton agressif.

— Je n'ai pas bougé, se défendit Noyel. Je peux savoir ce que Picard fait dans le secteur ?

Le portable de Pelletier fredonna *Lay, Lady Lay*, de Bob Dylan, avant qu'il obtînt un éclaircissement.

— Il dispose d'un rerouteur, annonça Charlier avec une intonation dépitée.

Cet appareil permettait à l'utilisateur d'un cellulaire d'envoyer son appel dans une autre direction, programmée au préalable, et donc de déjouer un éventuel repérage radiogoniométrique de la police.

— Le fumier ! explosa Pelletier en raccrochant. Il se fout de nous. Il reroute les signaux émis par son mobile vers le Palais de justice.

— Je m'en doutais, pesta Mutz.

Noyel leva la main, à l'instar de l'élève qui se propose de résoudre le problème posé par le professeur de mathématiques.

— Il est trop sûr de lui. Il finira par se planter.

Les autres ignorèrent ce commentaire. Pelletier et

Seigner discutaient lorsque Vidal apparut dans l'embrasure de la porte.

— Qu'est-ce qu'il voulait ? demanda le Marseillais de but en blanc.

— En substance, il me laisse la vie sauve si je lui restitue la marchandise.

— Et alors ? s'enquit Seigner.

— Je l'ai envoyé sur les roses, répondit Vidal.

— Son bigo est intraçable, geignit Pelletier avec la moue de l'enfant fautif qui craint de s'attirer les foudres de son père.

— Charlier m'a mis au courant. Suis-moi. Il est temps d'avoir une discussion sérieuse avec nos amis.

— Je doute qu'ils éclairent ta lanterne, déclara Seigner comme ils s'éloignaient.

— Lucot connaît Roland, objecta Vidal. Il a des choses à nous dire.

Le commissaire salua René Barrodier, le gardien de la paix qui était de faction, et s'avança vers les cellules d'un pas déterminé.

— Debout là-dedans ! lança-t-il avec autorité.

Pressé par Vidal, Barrodier détacha une clé du trousseau accroché à son ceinturon et ouvrit la cellule de Grégory Gosrynski. Celui-ci se réveilla en sursaut. Tandis que Pelletier le menottait, Vidal et l'agent de police se dirigèrent vers la cage de Ludovic Lucot. Le patron de Zyrka 456 n'était pas couché sur le bat-flanc mais dormait à même le sol. Après que Barrodier eut déverrouillé le local, Vidal entra et donna des petits coups de pied à Lucot pour le tirer du sommeil. Ce dernier demeurant immobile, Vidal s'accroupit près de lui et, d'un mouvement brutal, le tourna pour le mettre sur le dos.

Le trafiquant avait le teint plombé et les yeux grands ouverts.

— La petite frappe ! éclata Vidal en palpant son pouls.

Pelletier enferma Gosrynski dans son cachot et accourut.

— Que se passe-t-il ?

Vidal ne répondit pas et fouilla Lucot, à la recherche d'une seringue : pendant la visite médicale, certains prévenus qui avaient l'habitude de se shooter feignaient d'absorber le cachet de Subutex ; une fois dans leur cellule, ils le pilaient en cachette puis s'injectaient la poudre ainsi obtenue à l'aide d'une seringue subtilisée au médecin. Appelée le « coup de grâce », cette injection était mortelle dans quatre-vingt-dix pour cent des cas. Comme Vidal se penchait davantage en avant, la bouche entrouverte du cadavre exhala une odeur d'amande amère.

— Il s'est suicidé, conclut-il entre ses dents serrées.

— Comment ? s'enquit Pelletier.

— En avalant une capsule de cyanure, reprit Vidal, le regard flambant de colère. Vous étiez chargé de le surveiller, Barrodier !

— Les capitaines Mutz et Pelletier l'ont bouclé à… huit heures quinze ce matin, balbutia le gardien que la réprimande avait ébranlé. Il s'est endormi dix minutes plus tard et n'a… plus bougé depuis.

— Quelqu'un est venu le voir ? gronda Vidal.

Le visage de Barrodier vira à l'écarlate.

— Non… Je crois, se ravisa-t-il, de plus en plus stressé.

Le Marseillais l'empoigna par le col et le secoua.

— Sois plus précis, ordonna-t-il.

— Je me suis absenté quelques instants pour… pour

aller aux toilettes, expliqua l'autre, qui semblait frôler l'évanouissement.

— Imbécile, cracha Pelletier en le lâchant.

Vidal pivota vers Gosrynski qui observait la scène avec un sourire en coin.

— Je suppose que tu n'as vu personne, prononça-t-il sans conviction.

Le colosse protesta de son innocence d'un ton goguenard.

— Vous supposez bien. Je pionçais.

Vidal se redressa. Dans ses yeux se lisait la répugnance que lui inspirait Gosrynski.

— Prévenez le divisionnaire Cornavain, souffla-t-il à Barrodier qui déjà se ruait dans le couloir. Picard détient le vrai pouvoir.

— Que veux-tu dire ? demanda Pelletier.

Le commissaire montra la dépouille de Lucot.

— Ses hommes sont prêts à faire le sacrifice de leur vie pour garantir sa sécurité.

— Qui lui a remis le poison ? s'interrogea Pelletier.

Vidal s'éloigna pour ne pas être entendu par Gosrynski.

— De toute évidence, quelqu'un de la maison.

— À quel moment ?

— Pendant que Barrodier était aux chiottes.

— Pourquoi à lui et pas à Gosrynski ? souleva Pelletier.

— Lucot était en relation avec les dirigeants de l'Organisation, il pouvait nous mener à Picard, expliqua son supérieur. Gosrynski n'est qu'un sous-fifre, il ne sait pas grand-chose. (Il esquissa un sourire.) En tout cas, j'ai un début de réponse à la question qui me turlupine depuis l'évasion de Picard.

— Quelle question ? enchaîna le Marseillais.

— Comment Roland a-t-il su que Valentin Barth devait apporter son cheveu au labo de Nantes ?

— Conclusion ?

— Le type qui lui a transmis l'info et celui qui a incité Lucot à se suicider ne sont qu'un seul et même individu.

— Quand ce mec a-t-il rancardé Picard ? persista Pelletier qui n'en revenait toujours pas.

— Au cours de la garde à vue de Roland, énonça son chef avec gravité.

33

Aux alentours de vingt heures, alors qu'il s'apprêtait à quitter le quai des Orfèvres, Vidal reçut la visite de Seigner.

— La journée n'a pas été de tout repos, commença celui-ci avec une expression harassée.

— En effet, soupira Vidal tout en enfilant son blouson. Tu voulais me voir ?

Le commandant s'appuya au chambranle de la porte et croisa les bras.

— J'ai pensé que tu aurais envie de décompresser après toutes ces émotions.

Vidal hocha la tête en signe d'approbation.

— Que proposes-tu ?

— Depuis combien de temps n'es-tu pas venu boire un verre chez moi ?

Les joues de Vidal s'arrondirent comme s'il gonflait un ballon.

— Une éternité, repartit-il d'une voix amusée.

— Ça te tente ? s'emballa Seigner, un sourire aux lèvres. À moins que Claire et toi n'ayez prévu de sortir.

Vidal le rassura d'un geste, tira son portable de la poche de son jean.

— J'appelle Claire pour lui dire que je rentrerai tard. Pars devant, je te rejoins.

Seigner habitait rue Saint-Just, dans le XVIIe, avec vue sur les morts, comme il le disait parfois sur un ton badin pour amuser ses amis et mettre mal à l'aise ses parents, de fervents chrétiens : depuis sa chambre, il pouvait voir les alignements de tombes du cimetière des Batignolles.

Le mobilier, essentiellement noir et blanc, enchantait les adeptes du moderne et rebutait les défenseurs de l'ancien, dont Vidal faisait partie. Sur les murs du salon, des photos de Diane Lane, de Marlon Brando, de Vincent Price et de David Hemmings voisinaient avec des reproductions de peinture d'animaux de la jungle. Chaque fois qu'il venait chez le commandant, Vidal s'attardait sur la toile figurant un boa constrictor en train d'étouffer une proie.

— J'ai toujours été fasciné par la mise à mort dans le monde animal, laissa tomber Seigner tandis que Vidal fixait les yeux inexpressifs du serpent. Le fait que Ruth, mon ex, ait pris cette peinture en horreur m'a conforté dans l'idée que notre couple n'avait aucun avenir. Qu'est-ce que je te sers ? Un whisky ? Un cognac ?

Vidal s'installa sur le canapé et répliqua :

— Un jus de fruits suffira.

Comme Seigner le considérait d'un air étonné, il se sentit obligé de se justifier :

— J'ai promis à Tessa de ne plus boire.

Seigner savait ce qui était arrivé à la fille de Vidal, aussi jugea-t-il cette remarque incongrue. Néanmoins, il s'efforça de dissimuler sa perplexité. Il versa un peu de jus d'orange dans un verre qu'il tendit à Vidal, se servit un alcool de poire puis s'assit sur une chaise à bascule design avec une mine détendue.

— Tu te souviens de notre première rencontre ?

Vidal se pencha en avant pour poser son verre sur la table basse.

— Comme si c'était hier, répondit-il avec un brin de nostalgie. Tu avais déjà un caractère bien trempé. Si je n'étais pas intervenu, tu aurais envoyé Fhima à l'hosto.

Ce jour-là, le commissaire Fhima, le supérieur de Seigner, lui avait reproché ses sautes d'humeur et son indiscipline chronique. Les deux hommes, qui se détestaient cordialement, en étaient venus aux mains.

— Je suis content que Cornavain m'ait proposé de bosser avec toi, enchaîna Seigner d'un ton empreint de gratitude. Son offre est arrivée à point nommé. Fhima est un emmerdeur-né, je ne peux plus l'encadrer.

— Jusqu'ici, je n'ai pas eu à me plaindre de toi, nota Vidal avec humour. Tu es plutôt… obéissant.

— Tout dépend de la personne qui donne les ordres, expliqua Seigner avec gravité. Toi, je te respecte.

Tandis qu'il se balançait sur sa chaise, Vidal l'observa. À l'instar des flics que le commissaire avait croisés au cours de sa carrière, Seigner portait sur son visage terreux et marqué les stigmates de la solitude et de la désillusion, mais aussi les traces d'une colère rentrée qui menaçait d'exploser à tout instant. Soudain, le commandant se leva et marcha vers la bibliothèque.

— La musique ne te dérange pas ? demanda-t-il en branchant la chaîne hi-fi posée sur une étagère.

— Au contraire.

Seigner choisit un CD de Peter Gabriel, l'introduisit dans le lecteur et pressa la touche Play. Alors que les premières notes de *The Rhythm of the Heat* résonnaient dans le séjour, il regagna son siège en s'extasiant :

— Ce mec est mon dieu. (Il redevint sérieux.) Tu crois qu'on finira par l'avoir ?

Vidal but à petites gorgées avant de s'enquérir :

— Qui ?

— Jason.

— J'en suis sûr, répondit Vidal avec assurance.

Son collègue prit un paquet de cigarettes sur la table, le secoua pour en extraire une et l'alluma.

— Je ne connais pas vraiment Picard, lâcha-t-il dans un soupir. Depuis mon affectation au 36, j'ai parlé deux ou trois fois avec lui. Le Marseillais m'a raconté qu'il s'est composé un personnage de flic timide et sans relief pour mieux vous endormir. (Il renversa la tête en arrière, souffla la fumée vers le plafond.) En réalité, il est tout le contraire. Il dirige son affaire de main de maître et ne laisse rien au hasard.

Vidal perçut une pointe de déférence dans sa voix.

— On dirait que tu l'admires.

— Force est de reconnaître qu'il a des couilles, se défendit Seigner que la remarque du commissaire semblait avoir vexé. Infiltrer une brigade de police n'est pas à la portée du premier venu. (Ses yeux pétillèrent de convoitise.) Cela ne rend-il pas le gibier plus attrayant et la chasse plus excitante ?

Vidal sourit.

— Il n'y a que toi pour… (Un coup de sonnette l'interrompit.) Tu attends quelqu'un ?

Seigner zieuta sa montre puis décocha un clin d'œil complice à Vidal.

— Ta surprise est arrivée, annonça-t-il en dirigeant ses pas vers l'entrée.

— Une surprise ? interrogea Vidal d'un air intrigué. Quelle surprise ?

Tandis qu'il se tortillait sur le canapé, le commandant entra dans le living, suivi de deux jeunes femmes sublimes.

— Eric, je te présente Jasmine et Claudia, annonça Seigner avec un regard coquin.

Brune au teint mat et aux yeux de braise, Jasmine devait avoir une vingtaine d'années. D'une sensualité et d'une fierté sauvages tout orientales, elle portait une robe collante qui moulait ses formes rebondies. Blonde, sculpturale et court vêtue, Claudia paraissait un peu plus âgée que sa camarade. Elle avait l'élégance et la froideur naturelles des filles de l'Est.

— Comme on a eu une sale journée, j'ai pensé que tu aimerais passer un moment avec l'une de ces charmantes demoiselles, siffla Seigner en prenant ses invitées par la taille. Elles vont nous tenir compagnie pendant deux heures.

Jasmine tapota ostensiblement le cadran de sa montre avant de rectifier :

— Moins cinq minutes.

Tout en passant ses ongles en revue, Claudia renchérit :

— Le compteur tourne, trésor.

Seigner ignora ces précisions et poursuivit à l'intention de Vidal, d'un ton tentateur :

— Choisis celle que tu veux.

Furieux, son chef se leva d'un bond et s'emporta :

— Des p… (Il ravala le mot qu'il avait sur le bout de la langue.) Tu n'as rien trouvé de mieux ? (Il saisit son blouson, gagna la sortie.) Tu as pété un plomb !

Seigner s'élança.

— Eric ! s'écria-t-il. Reviens !

Il rattrapa Vidal sur le palier.

— Si elles ne te plaisent pas, je peux les remplacer, s'empressa-t-il d'ajouter.

— Tu t'enfonces, Yvan, grogna Vidal dont les pas ébranlaient la cage d'escalier.

— Ça restera entre nous, promit Seigner à voix basse pour ne pas attirer l'attention des voisins. Claire n'en saura rien.

Vidal stoppa net sur une marche, braqua un index menaçant sur son équipier et l'avertit :

— Ne me refais plus jamais un coup pareil, pigé ?

Il partit sans attendre de réponse. Seigner jugea prudent de ne pas insister et regagna son appartement, à la fois honteux et déçu. Debout dans le salon, Claudia et Jasmine devisaient de la tournure prise par les événements.

— Quel est le programme, maintenant que ton copain s'est fait la malle ? s'enquit Jasmine avec un soupçon d'agressivité.

Le regard du commandant étincela de lubricité.

— J'ai payé pour les deux, non ? répliqua-t-il en ôtant son pull.

34

Sur le chemin du retour, un bouchon retarda Vidal.

Il jeta un coup d'œil sur sa montre : vingt et une heures quarante-cinq. Il pestait contre un camion à l'arrêt qui embouteillait la rue de Châteaudun lorsque son portable sonna. Tout en râlant, il tira le mobile de son étui. Le numéro de son domicile s'affichait sur l'écran. Heureux de recevoir un appel de Claire, il appuya sur une touche du clavier pour répondre.

— Je suis en route, ma puce. Je serai là dans…

Une voix caverneuse, à l'accent faubourien, fusa dans l'écouteur, lui coupant le sifflet :

— Vous avez une bien jolie femme, commissaire.

Les sourcils de Vidal se froncèrent et ses membres se raidirent.

— Qui est à l'appareil ?

L'homme soupira d'un air navré.

— Dommage qu'elle doive mourir !

Le sang de Vidal se glaça dans ses veines tandis que le gars raccrochait brutalement. Le flic rappela mais la ligne était occupée. Sans perdre une seconde, il abaissa la vitre, saisit le gyrophare sur le tableau de bord et le plaqua sur le toit de la Volkswagen. Le phare éclaboussa la nuit de lueurs orangées et la sirène retentit. Le camion ne démarra pas, soit le chauffeur faisait la sourde oreille, soit il se trouvait dans l'épicerie qu'il était venu livrer. Le cœur palpitant, Vidal décida de faire machine arrière et d'emprunter un autre chemin. Il recula, tourna à gauche, rue Fléchier, puis, après avoir brûlé un feu rouge, s'engagea dans la rue des Martyrs à plus de cent kilomètres à l'heure.

En proie à une angoisse incontrôlable, il manqua renverser un vélomoteur qui avançait à une allure de tortue et emplafonner un bus qui chargeait des passagers rue de La-Tour-d'Auvergne. Le corps piqué par une sueur glacée et le cœur au bord de l'explosion, il pila devant l'immeuble de la rue Pierre-Semard. Il ouvrit la portière à toute volée, sortit de la voiture sans couper le moteur, avec l'impétuosité d'un sprinteur qui bondit hors des starting-blocks, et s'engouffra dans le bâtiment, le Smith & Wesson au poing. Il courut dans l'escalier, stoppa sur le palier du quatrième étage en constatant que la porte de son appartement était grande ouverte.

— Claire ? s'écria-t-il, malgré la boule qu'il avait dans la gorge.

Comme sa compagne ne répondait pas, il se précipita dans le meublé, certain que le type avait mis sa menace à exécution. Le séjour était sens dessus dessous, de même que la cuisine et la chambre à coucher. Pris de panique, Vidal hurla de nouveau :

— Claire ?

Il marcha jusqu'à la salle de bains, remarqua que la porte était fermée. Le souffle saccadé, il leva le revolver à la hauteur de ses épaules et, de sa main libre, manœuvra la poignée en douceur. Il se mit à compter, comme à l'entraînement. À trois, il entra dans la pièce. Solidement campé sur ses jambes, l'arme pointée droit devant lui, il fixa d'un air interdit la jeune femme en tenue d'Ève qui dansait en se trémoussant, le dos tourné à la porte : le casque d'un baladeur sur les oreilles, Claire écoutait *Marie's the Name*, d'Elvis Presley, tout en appliquant une crème sur ses cuisses hâlées.

— Dieu soit loué ! s'exclama le commissaire, soulagé.

Sans crier gare, il éteignit le Walkman posé sur le rebord du lavabo. Sous l'effet de la frayeur, Claire sursauta et laissa échapper un cri inarticulé. La main sur la poitrine, comme si elle craignait que son cœur ne s'arrête, elle pivota vers Vidal et plongea ses yeux pleins de surprise et de reproche dans les siens.

— T'es dingue ou quoi ? s'énerva-t-elle. J'ai frôlé la crise cardiaque !

En guise de réponse, Vidal l'étreignit avec ferveur.

— J'ai eu si peur, articula-t-il en la couvrant de baisers.

— Peux-tu m'expliquer ce qui se passe ? râla encore Claire.

Son irritation se mua en inquiétude quand elle vit le flingue de Vidal. Elle se dégagea de ses bras et demanda d'un ton pressant :

— Qu'est-ce qui cloche, Eric ?

L'expression du policier s'assombrit.

— Il est venu ici, repartit-il.

— Qui ? s'affola Claire en enfilant ses sous-vêtements.

Vidal ignora cette question et continua sur sa lancée :

— Tu n'as rien vu, rien entendu ?

— Non, rétorqua-t-elle avec un haussement d'épaules.

— Qu'as-tu fait après mon coup de fil ?

— J'ai dîné devant la télé et j'ai pris un bain.

— Tu écoutais de la musique depuis longtemps ?

— Environ une demi-heure, soupira Claire qui grillait de savoir de quoi il retournait. Qui est le type dont tu parles ?

Quoiqu'il eût préféré taire la vérité, Vidal se mit en devoir de l'éclairer :

— Un sbire de Jason. Il a saccagé l'appart.

Glacée d'horreur, Claire bafouilla :

— Pendant que… pendant que j'étais dans… la salle de bains ?

Son compagnon approuva et lâcha après une courte hésitation :

— Il m'a téléphoné pour me dire qu'il allait te tuer.

Décomposée, Claire sortit et se rendit au salon. Tandis qu'elle mesurait l'étendue des dégâts en poussant des lamentations, le portable de Vidal carillonna.

Le flic identifia la voix de l'homme qui avait menacé d'éliminer Claire.

— Vous êtes remis de vos émotions ? siffla le liquidateur, un tantinet moqueur.

— Qu'est-ce que vous voulez ? grogna Vidal entre ses dents serrées de rage.

— J'ai un message pour vous, de la part de Jason, poursuivit l'autre. Si vous ne nous restituez pas la came, je zigouillerai votre petite amie. Jason vous contactera cette nuit pour connaître votre décision et dicter ses conditions. Vous savez qu'il est inutile d'essayer de localiser l'appel.

Il coupa la communication.

Vidal rejoignit Claire dans le living et commanda :

— Fais tes valises.

Claire interrompit ses rangements et se tourna vers Vidal avec une expression contrariée.

— Je suis chez moi, ici, laissa-t-elle tomber d'une voix aux inflexions outrées. Je ne partirai pas.

Vidal l'agrippa par les bras et planta son regard luisant de détermination dans le sien.

— Tu es en danger de mort, dit-il. Le gars vient de me rappeler : si je ne leur rends pas la drogue saisie à Forges, ils te supprimeront. Tu *dois* décamper. (Il se radoucit.) Je ne pourrai pas te protéger si tu restes.

Claire eut une mimique désespérée.

— Décamper pour aller où ?

La réponse de Vidal tenait plus de l'ordre que de la proposition.

— Chez ton amie Alexandra.

— À Nice ? s'indigna-t-elle. Je préférerais séjourner chez mes parents.

— Tu seras plus en sécurité là-bas que dans ta famille, affirma Vidal.

— Pourquoi ?

— Mes équipiers n'ont jamais entendu parler d'Alexandra.

Claire le dévisagea avec scepticisme.

— Parce que tu crois qu'ils trempent dans cette histoire ?

Vidal eut un sourire apaisant.

— J'ai confiance en eux, assura-t-il d'un ton persuasif. Il n'empêche que je ne courrai aucun risque. *Personne* ne doit savoir où tu es.

— Pas même Eva ? s'enquit Claire. Elle m'a chargée de créer plusieurs costumes pour une compagnie théâtrale. Elle ne…

— Pas même Eva, la coupa Vidal.

— Alexandra n'appréciera peut-être pas que j'arrive chez elle à l'improviste, bougonna Claire.

— Tu n'auras qu'à lui dire que nous traversons une période difficile et que tu as besoin de changer d'air, lui conseilla Vidal. C'est une fille intelligente, elle comprendra.

— Quand reviendrai-je ?

— Quand il n'y aura plus de danger, répliqua Vidal. Nous sommes bien d'accord ? (Résignée, Claire acquiesça.) Autre chose : sur place, tu ne te sers pas du téléphone.

— Comment allons-nous communiquer ? anticipa la jeune femme avec anxiété.

Vidal entreprit de la rassurer :

— Il y a un appareil équipé du système de liaison Acropole dans le bureau du divisionnaire Cornavain. La ligne est sécurisée : les conversations ne peuvent pas être écoutées, ni enregistrées par le réseau. (Il approcha une main du visage de Claire.) De cette façon, on ne pourra pas te localiser. Je te joindrai sur ton portable au moins une fois par jour.

La jeune femme inclina la tête de côté et sa joue épousa la paume de Vidal.

— Il est tard. Je doute qu'il soit possible de partir maintenant.

La montre du commissaire indiquait vingt-deux heures trente.

— Je bigophone à l'aéroport, souffla-t-il en pianotant sur son cellulaire.

L'appel dura moins d'une minute.

— Tu mets les voiles demain matin, annonça-t-il après avoir raccroché. J'ai réservé une place sur le vol de sept heures douze à destination de Nice.

Claire attendit qu'il se serve un verre d'eau gazeuse pour s'enquérir :

— Tu n'as pas l'intention de leur rendre la came, n'est-ce pas ?

Vidal feignit de ne pas l'entendre, finit son verre et composa le numéro de la permanence du quai des Orfèvres.

— Je vais demander à la PJ d'envoyer deux hommes, expliqua-t-il. On ne sait jamais.

Le commissaire somnolait sur le canapé du living-room lorsque le mobile piailla sur ses cuisses. Il ouvrit les yeux, consulta sa montre : deux heures trente-cinq. Il pressa la touche OK puis lança d'une voix méfiante :

— Allô !

— Vous avez eu suffisamment de temps pour réfléchir, énonça son ennemi juré à l'autre bout du fil. J'espère pour Claire que vous avez pris la bonne décision.

Vidal se contraignit au calme, refoulant la haine qui menaçait de le submerger.

— Ton pote m'a foutu une sacrée trouille, confessa-t-il avec une fausse pondération.

— C'était le but du jeu, ricana Picard. Si vous êtes raisonnable, l'affaire ne se corsera pas. Arrangez-vous pour que la marchandise soit...

— Je n'ai pas l'intention de te la rendre, gronda Vidal qui sentait la colère reprendre le dessus. Bethsabée et ses petits copains resteront où ils sont.

Il avait prononcé cette phrase avec un mélange de rage et de jubilation.

— Claire est morte ! gueula Picard. Vous m'entendez ? morte !

— Va au diable ! vomit Vidal avant de couper la communication et d'éteindre le cellulaire d'un geste furieux.

De nouveau maître de lui, il gagna la porte d'entrée et s'assura d'un coup d'œil par le judas que les deux gardiens de la paix étaient toujours là. Tranquillisé, il se rendit à la chambre à coucher. Claire faisait sans doute un cauchemar car elle se tournait et se retournait dans le lit en articulant des bribes de phrases incompréhensibles. Il s'assit près d'elle et lui caressa le visage jusqu'à ce qu'elle cesse de s'agiter.

— Je t'aime tant, murmura-t-il avec une tendresse infinie.

35

UNE OPÉRATION COUP DE POING QUI FERA DATE

Avant-hier, la brigade des stupéfiants de Paris et l'escadron de défense contre les armes nucléaires, biologiques et chimiques ont démantelé un laboratoire clandestin aux environs de Forges-les-Eaux (Seine-Maritime). Du jamais vu : la valeur de la drogue saisie dépasserait les trois cents millions d'euros.

L'opération Marteau de Thor est un franc succès. Nous savons de source sûre que les trois suspects arrêtés sur place travaillent pour Roland Picard, alias Jason. Hier matin, l'un d'eux s'est donné la mort dans les locaux du quai des Orfèvres. Selon le commissaire E. V., Ludovic Lucot, le responsable du laboratoire, a préféré se suicider plutôt que de trahir Picard. E. V. a révélé que la marchandise se trouve en lieu sûr et que seuls les enquêteurs sont dans le secret. « Picard est en compte avec les patrons de la Pieuvre », a-t-il précisé à Didier Bloch, sur l'antenne de Radio Plus. « S'il apprend où nous avons caché son bien, il n'hésitera pas à employer la force pour le récupérer. » Quand Bloch a essayé de savoir pourquoi la récompense de deux cent cinquante mille euros offerte par la préfecture de police de Paris n'a toujours pas permis d'obtenir des informations sur Jason, E. V. a affecté l'assurance et affirmé que « les langues finiront par se délier ». Nous ne demandons qu'à vous croire, commissaire.

L'Épervier ricana en lisant la dernière phrase et balança le quotidien du soir sur la banquette de la Volvo. Il orienta les jumelles de vision nocturne vers le boulevard Bessières, fixa l'immeuble de sept étages qui lui faisait face. Un an auparavant, ce bâtiment abritait l'un des neuf dépôts de la société de transport de fonds Hercule. Depuis quarante-huit heures, il renfermait la drogue raflée par le groupe Vidal. Dépêchés par la direction centrale de la PJ, des policiers de la brigade de répression du banditisme avaient investi les lieux. L'Épervier avait observé l'équipe de nuit tandis qu'elle relayait celle de jour. Au total, six limiers de la BRB surveillaient la came stockée au rez-de-chaussée.

Réputé imprenable, le centre-fort comportait néanmoins une faille qu'il s'agissait d'exploiter : un rapport rédigé deux ans plus tôt par un fonctionnaire de la préfecture révélait la faible résistance du mur d'enceinte situé à l'arrière de l'immeuble – à un mètre seulement de la salle où était entreposée la dope. Hercule ne l'avait jamais fait renforcer.

La montre de bord indiquait une heure du matin.

L'Épervier tira l'émetteur de l'étui clippé à sa ceinture, sélectionna le mode brouillé et articula :

— Épervier à Griffon. Déclenchement de l'opération Voler n'est pas jouer.

— À vos ordres, repartit une voix monocorde.

L'Épervier quitta la rue de Pont-à-Mousson, s'engagea sur le boulevard Bessières et stoppa à quelques mètres du dépôt. La température extérieure était de moins quatre degrés et des plaques de verglas commençaient à se former sur la chaussée et les trottoirs. Après avoir enfilé sa cagoule, l'Épervier ramassa le fourre-tout sur le plancher, descendit de la voiture et se dirigea vers le bâtiment au pas de course, évitant les couches de glace. Il posa un genou sur le sol, ouvrit le sac et en sortit huit bâtons de dynamite. Avec les gestes exercés et le timing d'un artificier, il les fixa au mur d'enceinte avec du ruban adhésif.

— Préparez-vous à rappliquer, souffla-t-il dans l'émetteur.

Il alluma la mèche lente à l'aide d'un briquet en forme de pin-up et courut se mettre à l'abri derrière la Volvo. La rue retentit du bruit de l'explosion. Tandis que des éclats de béton volaient en tous sens, trois fourgonnettes jaillirent de l'avenue de la Porte-Pouchet tous feux éteints et s'arrêtèrent devant le centre-fort. Six hommes sanglés dans des combinaisons noires bondirent hors des véhicules et s'engouffrèrent dans la brèche, suivis de l'Épervier.

Ce dernier aperçut les flics qui se ruaient vers le fond de la salle. Alors qu'il pointait son pistolet-mitrailleur sur les fuyards, une porte s'ouvrit en face de lui. Une bombe fumigène lancée par une main invisible roula sur le sol et plusieurs silhouettes se faufilèrent dans la salle, dissimulées par le nuage qui s'élevait rapidement.

Désorientés, l'Épervier et ses hommes se replièrent vers un amas de cartons.

— Je croyais qu'ils n'étaient que six ! s'écria le Griffon à l'intention de son chef.

— Flinguez-les tous ! ordonna l'Épervier, enragé à l'idée que la mission échoue.

Comme ses acolytes ouvraient le feu sur les volutes de fumée, les points rouges de lasers se promenèrent sur les têtes qui dépassaient des piles de cartons. Les détonations résonnèrent à l'unisson et cinq membres du commando s'affaissèrent. L'Épervier se redressait pour battre en retraite quand des voitures de police aux sirènes hurlantes pilèrent devant l'immeuble. Les pas des gardiens de la paix résonnèrent sur le macadam, un halo de lumière nimba la brèche creusée par la dynamite.

— Jason ne nous pardonnera pas ce fiasco, dit le Griffon d'un ton désespéré.

Dans un accès de folie, il se releva et s'élança vers l'ennemi, vidant le chargeur de son WZ 63 avec un hurlement. Un coup de feu le réduisit au silence. L'Épervier paniqua : dans quelques secondes, il serait arrêté. Assis au milieu des cadavres et des cartons que trouaient çà et là les impacts de balles, il saisit son Colt, découvrit le bas de son visage et introduisit le canon dans sa bouche.

— Vous êtes cerné ! déclara une voix dans son dos. Rendez-vous !

Il appuya sur la détente.

36

Le groupe Vidal arriva sur les lieux une demi-heure plus tard.

Les flics des Stups passèrent en revue les dégâts causés par l'explosion puis se portèrent à la rencontre de l'unité médico-légale. Assisté de Jean-Claude Raimondi, un employé de la morgue avec qui il avait sympathisé durant son séjour au centre hospitalier de Garches, et de Bruno Coste, le spécialiste de l'IJ, le légiste Raoul Bietri effectuait des prélèvements sur les cadavres des agresseurs avec l'application d'une abeille butineuse. L'adjudant-chef Mérignac, le technicien en identification criminelle spécialisé dans la révélation des traces de doigts, guettait le feu vert du toubib pour enregistrer les empreintes des pouces sur son ordinateur portable et les comparer avec celles répertoriées dans le Fichier automatisé des empreintes digitales.

— Une personne bien informée leur a dit où était la came, pesta Vidal.

— Nous étions les seuls à le savoir, s'inquiéta Seigner. Tu crois que l'un des nôtres a trahi ?

— Je vais m'en assurer tout de suite.

Pendant qu'ils marchaient vers les corps criblés de balles, Seigner articula d'une voix embarrassée :

— Tu m'en veux encore pour l'autre soir ?

— Non, mais maintenant tu sais que je ne suis pas preneur, répliqua Vidal en gardant ses distances. Les putes et les parties carrées ne font pas partie de mes fantasmes sexuels. J'aime Claire.

Seigner baissa la tête d'un air gêné et murmura :

— Message reçu cinq sur cinq.

Le commissaire se pencha sur un macchabée et entreprit de lui ôter sa cagoule. Un regard noir de Bietri sanctionna cette initiative. Le policier montra ses mains gantées de latex et promit :

— Je ferai attention.

L'humeur du légiste s'adoucit. Tout en décoiffant le mort, Vidal incita Pelletier et Seigner à démasquer les autres. Ils n'en reconnurent aucun. Vidal éprouva une sensation d'écœurement en s'approchant du cadavre en position assise : légèrement relevée, sa cagoule découvrait un magma sanguinolent.

— Il s'est tiré une balle dans la bouche, précisa Bietri. Sa mâchoire et sa gorge sont à ramasser à la petite cuillère. Vous n'avez pas l'air bien. (Il afficha une mimique moqueuse.) Voulez-vous que je m'en occupe ?

— Non, s'agaça Vidal.

Il enleva le passe-montagne avec précaution, croisa le regard fixe du défunt.

— Jamais vu, lâcha-t-il. Et vous ?

Le Marseillais et Seigner jetèrent un coup d'œil pardessus son épaule, hochèrent négativement la tête. Vidal désigna les hommes encagoulés et vêtus de combinaisons noires qui s'étaient regroupés au fond de la salle.

— J'ignorais qu'une unité du RAID planquait dans le dépôt.

— Un hélicoptère les a déposés sur le toit d'un immeuble voisin hier après-midi, expliqua Raoul Bietri qui écoutait la discussion. Ils sont entrés dans le centre-fort par une fenêtre du septième étage, à la tombée de la nuit. Ni vu ni connu.

— Qui en a eu l'idée ?

— Le préfet Izard.

— J'aurais aimé être au courant, râla le commissaire.

— D'après ce qu'on m'a dit, Izard a fait le black-out sur leur présence pour prévenir d'éventuelles fuites, reprit le légiste. Seule la direction centrale de la PJ était au parfum.

— Ils se trouvaient au troisième lorsque le commando a dynamité le mur d'enceinte, compléta Bruno Coste. Ils sont arrivés à temps pour sauver les policiers de la BRB.

— Qu'est-ce que ça donne ? interrogea une voix familière derrière eux.

Les flics pivotèrent vers le capitaine Ortal Mutz.

— Nous sommes dans le brouillard, répondit Pelletier sans la quitter des yeux.

Ortal l'attirait. De son joli minois à ses cheveux auburn aux boucles foisonnantes, en passant par ses manières distinguées, tout en elle le charmait.

— Patron ? lança-t-elle à l'intention de Vidal. Mon tonton vient d'appeler. Il veut me voir.

Vidal repensa au soir où Agnès Jarry avait été précipitée du haut de cette passerelle située entre les portes de Bagnolet et de Montreuil : le lieutenant serait peut-être encore en vie si elle ne s'était pas rendue seule chez son indic.

— Si vous n'y voyez pas d'objection, le capitaine Pelletier va vous accompagner, laissa-t-il tomber.

— Je n'en vois aucune, siffla Mutz en s'éloignant.

Le Marseillais tâcha de dissimuler sa joie, se leva et courut après elle.

— Ne tardez pas ! s'écria Vidal. J'ai besoin de tout le monde !

Pelletier rattrapa Mutz devant l'immeuble, alors qu'elle montait dans sa Ford Mondeo. Il s'installa à côté d'elle puis suggéra avec timidité :

— Si on déjeunait ensemble tout à l'heure ?

— Je suis prise, repartit-elle. Ne fais pas cette tête-là. Redemande-le-moi demain. Il y a de fortes chances pour que j'accepte.

Elle eut un sourire engageant, démarra en trombe et prit la direction de la porte de Saint-Ouen.

Tandis qu'il tapait son rapport, aux alentours de dix-huit heures, Vidal reçut la visite de Jean-Luc Bottreau, le juge d'instruction chargé du dossier « Jason et les narconautes ».

Le magistrat n'attendit pas que Vidal lui propose de s'asseoir pour prendre place sur une chaise. Il considéra d'un œil désapprobateur une affiche représentant la Joconde avec un joint au coin des lèvres puis se tourna vers Vidal.

— Vous avez lu le journal ? commença-t-il d'une voix rude.

— Pourquoi ? rétorqua Vidal sur le ton de l'ironie. J'aurais dû ?

La main calleuse de Bottreau fit glisser le quotidien du soir sur le bureau. Le commissaire, en rogne, découvrit la manchette :

La nuit dernière, un commando a fait sauter le bâtiment où était entreposée la drogue saisie dans le laboratoire clandestin de Forges-les-Eaux. Selon nos sources, les membres du gang seraient des sbires du trafiquant Roland Picard, dit Jason. Sans l'intervention musclée du RAID, qui les a tous abattus, ils auraient réussi leur coup. Le mutisme des enquêteurs nous amène à formuler deux questions : comment Picard a-t-il su où était la marchandise ? Y a-t-il un traître (un de plus !) parmi les paludiers ?

Vidal rendit le quotidien au juge et assura :

— Cela ne se reproduira plus. Nous dénicherons une planque inviolable.

Bottreau arborait une mine sévère de lord anglais.

— Je vais vous épargner cette peine. (Vidal leva un sourcil interrogateur.) Laissez-moi vous exposer mon plan.

37

Le lendemain matin, le juge Bottreau convoqua le directeur de la PJ et le divisionnaire Cornavain dans son cabinet du boulevard Brune pour leur annoncer sa décision de détruire sans délai et publiquement la drogue. Redoutant un nouveau coup de force des malfaiteurs, le magistrat avait prévu d'incinérer la came dans une déchetterie de Fresnes, à environ six kilomètres de l'aéroport d'Orly, en fin de matinée. Les derniers détails de l'opération Némésis réglés – la marchandise serait placée dans des conteneurs puis acheminée par camion, sous haute surveillance –, Bottreau invita la presse à assister à l'événement.

À dix heures tapantes, trois véhicules escortés par des hommes du GIGN, auxquels s'étaient mêlés les flics des Stups, quittèrent le quai des Orfèvres. Le trajet se déroula sans incident ; le convoi arriva à la déchetterie quarante-cinq minutes plus tard. Les journalistes étaient déjà sur les lieux. En voyant un employé du centre ouvrir la barrière, ils s'animèrent et se précipitèrent vers les camions blindés qui klaxonnaient pour se frayer un passage. Tandis que les policiers déchargeaient rapidement les conteneurs et les portaient jusqu'au hangar qui abritait l'incinérateur, Jean-Luc Bottreau sauta à bas du premier poids lourd et s'avança vers la foule contenue par les gendarmes cagoulés. Il s'arrêta à quelques centimètres de la forêt de micros et de caméras et lâcha tout de go :

— Je m'adresse au trafiquant Roland Picard. (Cette introduction interpella l'assistance et le brouhaha tomba.) L'attaque du dépôt du boulevard Bessières ne restera pas impunie, vous avez ma parole. Venons-en à ce qui *vous* intéresse. (Il pointa l'index vers les caisses déposées dans l'entrée du bâtiment.) Vous pouvez faire une croix sur la poudre : elle va bientôt partir en fumée. (Un sourire plein de suffisance s'étira sur ses lèvres et il leva la tête pour montrer la cheminée sur le toit du hangar.) Je doute que votre employeur apprécie le spectacle, conclut-il avec l'allant de l'orateur content de son discours.

Alors qu'il s'éloignait, le jacassement reprit de plus belle.

— Monsieur le juge ? héla Cristelle Ferrari.

Les caméras et les micros pivotèrent vers le magistrat qui stoppa devant le bâtiment.

— Jason n'étant pas homme à renoncer, des représailles sont à prévoir, poursuivit Ferrari. Vous n'avez pas peur qu'il s'en prenne à vous ou à l'un de vos proches ?

Bien que cette remarque écornât son assurance, Bottreau fixa l'objectif avec sa morgue habituelle et trancha d'un ton définitif :

— La Pieuvre réserve un sort peu enviable à ceux qui ne remplissent pas leur contrat. Picard a échoué, il est fini. Force est à la loi.

Les questions fusèrent et se mélangèrent jusqu'à former une cacophonie assourdissante.

— Pouvons-nous filmer le hangar ? demanda Sylvie Hortsberg.

— Je crains que cela ne soit impossible, répliqua Bottreau. Les policiers chargés de constater la destruction du produit appartiennent aux Stups. Comme vous le savez, ils se doivent de garder l'anonymat.

Lorsque les flics eurent terminé de transbahuter les caisses, le magistrat entra dans l'entrepôt et commanda à un gendarme de verrouiller la porte derrière lui. Vidal, Pelletier, Mutz et Seigner ôtèrent les cagoules fournies par le GIGN et vidèrent les conteneurs avec une discipline quasi militaire. Bottreau se hâta de les rejoindre, effleura du pied un ballot de Grande Bleue et grogna, les yeux incandescents comme des braises :

— Réduisez-moi cette merde en cendres.

Tandis que la greffière s'installait dans un coin pour taper le procès-verbal d'incinération sur son ordinateur portable, les membres du groupe Vidal balancèrent les paquets dans le four à dope.

À midi et quart, ils avaient tout brûlé.

Les premières images de la fumée noire et épaisse rejetée par la cheminée de la déchetterie furent largement diffusées et commentées dans le journal de treize heures.

38

LE FEU DE JOIE LE PLUS CHER DE L'ANNÉE

La drogue découverte près de Forges-les-Eaux a été incinérée ce matin, en présence de la presse, sous l'œil vigilant du juge d'instruction Jean-Luc Bottreau. Instigateur et metteur en scène de cette représentation unique en son genre, Bottreau s'en est pris directement à Roland Picard à qui il prédit l'enfer après les paradis artificiels.

Vidal tendit le journal du soir au Marseillais. Celui-ci lut le gros titre à l'intention de Mutz et de Seigner qui applaudirent pour marquer leur satisfaction, puis il invita la joyeuse assemblée à sabler le champagne dans son bureau. Vidal insista pour que la fête se déroule dans le sien, obtint gain de cause. Pelletier fit semblant de râler et se rendit à l'amicale de la brigade des stupéfiants pour acheter une bouteille. Vidal pénétra dans le bureau, avança des chaises pour que les autres puissent s'asseoir. Comme il remettait de l'ordre dans ses dossiers, une enveloppe en papier kraft éveilla sa curiosité. Son nom était écrit en lettres capitales sur le recto, au feutre bleu. L'enveloppe renfermait un objet volumineux qu'il identifia au toucher. Après l'avoir décachetée, il s'empara de la vidéocassette qui était à l'intérieur. Une phrase était griffonnée sur l'autocollant :

TOUTES BLESSENT, LA DERNIÈRE TUE

— Le salaud, marmonna le commissaire pour lui-même.

— Tu disais ? s'enquit Seigner, qui avait cessé de plaisanter avec Mutz.

Vidal brandit la bande et souffla :

— Quelqu'un l'a mise dans mon bureau pendant mon absence.

Le commandant survola l'inscription.

— Qu'est-ce que ça signifie ?

— Cette expression évoque les heures égrenées par le temps assassin, l'éclaira Vidal. Il s'agit d'une menace de mort : l'expéditeur me signale que ma dernière heure a sonné.

Sans attendre la réaction de Seigner, il brancha la télévision posée sur un meuble, inséra la cassette dans le magnétoscope et appuya sur la touche Lecture. Ortal Mutz ravala la boutade qu'elle avait sur le bout de la langue dès que la bête noire des Stups apparut sur l'écran.

— Cet enfoiré n'abandonne jamais, s'indigna-t-elle en se raidissant sur son siège, les traits crispés par l'avcrsion.

Seigner se rapprochait du poste quand le Marseillais surgit avec un sourire béat, une bouteille de Laurent-Perrier dans une main et un grand couteau dans l'autre.

— Ce carburant nous est offert par la maison,

claironna-t-il. Prêts à vous empéguer ? (Comme personne ne lui prêtait attention, il se planta au milieu de la pièce et regarda le téléviseur.) Ben quoi ? Qu'y a-t-il ?

Lorsqu'il reconnut Picard, l'ahurissement se peignit sur son visage et il manqua lâcher la bouteille. Le crâne rasé à blanc, les joues mangées par une barbe de trois ou quatre jours, le trafiquant fixait l'objectif de ses yeux enflammés par la fureur. Il faisait rouler une cigarette entre ses doigts avec une dextérité hypnotique. La caméra cadra son buste et, après qu'il eut gratté une allumette sur le mur contre lequel il était adossé, il commença à parler :

— Vous avez remporté une bataille, Eric, pas la guerre. Les chefs de la Pieuvre ont délibéré sur mon avenir. (De l'index, il ajusta ses lunettes rondes à monture métallique.) Ils ont décidé de me donner une dernière chance. (Il s'avança vers la caméra d'une démarche menaçante.) Je serai de nouveau dans leurs petits papiers quand j'en aurai fini avec la flicaille. Je vous aurai, dussé-je y passer le reste de ma vie. (Un rictus retroussa sa bouche.) Vous allez *tous* clamser !

Il avait littéralement craché ces mots. L'objectif était constellé de postillons.

Le cameraman arrêta de filmer et l'écran se brouilla.

Un profond malaise, presque palpable, s'abattit sur les policiers. Fêter la victoire n'étant plus d'actualité, Pelletier posa discrètement le champagne sur une étagère.

— Comment cet enregistrement a-t-il atterri ici ? questionna Seigner. Personne ne peut accéder à nos bureaux sans autorisation.

— Un agent de l'Organisation a infiltré nos services, décréta Vidal.

— Je n'y crois pas un seul instant, s'insurgea Mutz.

Le quai des Orfèvres n'est pas un nid d'espions à la solde de la Pieuvre.

— Il n'y a pas d'autre explication, persista Vidal.

Il se leva, éjecta la vidéo et la rangea dans son boîtier.

— Je vais la confier au central technique et informatique, laissa-t-il tomber avec gravité. Elle recèle peut-être des indices. (Il se racla la gorge.) Roland est capable du pire. Il peut frapper n'importe où, n'importe quand. Soyez prudents. (Il revint vers Seigner.) Je dois retrouver Sagane à la pizzeria de la rue Guénégaud. Tu te joins à nous ?

— Volontiers, soupira Seigner. J'ai besoin de décompresser.

Pendant qu'ils se préparaient à partir, Pelletier accompagna Mutz à la sortie du 36. Tout en remerciant son chevalier servant, la jeune femme déverrouilla sa voiture à distance. Avec une gaucherie touchante, le Marseillais la précéda sur le parking et ouvrit la portière côté conducteur. Peu d'hommes avaient traité Ortal avec autant d'égards et elle commençait à voir d'un bon œil les attentions assidues de Pelletier. Néanmoins, elle ne comptait pas lui faciliter la tâche. Sa mère lui avait enseigné qu'une femme respectable ne doit pas céder tout de suite, même si elle en meurt d'envie.

Alors qu'elle grimpait dans la Mondeo, Pelletier surmonta sa timidité et articula :

— J'ai pensé qu'on pourrait… dîner ensemble ce soir. Qu'en dis-tu ?

L'haleine d'Ortal forma un petit nuage de vapeur dans l'air froid lorsqu'elle repartit :

— Allons-y.

Cette réponse directe désarçonna Pelletier et il recula d'un pas malgré lui.

— Tu as déjà changé d'avis ? le taquina Mutz.

— Non, bafouilla son collègue.

— En ce cas, conduis, décida Ortal en prenant la place du mort.

Pelletier s'installa au volant. Avec des gestes maladroits, il mit le moteur en marche, enfonça la pédale d'embrayage et manœuvra le levier de changement de vitesse.

— Où va-t-on ? demanda Mutz.

— Je connais un resto sympa dans le XVe.

— Français ? Italien ?

— Italien.

Ortal passa une main dans ses cheveux bouclés d'un air satisfait.

— Nous sommes sur la même longueur d'onde.

39

Seigner trouva une place rue Mazarine, à deux pas de l'hôtel de la Monnaie.

Il descendit de la Renault 19, imité par Vidal. Les deux flics prirent la première à gauche, aperçurent le Vivaldi dont l'enseigne lumineuse clignotait dans la nuit. Vidal chercha du regard la voiture de Sagane.

— J'ai l'impression qu'Elie n'est pas encore arrivé, remarqua-t-il en relevant le col de son blouson.

Deux motos quittèrent le quai de Conti et empruntèrent la rue Guénégaud. Comme elles roulaient à faible allure, Vidal et Seigner jugèrent qu'ils avaient le temps de traverser pour gagner le restaurant. Tandis qu'il s'avançait sur la chaussée, Seigner perçut le vrombissement caractéristique d'un moteur en rotation rapide. Après une brusque accélération, la moto la plus proche se dressa sur sa roue arrière et fonça droit devant elle. L'avant du véhicule toucha de nouveau le sol et, sans ralentir, le conducteur tira une lame longue et recourbée d'un étui scotché au châssis en aluminium. Il orienta le sabre vers le bas, de façon que la pointe racle l'asphalte.

L'acier chauffa, des étincelles jaillirent. Un frisson courut dans le dos de Vidal quand il comprit le but de la manœuvre.

— Attention ! hurla-t-il en courant vers le trottoir opposé.

Le motard casqué leva l'arme blanche, prêt à décapiter Seigner. Ce dernier sauta de côté ; le tranchant frappa l'endroit précis où se trouvait sa tête un instant plus tôt. Le tueur pila à l'intersection de la rue Guénégaud et de la rue Mazarine et, sans perdre une seconde, fit demi-tour pour revenir dans l'arène. Gardant le pied au plancher, il troqua le sabre contre un pistolet FN Herstal qu'il braqua sur les cibles mouvantes. Vidal et Seigner se réfugièrent en hâte derrière une Laguna garée devant l'entrée du resto. Une pluie de fleurs de cimetière s'abattit sur la voiture, pulvérisant le pare-brise. Le second flingueur déboula du haut de la rue pour prêter main-forte à son acolyte, arma son PM et arrosa l'automobile déjà criblée de balles.

Des lumières s'allumèrent et des fenêtres s'ouvrirent à tous les étages des immeubles alentour. Un serveur sortit précipitamment du Vivaldi pour voir de quoi il retournait. À peine eut-il franchi la porte qu'il reçut une décharge dans le ventre et s'effondra.

Un silence pesant succéda au vacarme du mitraillage.

N'y tenant plus, Vidal dégaina son revolver avec la promptitude d'un duelliste, prit appui sur le capot de la Renault et canarda les agresseurs qui s'étaient arrêtés un peu plus loin pour recharger leurs passeurs de mort. La poitrine ensanglantée, le pilote de la BMW bascula à la renverse. Le sabreur n'attendit pas que son comparse touche le sol pour manipuler la poignée des gaz de sa Kawasaki et démarrer au quart de tour.

— Il est à moi ! s'écria Vidal.

Il abandonna son abri, chevaucha la BMW et, propulsé à plus de cent quatre-vingts kilomètres à l'heure sur le macadam détrempé, se lança à la poursuite du motard. Il l'aperçut sur le pont du Carrousel, poussa une pointe pour le rattraper. Une Citroën déboucha sur le quai du Louvre et se positionna devant le policier. Vidal accéléra pour la doubler et, les mains crispées sur le guidon, fondit sur le fuyard qui ne le distançait plus que d'une vingtaine de mètres. Celui-ci le vit dans le rétroviseur, regarda en arrière pour l'ajuster et tira à deux reprises. Le premier projectile désintégra le phare à iode de la BM, le second perfora son pneu avant qui se dégonfla avec un sifflement. La roue se décentra, frottant contre le garde-boue, et le bolide ballotta Vidal. Le commissaire se débattit pour maintenir la trajectoire de la moto. Il eut un haut-le-corps lorsqu'elle obliqua vers la gauche et fonça sur une voiture en stationnement. Le cœur en ébullition, il empoigna le levier de frein et le tira vers lui. Après un spectaculaire tête-à-queue, la BMW stoppa à seulement cinq centimètres du break dans un bruit strident. Vidal descendit du véhicule et fit quelques pas en flageolant sur ses jambes, abasourdi d'être sorti indemne de cette cascade.

Le feu arrière de la Kawasaki scintillait au loin. Le flic s'assit sur le bord du trottoir et, une fois remis de sa frayeur, essaya de se rappeler le numéro d'immatriculation de la moto. Dans sa précipitation, il n'avait pas pensé à le mémoriser. Une idée terrifiante lui traversa l'esprit alors qu'il se relevait. Picard avait menacé de mort son groupe. L'agression de ce soir était-elle le coup d'envoi d'un jeu de massacre ? En ce cas, ses collègues étaient en danger. Il devait les avertir au plus vite, à commencer par Pelletier. Le répondeur du Marseillais se déclencha au bout de quatre sonneries. Sa voix invita Vidal à laisser un message après le bip puis se tut. Le commissaire raccrocha et, tout en fulminant contre son équipier, composa le numéro de son portable. Mais il n'obtint pas de meilleur résultat.

— Qu'est-ce que tu branles ? lâcha-t-il avec anxiété.

— Je meurs de faim, dit Ortal en tripotant l'autoradio.

Elle se dandina sur *Can't Get You out of my Head*, le tube de Kylie Minogue. Un œil rivé sur la jeune femme qui se mouvait au rythme de la musique, Pelletier quitta la rue Pérignon et s'engagea sur le boulevard Garibaldi. Il attendit que passe son trouble pour annoncer :

— Nous sommes presque arrivés.

Sans cesser de se balancer, Ortal noua ses cheveux en queue-de-cheval. Lorsqu'elle eut terminé, elle articula avec sérieux :

— J'aimerais te poser une question.

— Laquelle ? demanda Pelletier qui n'avait pas perdu une miette du spectacle.

— On a beaucoup jasé à propos de ton attirance pour Agnès Jarry. Étais-tu amoureux d'elle ?

Le Marseillais faillit s'étouffer.

— Tu es toujours aussi directe ?

Mutz pesta contre son manque de tact.

— Excuse-moi, je n'aurais pas dû.

— Elle me plaisait, confessa Pelletier en empruntant la rue Miollis. Mais je n'étais pas amoureux d'elle. Ça te va ?

— Et en ce qui me concerne ? insista Ortal malgré elle.

Pelletier parut chercher ses mots.

— C'est différent, enchaîna-t-il d'un ton embarrassé.

Mutz sourit, contente de la réponse.

— Dois-je comprendre qu'entre toi et moi ce n'est pas que… physique ?

Pelletier s'apprêtait à poursuivre quand une voiture stoppa au croisement de la rue Miollis et de la rue Cambronne, bloquant le passage. Le capitaine écrasa la pédale de frein, la Mondeo s'immobilisa à deux mètres cinquante de l'obstacle. Tremblant de rage, Pelletier baissa la vitre de son côté et s'emporta :

— Qu'est-ce que vous avez dans la cougourde, espèce de brêle !

Les portières de la Toyota claquèrent. Deux types vêtus de longs manteaux et coiffés de bonnets siglés entrèrent dans la lumière des phares de la Mondeo. Leur haleine fumait dans l'air glacial du soir.

— Quel est le problème, fadas ? interrogea Pelletier qui sentait monter en lui l'envie de commettre un double meurtre. Barrez-vous avant que je vous embarque.

Il exhiba sa carte de police. Les trouble-fête se contentèrent de ricaner à qui mieux mieux. En un instant, Ortal sut qui étaient ces hommes et ce qu'ils voulaient.

— Foutons le camp, ordonna-t-elle.

— Quoi ? s'indigna Pelletier qui entendait leur donner une bonne leçon.

— Démarre ! cria Mutz d'une voix aux inflexions impératives.

En lisant la peur dans les yeux de sa collègue, le Marseillais comprit. Tandis qu'il enclenchait la marche arrière, les importuns brandirent des pistolets-mitrailleurs et firent feu.

— Couche-toi ! hurla Ortal à l'intention de Pelletier qui se recroquevilla aussitôt.

Les pneus éclatèrent, le pare-brise et les rétroviseurs

extérieurs volèrent en éclats. Couverts de débris de verre, assourdis par le tonnerre de détonations, les flics se voyaient déjà morts. Contre toute attente, le déluge prit fin. Les chargeurs vides des PM chutèrent sur la chaussée avec un bruit métallique. Pelletier profita de cette accalmie pour saisir son revolver et tirer sur l'ennemi. Surpris, les tueurs décrochèrent et s'abritèrent derrière la Toyota. Pelletier suspendit son offensive, exhorta Ortal à descendre de la voiture. Mutz dressa la tête et les morceaux de verre retenus par les boucles de sa chevelure tombèrent sur le plancher.

— Et toi ? s'angoissa-t-elle.

— Dépêche, grogna Pelletier. Je ne pourrai pas les contenir longtemps.

Ortal obéit à contrecœur. Elle se faufila à l'extérieur sans être vue, s'accroupit entre deux véhicules garés le long du trottoir. D'un regard, elle repéra les flingueurs de Jason et s'empara de son arme qu'elle tint à deux mains entre ses cuisses. Le Manurhin de Pelletier tonna une dernière fois puis se tut. Cependant que le capitaine le rechargeait en s'efforçant de ne pas céder à la panique, les liquidateurs revinrent à la charge. Mutz choisit ce moment pour se relever et les mettre en joue. En l'espace d'un éclair, elle logea une balle dans le front du gars le plus avancé et une autre dans l'abdomen de son complice, les tuant sur le coup.

Imperturbable, la radio continuait à déverser les derniers tubes.

— Tu peux sortir, Ange, lança Ortal. Ils ont leur compte.

La portière côté conducteur s'ouvrit sur Pelletier avec un grincement. L'expression du Marseillais changea lorsqu'il vit les corps allongés dans une mare de sang, au milieu de la rue. Il se tourna vers Ortal, les yeux emplis d'admiration.

— Tu es la femme de ma vie, prononça-t-il d'un ton à la fois léger et sincère.

Après avoir rangé le Glock dans son étui, Mutz marcha vers lui et, sans prévenir, plaqua ses lèvres sur les siennes.

— L'adrénaline, se justifia-t-elle.

— Oh, fan de Chine ! s'exclama Pelletier, médusé par cette réaction.

— J'adore ton accent chantant, renchérit-elle. Il fait tout ton charme.

Comme elle se dirigeait vers les cadavres pour tenter de les identifier, son équipier lâcha la phrase qui lui brûlait les lèvres :

— On remet ça quand tu veux.

— Au lieu de dire des bêtises, appelle la maison, le sermonna Mutz qui avait déjà repris ses esprits.

40

La vengeance est un plat qui se mange chaud

Hier soir, des tueurs à gages ont tenté de supprimer les officiers des Stups responsables de l'incinération de la drogue saisie près de Forges-les-Eaux. Si aucune victime n'est à déplorer côté policiers, le serveur d'un restaurant italien et trois nervis sont morts pendant l'échauffourée dans les rues de la capitale. Il y a gros à parier que l'employeur des spadassins, le trafiquant Roland Picard, n'en restera pas là.

Vidal s'asseyait pour lire la suite de l'article lorsqu'une voix familière, qu'il n'avait pas entendue depuis bientôt un an, laissa tomber :

— Bonjour, Eric.

Le commissaire se releva brusquement et, la gorge nouée par le choc, fixa la visiteuse adossée au chambranle de la porte. Tout en entrant dans la pièce, celle-ci montra le cadre accroché au mur, derrière le bureau de Vidal, et continua :

— Je n'ai jamais vu cette photo. Elle est magnifique. Quand l'as-tu prise ?

Vidal s'avança vers son ex-femme d'un pas maladroit et expliqua :

— J'ai emmené Tessa au parc Eurodisney pour son neuvième anniversaire. Elle tenait à poser devant le restaurant Hakuna Matata. (Il enfouit les mains dans les poches de son jean et baissa la tête d'un air chagriné.) Elle était heureuse ce jour-là. Moi aussi.

Karine regarda tendrement la photographie, par-dessus les verres de ses lunettes.

— Elle était dans tout l'éclat de sa beauté, commenta-t-elle.

Soucieux de préserver leur intimité, Vidal ferma la porte.

— Qu'est-ce qui me vaut l'honneur de ta visite ? demanda-t-il en revenant vers Karine. Je croyais que tu m'avais banni de ta vie ?

Karine était l'antithèse de Claire. Mince, les cheveux raides et longs qui descendaient jusqu'à la taille, le visage régulier, égayé par de grands yeux en amande bleu ciel, elle avait un physique agréable mais ne savait pas se mettre en valeur. Elle ne portait que des tailleurs-pantalons, ne chaussait que des bottines et ne se maquillait que pour les grandes occasions.

— Je ne t'en veux plus, Eric, reprit-elle. Je suis disposée à enterrer la hache de guerre. (Elle afficha une expression conciliante qui, loin d'amadouer son ex-mari, accrut sa défiance.) Enterrons-la ensemble, ici et maintenant.

Le flic exprima son scepticisme par un haussement d'épaules.

— Jusqu'ici, tu m'as considéré comme responsable du suicide de notre fille, rappela-t-il avec amertume. À quoi est due cette volte-face ?

En guise de réponse, Karine tira une enveloppe de son sac et la lui tendit. Vidal survola le carton qu'elle renfermait avant de lâcher d'un ton surpris :

— Un faire-part de mariage !

— Je passe devant le maire le mois prochain, expliqua Karine. J'aimerais que tu assistes à la cérémonie. Tu peux venir avec Claire, cela va de soi.

Vidal lui avait présenté Claire un an plus tôt, quelques semaines avant qu'elle coupe les ponts avec lui.

— Qui est l'heureux élu ? enchaîna le policier en secouant la tête d'un air éberlué. Je le connais ?

— Thomas est un collègue de travail, l'éclaira Karine.

— Un avocat ? s'exclama Vidal. J'aurais dû m'en douter, soupira-t-il en déposant l'invitation sur son bureau.

— Comment va-t-elle ? s'enquit Karine.

Vidal devina qu'il s'agissait de Claire.

— Elle va bien, je te remercie.

— Tu l'aimes ?

— Évidemment. Où veux-tu en venir ?

Karine se décida à mettre les pieds dans le plat :

— Tu devrais l'épouser.

Le commissaire se renfrogna à cette recommandation.

— Je ne suis pas prêt, affirma-t-il avec l'agressivité de celui qui est au pied du mur. Elle non plus d'ailleurs.

— Toutes les femmes rêvent de se marier et d'avoir des enfants, réfuta Karine. Je suis certaine qu'elle en crève d'envie mais qu'elle n'ose pas t'en parler. Lorsque Tessa est morte, j'ai cru que je ne lui survivrais pas. (Elle eut du mal à retenir ses larmes.) Et puis j'ai rencontré Thomas. Il m'a aidée à reprendre goût à la vie. (Elle posa sur son ventre une main tremblante d'émotion.) Je suis enceinte de deux mois, Eric. Claire a quarante ans. Fondez une famille avant qu'il ne soit trop tard.

— Tessa était unique, contesta Vidal d'un ton catégorique. Personne ne pourra la remplacer.

— Il n'est pas question de la remplacer mais d'aller de l'avant, objecta Karine avec une sincérité désarmante.

Comme elle gagnait la porte, Vidal lança :

— J'ai arrêté de boire.

Elle s'immobilisa, se tourna vers lui.

— Je suis contente.

Il désigna le faire-part du menton et promit :

— Je viendrai.

Elle approuva d'un hochement de tête puis sortit.

Vingt minutes plus tard, Pelletier apporta à Vidal le rapport de la PTS.

La déception du commissaire fut à la mesure de l'espérance qu'il nourrissait depuis la nuit précédente : les exécuteurs qui étaient restés sur le carreau n'avaient pas de papiers d'identité sur eux ; leurs empreintes digitales et génétiques ne figuraient pas dans les fichiers de la police.

— Retour à la case départ, râla Vidal, la mine et le regard éteints.

— Pas tout à fait, rectifia Pelletier, dont le petit air triomphant intrigua son chef autant qu'il l'agaça.

— Je peux savoir ce qui te rend si guilleret ?

— Ça te dirait de donner un coup de pied dans la

fourmilière ? demanda le Marseillais avec une excitation à peine contenue.

— Explique-toi, s'impatienta Vidal.

— Un TIC a dégoté un cellulaire dans la combinaison du mec que tu as refroidi rue Guénégaud. Le répertoire comporte plusieurs numéros de bigophone.

Cette nouvelle redonna de l'espoir au commissaire.

— Ange, tu es mon dieu, jubila-t-il. Comment s'appelle ce gars ?

— Loïc Trapier, répondit le capitaine. Il avait le profil d'un flingueur de la Pieuvre : pas de famille, pas d'amis, plusieurs tours du monde, un compte offshore à Zurich et un autre aux îles Caïmans. (Il déposa un relevé téléphonique annoté devant Vidal.) Les trois noms inscrits dans la marge correspondent aux numéros entourés de rouge, autrement dit ceux qui sont enregistrés dans le répertoire du portable de Trapier. Catherine Douzman et Frédéric Chauveau sont, respectivement, la compagne et le meilleur pote de Trapier. *A priori*, ils n'ont pas d'accointances avec l'Organisation. Sébastien Courly, quant à lui, est un individu peu recommandable. Il s'est fait épingler par les condés pour blanchiment d'argent de la drogue et a purgé une peine de dix ans d'emprisonnement, le maximum prévu par la loi. Son dossier révèle qu'il travaillait pour le trafiquant colombien José Zamudio. Son job consistait à ouvrir des comptes dans des banques européennes et à maintenir le solde de chacun d'eux au-dessous de dix mille euros pour éviter toute enquête. Des sociétés de couverture lui permettaient de rapatrier le pognon lavé en Colombie où il était investi dans les commerces et les biens immobiliers de Zamudio.

— Courly est toujours en taule ? s'enquit Vidal.

Pelletier secoua la tête.

— Il est sorti il y a six mois. Le président de Tous ensemble, l'association qui aide à la réinsertion des anciens détenus, lui a dégoté un emploi de manutentionnaire chez le fabricant de jouets L'Enfant Roi. Son entourage, à commencer par son ex et ses filles, pense qu'il s'est acheté une conduite. Ses collègues et ses voisins ne tarissent pas d'éloges sur lui. (Une grimace significative tordit sa bouche.) Pour ma part, je suis certain qu'il a replongé. La présence de son numéro de bigo dans le répertoire de Trapier atteste son appartenance à la Pieuvre.

— Simple supposition, contra Vidal.

— On ne perd rien à essayer.

Après une courte hésitation, le commissaire demanda :

— Tu l'as mis sur écoute ?

— Oui.

— Où est-il en ce moment ?

— Chez lui. Il a deux jours de congé.

Vidal réprima un mouvement d'exaltation.

— Allons lui rendre une petite visite, décida-t-il en enfilant son blouson.

Sur le chemin, Pelletier se décida à aborder le sujet qui le préoccupait depuis plusieurs jours.

— Tu as des nouvelles de Claire ?

Personne ne savait où était partie la compagne de Vidal depuis la mise à sac de son appartement. Pelletier trouvait étrange, voire inquiétant, que le commissaire l'ait caché à ses équipiers.

— Elle va bien, je te remercie, articula Vidal sans le regarder.

Pelletier s'éclaircit la voix.

— Pourquoi ne me dis-tu pas où elle est ? se rebiffa-t-il. Tu n'as plus confiance en moi ?

Bien qu'il fût tenté d'éluder ces questions embarrassantes, Vidal prit le parti de s'expliquer, au risque de vexer son collègue et ami.

— La sécurité de Claire dépend de mon silence, assena-t-il. Tant que je n'aurai pas agrafé le poulet qui renseigne Roland sur nos faits et gestes, je serai muet comme une tombe. (Il planta ses yeux dans ceux du capitaine.) Ne vois rien de personnel là-dedans.

41

Sébastien Courly louait un meublé rue Trousseau, dans le XIe.

La neige tombait dru depuis le point du jour et la température extérieure frisait les moins trois degrés. Les paludiers stationnèrent rue de la Main-d'Or, à cinquante mètres du domicile de Courly. Ils se réunirent sur le trottoir pour planifier l'intervention et définir le rôle de chacun : pendant que Vidal et Pelletier procéderaient à la prise de contact, Mutz et Seigner surveilleraient l'entrée de l'immeuble, au cas où Courly tenterait de fuir.

L'appartement se trouvait au quatrième étage. Comme Vidal se mettait à couvert, le revolver à bout de bras, Pelletier retira sa parka, ajusta le bleu qu'il portait par-dessous et mit en évidence la caisse à outils qu'il tenait à la main. Après avoir actionné le heurtoir pour s'annoncer, il gratifia le judas d'un large sourire.

— Qui est-ce ? lança une voix enrouée d'un ton expéditif.

— Le plombier, répliqua Pelletier. Je viens pour la fuite.

— Quelle fuite ? s'irrita l'homme. Le syndic ne m'a pas prévenu.

Le Marseillais feignit de râler.

— Je ne me ferai jamais à leur négligence. (Vidal lui signifia du regard qu'il en faisait trop.) M. Ramonet, le voisin du dessous, a relevé des traces d'humidité sur le plafond de son salon. L'écoulement doit provenir de votre salle de bains. Vous permettez que je jette un coup d'œil ?

L'autre déblatéra contre Ramonet et l'administrateur de l'immeuble puis déverrouilla la porte. Les policiers s'engouffrèrent de concert dans l'appartement. Tandis que Pelletier maintenait Courly contre le mur de l'entrée, Vidal fouilla chaque pièce pour s'assurer qu'il n'y avait personne. Dix secondes plus tard, le commissaire lança un « RAS ». Pelletier menotta Courly et l'emmena de force dans la salle de séjour où l'attendait son supérieur. Les yeux exorbités derrière les verres de ses lunettes rondes, la barbe et les cheveux en broussaille, Courly ressemblait à John Lennon dans sa période baba.

— Qui êtes-vous ? s'enquit-il en mâchant son chewing-gum avec fébrilité. Qu'est-ce que vous me voulez ?

Vidal agita en l'air la carte tricolore qu'il tenait du bout des doigts. La révolte remplaça la peur sur le visage de Courly et il recracha la gomme fruitée qu'il avait dans la bouche.

— Je n'ai rien à me reprocher ! gronda-t-il. Je suis clean depuis ma sortie de cabane !

Vidal sourit en signe d'apaisement.

— Nous n'avons pas l'intention de te créer des

ennuis, déclara-t-il sur un ton faussement conciliant. N'est-ce pas ?

Il pivota vers Pelletier qui opina du bonnet.

Courly les toisa tour à tour.

— Qu'y a-t-il au juste pour votre service ?

Vidal se planta au milieu du salon, mains dans le dos comme un militaire au repos, et continua :

— Nous souhaitons éclaircir une question. Si tu te montres coopératif, nous partirons sans faire d'esclandre et tu pourras vaquer à tes occupations.

— Et si je refuse de vous aider ? le nargua Courly.

Pelletier enroula la chevelure du hippie autour de son poing et le tira vers lui d'un geste brutal.

— Alors, rebelote, susurra-t-il avec méchanceté lorsque ses lèvres effleurèrent l'oreille de Courly. On t'embarque au 36, on s'arrange pour que le juge te mette en examen à l'issue de ta garde à vue pour entrave à l'action de la police et tu passes les trois prochaines années en tôle, avec pour compagnon de cellule, j'y veillerai personnellement, un « marteau piqueur » insatiable et solide comme un roc.

Sa prestation fit son effet. Blême à l'idée de retourner en prison, Courly déambula dans la pièce tel un zombie. Il s'immobilisa et pointa son menton vers la bibliothèque d'angle bon marché, désignant le paquet de cigarettes posé sur une tablette.

— Je peux ?

Vidal reporta son regard sur Pelletier et ordonna, d'un ton qui ne souffrait aucune opposition :

— Détache-le.

Le Marseillais obéit sans discuter. Courly se déplaça vers la bibliothèque, prit une clope que Vidal alluma avec son briquet à gaz.

— Je vous écoute, soupira l'ersatz de Lennon.

Le commissaire l'invita à s'installer sur le canapé.

— Quand as-tu vu Loïc Trapier pour la dernière fois ? attaqua-t-il.

— Qui ?

— Tu as bien entendu.

Courly s'accorda le temps de la réflexion.

— Ce nom ne me dit rien, finit-il par déclarer.

Vidal tira le cellulaire de la poche de son blouson et le posa entre eux.

— Ton numéro est mémorisé dans le répertoire de son portable. Tu as une explication ?

— Je ne connais pas ce gars, repartit Courly avec aplomb. Il ne peut s'agir que d'une erreur. (Il jura en voyant la pointe cendreuse de sa sèche tomber sur la moquette.) Tout d'abord, qui est-ce ?

— Un homme de main de Jason, répondit Pelletier sans lever les yeux du livre qu'il feuilletait.

— Combien de fois faut-il vous le répéter ? se défendit Courly dont la voix cassante trahissait le trouble. J'ai coupé les ponts avec le milieu le jour de mon incarcération. Je n'ai *jamais* revu mes anciennes relations, ni au trou ni à l'extérieur.

Pelletier referma le bouquin et enchaîna :

— Tu avais la réputation d'être un blanchisseur hors pair. Jason n'a pas essayé d'entrer en contact avec toi ?

— Non, non et non ! martela Courly, au comble de l'exaspération.

Vidal jugea qu'il était temps de mettre un terme à cette discussion stérile et d'amorcer la bombe qu'il s'était refusé à utiliser jusqu'ici.

— Si je ne me trompe pas, tu as deux filles, articula-t-il avec un calme glaçant.

Courly eut un sursaut à l'évocation de sa progéniture. Vidal recula le moment de décocher sa botte secrète et entreprit de le rudoyer, tel un épéiste qui prend un malin plaisir à malmener son adversaire avant de l'envoyer mordre la poussière.

— J'ai oublié leurs noms, siffla-t-il. Pourtant, j'ai lu ton dossier en long et en large. Comment s'appellent-elles, déjà ?

— Corinne et Sophie, lâcha Courly dont l'arrogance s'était effritée comme une roche exposée au gel. Laissez-les en dehors de cette histoire.

Son ton était à la fois suppliant et menaçant. Vidal passa outre à cette tentative d'intimidation et enfonça le clou :

— Ton dossier précise que le juge t'autorise à les voir une fois par semaine. Comme tu étais absent les dix premières années de leur vie, j'imagine que tu te rattrapes. (Il serra les lèvres d'un air compatissant.) Voici le deal : je t'offre la possibilité de couler des jours heureux avec ta petite famille en échange d'infos sur Jason. (Il brandit son mobile.) Si tu ne traites pas avec moi, j'avise le procureur de ton flirt avec la Pieuvre. Tu perdras à nouveau tes filles, ça ne fait pas un pli. Tu as cinq minutes pour trancher.

Incapable de supporter davantage la cruauté du flic, Courly se leva et marcha vers la baie vitrée coulissante qui donnait sur la rue enneigée.

— Peu de gens ont l'occasion de voir Jason, commença-t-il d'une voix où perçait l'écœurement. Je veux dire en chair et en os. Vous êtes de sacrés veinards : vous l'avez côtoyé pendant des années. Qu'avez-vous ressenti en découvrant que votre équipier était en fait votre pire ennemi ?

— Accouche, s'impatienta Pelletier.

Courly souffla la fumée de sa cigarette et la vitre s'embua.

— Si je casse le morceau, je suis un homme mort.

Vidal le rejoignit.

— Nous ferons en sorte qu'il ne t'arrive rien, promit-il avec sincérité.

Le sosie de John Lennon accueillit cet engagement avec un éclat de rire.

— Les Stups ont un programme de protection des balances, maintenant ?

Vidal resta de marbre face à cette boutade.

— Le temps réglementaire est écoulé, assena-t-il en tapotant le cadran de sa montre avec son index. Qu'as-tu décidé ?

La résignation flétrit la figure de Courly.

— J'ignore où se cache Jason, commença-t-il avec difficulté. Mais je sais où se trouve l'entrepôt parisien de l'Organisation.

L'instinct du commissaire lui susurra que Courly disait la vérité. Il refréna son emballement et annonça :

— Je suis preneur.

Courly pensa à ses filles. Il lui suffisait de pactiser avec ce policier pour ne plus jamais être séparé d'elles.

— Le dépôt est établi dans le…

Un bruit de verre brisé l'interrompit. Sa bouche s'arrondit, comme s'il s'apprêtait à crier, mais aucun son n'en sortit. Une fine traînée de sang coula sur l'arête de son nez – la balle avait transpercé la baie avant de se loger entre ses yeux – et il s'affaissa. Vidal se coucha à plat ventre et hurla :

— À terre !

Alors qu'il s'accroupissait derrière une commode, il localisa le tireur, sur le toit de l'immeuble d'en face. Le sniper épaulait une carabine surmontée d'une lunette et munie d'un silencieux.

— Rien de cassé, Ange ? demanda le commissaire.

— Non, le rassura son collègue qui s'était tapi derrière le canapé. Tu le vois ?

Vidal regarda par-dessus la commode avec prudence. Le tueur scrutait le séjour, sans doute à la recherche d'une nouvelle cible.

— Nous sommes dans sa ligne de mire, précisa Vidal. Surtout, ne bouge pas. J'appelle la cavalerie.

Il s'empara de son cellulaire et tapa le numéro de Seigner.

— Yvan ? Courly s'est fait buter. Je veux que vous neutralisiez l'arroseur.

Cependant qu'il indiquait la position du spadassin, ce dernier s'éclipsa, abandonnant le fusil sur le rebord du garde-fou qui entourait le toit. Vidal se redressa et courut ventre à terre vers la sortie, talonné par Pelletier.

— Il se ramène ! cria-t-il à Seigner. Préparez-vous à le choper !

Dehors, Mutz et Seigner piquèrent un cent mètres en direction de l'immeuble d'où le coup était parti. Les flics investirent le hall l'arme à la main. Comme Seigner se ruait dans l'escalier, Ortal Mutz constata que l'ascenseur était en marche.

— Il descend ! s'écria-t-elle.

Le commandant se pressa de rebrousser chemin, orienta son flingue vers l'appareil qui vibra en s'arrêtant au rez-de-chaussée. La porte s'ouvrit avec un sifflement sourd et le tandem s'avança d'un pas, prêt à cueillir l'assassin de Courly. Le type qui se tenait au fond de la cabine tressaillit sous le coup de l'effroi. Surpris, les policiers l'étudièrent de la tête aux pieds. Vêtu d'un manteau démodé, chaussé d'après-skis dont les couleurs criardes étaient passées, le vieil homme portait des lunettes aux verres grossissants et arborait une moustache gris argenté aux pointes effilées. Honteux de lui avoir flanqué une peur bleue, les officiers baissèrent leurs armes et l'invitèrent à sortir avec une expression contrite.

— Ne craignez rien, nous sommes de la police, tenta de le rassurer Mutz en lui montrant sa carte. Vous n'avez croisé personne avant de prendre l'ascenseur ?

— Non, dit le vieillard avec une quinte de toux. Que se passe-t-il ?

— Un suspect s'est réfugié sur le toit, intervint Seigner. Ne restez pas dans le coin.

Glacé d'épouvante, le vieux s'appuya sur sa canne et quitta le hall en clopinant. Seigner saisit le cendrier situé près de la loge du gardien, le plaça sur le rail de l'ascenseur pour empêcher la porte de se refermer et désigna la cage d'escalier du canon de son revolver.

— On a assez perdu de temps, décréta-t-il.

Ils montaient quand Mutz, qui suivait le papy des yeux, s'exclama :

— Il nous a blousés !

Elle bondit hors de l'immeuble, rattrapa le croulant qu'elle somma de stopper.

— Mettez les mains en l'air et tournez-vous ! ordonna-t-elle en libérant le cran de sûreté de son Glock. En douceur !

— Qu'est-ce qui te prend ? s'enquit Seigner qui l'avait rejointe.

— Ce mec est le tueur ! s'excita-t-elle. Il s'est déguisé pour nous tromper !

— Quoi ? siffla Seigner avec l'intonation effarée d'une personne saine d'esprit qui s'adresse à un dément.

— Il a traversé la rue sans utiliser sa canne ! persévéra Mutz. Il marche aussi bien que toi et moi !

Il n'en fallut pas plus pour convaincre Seigner qui releva du pouce le chien du Manurhin.

— Obéissez ! commanda-t-il au flingueur.

Celui-ci lâcha le bâton, abandonna la posture de l'octogénaire égrotant et pivota vers les flics avec nonchalance. Maintenant qu'il n'avait plus le dos voûté, Mutz et Seigner remarquèrent qu'il était taillé en hercule. Sans se départir de son calme, il décolla les cheveux et les bacchantes postiches et les laissa tomber à ses pieds avec un petit rire qui devint homérique lorsque Vidal et Pelletier firent leur apparition. Ortal ne tarda pas à comprendre la raison de cette effusion : un objet ovale, en fonte grise, épousait la paume de la main droite du nervi.

— Il a une grenade défensive ! s'affola-t-elle.

Ses équipiers reculèrent comme un seul homme. Le tueur s'amusa de l'attente angoissée des paludiers.

— Comment appréhender un individu qui brandit une grenade ? les railla-t-il. Ce cas de figure est-il mentionné dans les manuels de l'école de police ? (Son débit était entrecoupé de ricanements.) Avez-vous appris à gérer ce que nous autres, lessiveurs, appelons dans notre jargon l'hyperstress ?

Il jeta une broche métallique conique dans leur direction.

— La goupille, grogna Vidal, qui décocha un regard alarmé à ses collègues.

Le maître du jeu continua :

— Petite précision : j'ai retiré la mèche et placé le détonateur *sous* le bouchon allumeur. Si par malheur je lâchais le levier de déclenchement, la charge de tolite T exploserait dans l'instant.

Pelletier exhorta les curieux qui assistaient au spectacle depuis le trottoir opposé à se sauver à toutes jambes. Mutz et Seigner agitèrent leurs armes pour accélérer le mouvement.

— Je mets les voiles, reprit le flingueur tout en marchant à reculons. Ne vous avisez pas de me suivre. (Il leva la main.) Je n'hésiterai pas à me faire sauter, de préférence dans un endroit très fréquenté.

Vidal parla par signes avec Seigner et Pelletier. Malgré leur désapprobation, il braqua son Smith & Wesson sur le mercenaire et menaça :

— Tu n'iras nulle part.

L'autre se gaussa de cette bravade.

— Vous avez l'intention de m'abattre ? Je vous rappelle que je tiens une grenade dégoupillée. Si vous ne voulez pas que vos copains passent l'arme à gauche, agissez en homme responsable et laissez-moi partir.

Le doigt sur la détente du 38, Vidal poursuivit avec une audace suicidaire :

— Plutôt mourir.

— Arrête ça tout de suite, s'insurgea Seigner.

— Tu dépasses les bornes, renchérit le Marseillais.

Vidal feignit de ne pas les entendre et dirigea ses pas vers le tueur qui s'improvisait artificier.

— L'alternative est la suivante, assena-t-il en regardant son adversaire bien en face. Soit nous trouvons un arrangement, soit nous crevons tous ici. À toi de voir.

Le tueur à gages s'interrogea dix secondes avant de capituler.

Après qu'il eut refilé la grenade au commissaire d'un geste précautionneux, Seigner le ceintura et Pelletier lui mit les menottes. Avec un self-control impressionnant, Vidal tint le levier dans la même position jusqu'à l'arrivée du service de déminage. Un technicien en combinaison désolidarisa le détonateur et la charge en moins de temps qu'il n'en faut pour boire un café. Avant de partir, il offrit le corps de l'engin explosif à Vidal qui se promit de le garder précieusement, en souvenir de ce jour où il avait failli mourir.

Les paludiers attendirent que l'antenne médico-légale emporte le cadavre de Sébastien Courly et que la PTS place les prélèvements sous scellés pour réintégrer le quai des Orfèvres, dans l'après-midi ; chacun d'eux s'isola pour taper son rapport sur cette matinée mouvementée. Vers dix-sept heures, Pelletier apporta les pièces récupérées sur le toit de l'immeuble et versées au dossier – un fusil MAS 49-56 équipé d'une lunette compacte et une boîte de cartouches de 300 Savage – au responsable du dépôt. Ensuite, il retrouva Vidal, Mutz et Seigner dans la salle d'interrogatoire de la Crim, où ils se préparaient à cuisiner Francis Bianchi, le liquidateur de l'Organisation.

Afin de ne pas braquer Bianchi d'entrée de jeu, Vidal se garda d'évoquer les faits qui lui étaient reprochés et commença par taper le procès-verbal de grande identité, au cours duquel il le questionna sur son état civil, ses parents, ses petites amies et même son livre de chevet. Sitôt qu'il eut épuisé le sujet, le commissaire entama l'interrogatoire. N'obtenant que des ricanements et des explications confuses, il pria ses collègues de sortir, éteignit l'ordinateur portable et s'adressa à Bianchi sur le ton de la connivence :

— La justice ne tient pas compte des aveux qui ne sont pas consignés. À partir de maintenant, tout ce que tu diras restera entre toi et moi. (Il quitta sa chaise et vint s'asseoir sur le bord du bureau, face à son interlocuteur.) Je reprends depuis le début. Comment as-tu su que nous allions rendre visite à Courly ?

Bianchi ferma les yeux, comme s'il entrait en méditation, et répondit :

— Mon employeur m'a prévenu.

Vidal tira un paquet de gitanes de la poche de son pull camionneur, déchira le film plastique qu'il jeta à la poubelle.

— Et qui a rencardé ton employeur ? enchaîna-t-il.

Bianchi partit d'un rire sarcastique.

— À votre avis ? se moqua-t-il.

Vidal lui offrit une cigarette et haussa les épaules d'un air dégagé.

— Je n'en ai aucune idée. Éclaire-moi.

— Saviez-vous que Judas avait trahi Jésus pour trente deniers ?

— Insinuerais-tu que l'un de nos hommes tuyaute ton patron moyennant finance ?

Bianchi rejeta la fumée de la pneumophage par les narines.

— Je vous laisse juge.

— Qui est Gorge Profonde ? insista Vidal.

— Je vous aiderais bien, mais j'ignore à quoi il ressemble.

Vidal changea de cap de but en blanc.

— Combien as-tu palpé pour descendre Courly ?

— Mon commanditaire a payé plein pot.

Les pupilles de Vidal rougeoyèrent comme des escarbilles.

— C'est-à-dire ?

— Un million d'euros, annonça l'autre avec arrogance. Je compte sur vous pour ne pas le clamer sur tous les toits.

Vidal fit quelques pas.

— Une coquette somme. Je suppose que tu as pris tes précautions.

Bianchi acquiesça d'un signe de tête.

— L'argent est insaisissable. Je l'ai déposé dans une banque du Liechtenstein.

— Tu n'es plus en mesure de le dépenser, hélas ! remarqua Vidal d'un ton persifleur. Je te rappelle que tu encours le maximum pour le meurtre de Courly. (Bianchi se renfrogna à cette perspective et crispa les doigts sur les bras de son fauteuil.) Toutefois, il y a un moyen de résoudre ton problème.

— Nous y voilà, ricana le flingueur. Vous comptez me faire chanter ?

Vidal s'approcha de Bianchi et se pencha en avant, de manière à planter ses yeux dans les siens.

— Où se terre Jason ?

— Qui ?

Vidal réprima sa nervosité et continua :

— Qu'est-ce qui te retient de nous le livrer ? La loyauté ? Le manque de tripes ? (Il assena une tape sur la joue de Bianchi.) Réveille-toi, imbécile. Ce mec se soucie de toi comme d'une guigne. Dans le meilleur des cas, il se contentera de te rayer de la liste des nettoyeurs de la Pieuvre dès qu'il apprendra que la police t'a épinglé.

Cette réflexion tendancieuse inocula le doute à Bianchi.

— Et dans le pire ? s'enquit-il.

— Il chargera le poulet qui le renseigne de te faire la peau, pour éviter que tu parles.

Bianchi se tortilla sur son siège, comme un écolier qui a la vessie pleine mais qui n'ose pas demander à l'institutrice la permission de sortir. Sa pâleur indiquait qu'il n'était plus aussi sûr de lui.

— Je voudrais le donner que je ne pourrais pas, se défendit-il.

— Arrête ton char !

— Je n'ai pas traité avec lui, je ne l'ai même jamais

rencontré. J'ai découvert son visage dans la presse, comme tout le monde.

— Tu ne savais pas que c'était un flic ?

— Non.

Vidal s'efforça de déceler la lueur du mensonge dans le regard du liquidateur mais n'y lut que crainte et incertitude.

— Je ne vois pas l'intérêt de poursuivre cette discussion, décréta-t-il. Demain, le juge d'instruction officialisera ta mise en examen et tu seras placé en détention. (Il retourna au bureau, s'empara de son mobile et tapa le numéro de Pelletier.) D'ici là, tu vas avoir le temps de méditer sur ton sort dans une cellule du quai des Orfèvres. Dom... (La voix de son équipier l'interrompit.) Ange ? J'ai fini. (Il raccrocha et revêtit son blouson.) Dommage, j'avais l'intention de te proposer un marché.

— Quel marché ? s'étonna Bianchi.

— Ça n'a plus d'importance, répliqua le commissaire avec un bâillement.

Le lessiveur ne tarda pas à mordre à l'hameçon :

— Je n'ai reçu que la première moitié du flouze, confessa-t-il avec un rictus. Il était prévu que je touche la seconde cette nuit.

— Quand ?

— À minuit pile.

Bien qu'il prît un plaisir intense à recueillir le fruit de sa stratégie, Vidal n'en montra rien, conservant une attitude détachée à l'égard de Bianchi.

— Qui devait te le remettre ? lâcha-t-il.

Bianchi serra les lèvres et plissa le nez : la délation lui inspirait une profonde aversion.

— L'homme qui m'a engagé, le lieutenant de Jason, avoua-t-il.

— À quel endroit ?

— Je ne dirai pas un mot de plus tant que je ne connaîtrai pas les termes exacts de notre accord.

Le commissaire inclina la tête d'un air compréhensif.

— C'est de bonne guerre, concéda-t-il avec un sourire amical. Voici mon offre : un aller simple pour la destination de ton choix en contrepartie du nom de ton contact et du lieu où vous êtes convenus de vous retrouver.

Bianchi s'esclaffa, sans pouvoir s'arrêter. Le bureau retentit de son rire heurté et frénétique. Vidal contint son envie de le gifler et reprit, sur le ton de la badinerie :

— Qu'y a-t-il de si tordant ?

D'un coup de baguette magique, l'hilarité de Bianchi céda le pas à la gravité.

— Vous croyiez *vraiment* que j'allais marcher dans cette combine ? gronda-t-il. J'ai zigouillé un père de famille de sang-froid. Je suis bon pour les assises. (La détermination qu'il perçut dans les yeux du flic le troubla.) Vous me laisseriez partir ?

— Si c'est le prix à payer pour mettre le grappin sur Jason, oui.

— Admettons que j'accepte. Qu'est-ce qui me garantit que vous ne reviendrez pas sur votre promesse ?

Vidal s'avança vers le lessiveur et déclara avec la solennité requise :

— Je te donne ma parole d'honneur.

— Pas suffisant, rétorqua Bianchi avec un mépris ostensible.

Le commissaire brandit son cellulaire.

— Et si le juge te donnait la sienne ?

Bianchi se dérida comme par enchantement.

— Je serais disposé à coopérer.

— J'aurais dû commencer par là, soupira le policier en pianotant sur le clavier de son portable.

42

Francis Bianchi avait rendez-vous avec Shabazz Baboukar, le lieutenant de Jason, à Marnes-la-Coquette. Baboukar était propriétaire d'un hôtel particulier situé boulevard Raymond-Poincaré, face au musée des Applications de la recherche de l'Institut Pasteur. Chaque vendredi, il organisait des partouzes à thèmes auxquelles participaient des couples férus d'échangisme et de sadomasochisme, des performers du cinéma pornographique, des voyeurs onanistes mais aussi des personnalités du show-business et du monde politique. Afin de garder l'anonymat, les membres de ce club fermé copulaient à l'envi le visage masqué de cuir.

Bottreau avait consenti à ce que Vidal traite avec Bianchi, de même qu'il avait approuvé le projet d'intervention de la brigade des stupéfiants. L'opération la Pieuvre mutilée se divisait en trois parties. Première étape : pour ne pas éveiller les soupçons de Baboukar, le tueur à gages se présenterait à son domicile à l'heure convenue, escorté de Pelletier qui se ferait passer pour l'un de ses amis – Jason était la seule personne susceptible de reconnaître le Marseillais, or, selon les dires de Bianchi, il n'assistait jamais aux soirées de Baboukar. Deuxième étape : l'argent empoché, Bianchi et Pelletier prendraient congé de Baboukar. Troisième et dernière étape : les Stups attendraient la fin de la fête et le départ des invités pour appréhender le lieutenant de Picard, *manu militari* si cela s'avérait nécessaire. Pour que Vidal puisse suivre le premier round en direct, Seigner avait fixé un émetteur plus petit qu'une tête d'épingle à un bouton de la chemise de Pelletier et un autre à la ceinture de Bianchi.

Les flics arrivèrent à l'avance. Composé de la Renault de Seigner et de la Mondeo d'Ortal Mutz, le convoi stoppa rue de Marnes, à proximité du nid de Baboukar. À minuit moins le quart, Bianchi et Pelletier descendirent de la Renault et se dirigèrent vers le boulevard Raymond-Poincaré sans se hâter. Talonné par l'officier de police, Bianchi poussa la grille entrebâillée de la villa et emprunta l'allée qui menait à la porte d'entrée. Les gravillons crissaient sous leurs pas. Les deux hommes échangèrent un regard entendu puis le flingueur pressa le bouton de la sonnette. La porte en chêne massif s'ouvrit sur une montagne de muscles casée dans un costume tendance.

Bianchi s'annonça avec une expression avenante :

— Salut, Anthony !

Le gars lui broya la main en guise de réponse et scruta Pelletier. Bianchi s'empressa de dissiper sa méfiance.

— Ange est un ami de longue date, expliqua-t-il. Ange, je te présente Anthony Loguera, dit le Bûcheron.

— Tu devais venir *seul*, grogna le géant.

— Ange est dans la dèche, précisa Bianchi avec assurance. J'ai pensé que Shabazz pourrait le dépanner.

Le Bûcheron prit le temps de jauger Pelletier et demanda avec une pointe de sarcasme :

— Quelle est sa spécialité ?

— Le tir en situation, répliqua Pelletier du tac au tac.

Le butor sortit un préservatif de la poche de son veston et le lança dans la direction du policier qui le saisit au vol.

— Ces dames vous jugeront à l'œuvre, *tireur*, se moqua Loguera. Donnez-vous la peine d'entrer.

Tout en riant à gorge déployée, il s'écarta pour laisser passer les visiteurs et les précéda dans le vestibule éclairé par un lampadaire orné d'un amour et de six caryatides.

— Un bon point pour toi, tu es à l'heure, prononça-t-il à l'adresse de Bianchi après avoir recouvré son sérieux. La ponctualité est une qualité que Shabazz apprécie particulièrement.

Il gravit l'escalier, suivi du flic et du liquidateur, s'arrêta sur le palier du premier étage et actionna la poignée de la porte capitonnée qui lui faisait face. Un flot de râles et de gémissements s'échappa de la salle immense vers laquelle il entraîna Bianchi et Pelletier. Les appliques accrochées aux murs et les candélabres posés sur les commodes et les guéridons diffusaient une lumière douce sur les silhouettes aux mouvements tantôt lascifs, tantôt saccadés. Les corps nus jouaient les préliminaires à même la moquette, à grand renfort de cunnilingus et de fellations, s'emboîtaient les uns dans les autres sur les canapés avec une ardeur bestiale, se chevauchaient à la hussarde sur les fauteuils et les bergères.

Le maître de maison pensait au bien-être et à la sécurité de ses hôtes : des bouteilles de pommery et de dom ruinart débouchées de frais trônaient sur une table basse ; des corbeilles remplies de cachets d'ecstasy et de condoms étaient disposées sur des tabourets en X.

À genoux sur une chaise, les bras reposant sur le haut du dossier en forme de lyre, une fille offrait sa croupe engageante à un homme à la carrure d'athlète debout derrière elle. Au summum de l'excitation, elle se cambra avec avidité et gratifia l'apollon d'une bordée d'injures. Pelletier devina le plaisir mêlé de douleur sous le masque vénitien qui dissimulait son visage. Stimulé par les soupirs et le langage ordurier de sa monture, le cavalier mit toute son application à la satisfaire. Au bord de l'éjaculation, il se retira du corps de sa partenaire, ôta le préservatif d'une main exercée et jouit sur son postérieur frétillant. Des gouttes de sperme tombèrent sur la moquette incarnate, déjà constellée de taches suspectes.

Pelletier avait assisté au spectacle avec un mélange de répulsion et de fascination.

— Tu veux te joindre à nos amis, *tireur* ? le charria Loguera.

Le Marseillais déclina l'invitation avec une grimace.

— Très peu pour moi.

Loguera contourna un couple qui s'essayait aux positions les plus acrobatiques du Kama-sutra et frappa à la porte du fond.

— Nous y sommes.

Le type qui ouvrit évoquait Droopy : il devait mesurer un mètre cinquante, au maximum, et avait l'air d'un chien battu.

— Qui est-ce, Rémi ? s'enquit quelqu'un dans son dos.

— Le lessiveur vient toucher sa paie, articula Loguera avant que le gnome puisse répondre.

— Qu'il entre, reprit l'autre d'un ton égal.

Rémi referma la porte derrière les visiteurs. Meublée

d'un bureau, de quatre fauteuils et d'une paire d'encoignures, la pièce baignait dans la lumière de lanternes de carrosse fixées aux murs. Penchée sur la table, une jeune femme seulement vêtue d'un body en dentelle prisait un rail de cocaïne. Elle dressa le buste à l'approche des nouveaux venus, essuya son nez poudré de coke du revers de la main et, comme une chatte en mal d'affection, s'assit sur les genoux du Noir qui se pâmait devant les armes à feu alignées sur le bureau, parmi lesquelles un Glock 21, tenu pour le pistolet le plus léger du monde. Enfin, l'homme s'arracha à sa contemplation et dit avec un sourire :

— Tabatha est un peu sauvage, messieurs. (D'un geste apprêté, il lissa son bouc taillé « à la diable », avec une pointe au menton.) Elle n'aime pas les nouvelles têtes.

Bianchi s'avança vers son employeur pour lui serrer la main.

— Heureux de te revoir, Shabazz.

— Tu es toujours le bienvenu, mon ami.

Le lieutenant de Jason cajola sa compagne, coinça le Glock entre son pantalon et sa ceinture puis se leva. Le marcel blanc qui moulait son torse dessinait ses abdominaux.

— À qui ai-je l'honneur ? demanda-t-il à Pelletier qui demeurait en retrait.

— Ange est un pote, s'interposa Bianchi. Il aimerait travailler pour toi.

— Dans quelle branche ?

— La mienne.

— Donnez-moi une chance de faire mes preuves, vous ne serez pas déçu, plaida le Marseillais avec un culot qui le surprit lui-même.

Le Black l'évalua d'un regard perçant.

— Tu l'auras, ta chance, finit-il par lâcher. Anthony ? Prends son numéro. Voici ton argent, Francis. J'ai vérifié, le compte y est.

— Je te crois sur parole, certifia Bianchi.

Shabazz fit glisser le sac vers lui et s'exclama :

— Affaire conclue ! (Il saisit Tabatha par la taille et l'embrassa à pleine bouche.) Anthony va vous raccompagner, messieurs.

Pelletier était pressé de partir : Droopy l'observait d'un air suspicieux depuis son arrivée.

— Je suis sûr de t'avoir déjà vu, lui lança le nabot alors qu'il emboîtait le pas à Bianchi.

— Si c'était le cas, je m'en souviendrais, objecta le capitaine, s'efforçant de ne pas perdre contenance.

L'avorton se planta devant lui et le dévisagea avec insistance. Lorsque la mémoire lui revint, ses sourcils touffus se haussèrent et ses yeux s'agrandirent de stupeur. De la salive moussa à la commissure de ses lèvres quand il s'écria :

— Ce mec est un putain de keuf !

43

Trois coups de feu suivirent le cri d'alarme de Droopy.

— Ange ! s'égosilla Vidal tandis que la dernière détonation retentissait dans le récepteur enfoncé dans son oreille.

Il jaillit de la R19 avec impétuosité et courut à perdre haleine en direction du boulevard Raymond-Poincaré, bientôt talonné par Mutz et Seigner. Les clameurs d'une foule terrorisée résonnaient dans la nuit. Le commissaire aperçut des dizaines de personnes, nues pour la plupart, qui se pressaient à la sortie de l'hôtel particulier de Baboukar : la fusillade avait mis fin au raout. Les gens piétinaient devant la grille, en proie à une frayeur contagieuse. Deux furies harnachées de chaînes et enduites de latex liquide – pratique très en vogue dans le milieu S-M – invectivèrent un type ventripotent qui bouchait le passage. Frappé, griffé, mordu, le gros avança avec un hurlement de douleur.

— Police ! tonitrua Vidal, le Smith & Wesson bien en vue. Dégagez !

Comme les fuyards n'obtempéraient pas, il se fraya un chemin, jouant des coudes et distribuant des coups de crosse aux plus querelleurs. Épaulé par ses collègues, il réussit à atteindre l'entrée de la demeure et se jeta dans l'escalier en criant le nom de son équipier. Une femme paralysée par l'effroi geignait sur le palier du premier étage. À l'approche du flic, elle se blottit dans un coin comme une bête apeurée.

— Où est Baboukar ? s'enquit Vidal d'un ton insistant.

La créature leva sur lui un regard terrifié et indiqua la chambre des plaisirs d'un doigt tremblant. Le policier couvrit la fille de son blouson et se faufila dans la pièce, le 38 pointé droit devant lui. Ses équipiers se séparèrent et longèrent les murs. Des relents de transpiration et de sperme empuantissaient l'atmosphère. Encore moites des étreintes sauvages, les revêtements des canapés et des bergères sentaient le fauve. Plusieurs cigarettes achevaient de se consumer dans une vasque en cristal décorée de nymphes. Seigner agita la main pour attirer l'attention de Vidal et désigna une porte entrouverte, à l'autre bout de la salle. Les paludiers la gagnèrent silencieusement et, au signal de Vidal, s'introduisirent dans le bureau de Baboukar, flingue au poing. Deux hommes inanimés gisaient au pied de la table en placage d'acajou, la poitrine tachée de sang et les yeux ouverts sur l'autre monde. Vidal nota avec soulagement que Pelletier n'était pas parmi eux. L'absence du Marseillais ravivait son inquiétude lorsqu'une silhouette s'encadra dans la porte d'en face. Les flics la prirent aussitôt pour point de mire.

— Hé ! s'indigna le type avec un mouvement de recul. Drôle de façon d'accueillir un ami !

— Tu es vivant ! se réjouit Ortal Mutz en rengainant son pistolet. Dieu soit loué !

— Tu nous as fichu une de ces frousses, soupira Seigner dont le rythme cardiaque revenait à la normale.

Vidal fixa le plafond lambrissé, comme s'il remerciait le ciel.

— J'ai cru qu'on t'avait perdu, confessa-t-il avec émotion.

Pelletier grimaça cependant que son chef lui tapait sur l'épaule.

— Tu es touché ! s'affola Mutz en voyant la marque rouge sombre sur son bras.

— La balle m'a éraflé, s'empressa de la rassurer Pelletier. Je l'ai échappé belle.

— Tu as mal ?

— Pas vraiment.

Après avoir appelé l'unité médico-légale et le laboratoire de la PTS sur son portable, Vidal alluma une cigarette pour décompresser.

— Raconte-nous ce qui s'est passé, reprit-il.

Le Marseillais montra les cadavres allongés sur le sol et expliqua :

— J'ignore comment, mais Rémi Machin-Chose savait que j'appartenais aux Stups. Alors que j'étais sur le départ, il a dégainé son CZ-22 et m'a tiré dessus sans sommation. Quand j'ai compris qu'il m'avait raté, j'ai pris mon revolver et je les ai étendus sur le carreau, lui et le Bûcheron. (Il remarqua qu'un bouton de sa chemise avait sauté.) J'ai paumé l'émetteur dans le feu de l'action.

— Qu'est devenu Baboukar ?

— Il s'est carapaté par-derrière avec sa petite amie, une certaine Tabatha. Dès qu'on rentrera au bercail, je plancherai sur son portrait-robot avec le dessinateur de la PJ.

— Et Bianchi ? demanda Seigner.

— Il est avec eux, déplora Pelletier.

Seigner remit son oreillette, guetta un signal.

— Je ne capte plus rien. Il a dû se débarrasser de son mouchard.

Pelletier termina son récit.

— Ils ont filé à bord d'un break avant que je les rattrape.

— Tu as relevé le numéro ? enchaîna Vidal.

— Il n'y avait pas de plaque, répondit le Marseillais.

— Pourquoi tu n'as pas appelé ? le réprimanda Seigner. On aurait pu les intercepter.

Pelletier souffla d'un air las.

— La batterie de mon cellulaire est à plat.

Mutz dressa les paumes en signe de protestation et lança à ses collègues sur le ton du reproche :

— Vous ne pourriez pas reporter cet interrogatoire ? Ange a besoin de repos. D'ailleurs, nous avons tous besoin de repos.

— Elle a raison, concéda Vidal.

Son mobile carillonna dans la poche de son blouson.

— Le légiste vient d'arriver, annonça-t-il après avoir éteint le téléphone. Vous ne serez pas surpris d'apprendre qu'il est à cran.

Seigner regarda sa montre : une heure du matin. Passé minuit, Raoul Bietri n'était pas à prendre avec des pincettes. Le commandant attrapa la bouteille de krug posée sur le bureau et déclara avec un soupçon de dérision :

— Ça devrait le détendre.

44

COUP D'ÉPÉE DANS L'EAU
POUR LA BRIGADE DES STUPÉFIANTS

Il y a trois jours, le lieutenant de Jason donnait une soirée déshabillée dans son hôtel particulier de Marnes-la-Coquette lorsque le groupe d'enquêteurs dirigé par le commissaire E. V. a investi les lieux. Deux hommes de l'Organisation ont été abattus pendant la descente de police. Le bras droit de Roland Picard, quant à lui, a échappé à ses poursuivants. La cellule communication des Stups du quai des Orfèvres ayant refusé de divulguer l'identité des suspects ainsi que les détails de l'opération, curieusement baptisée « la Pieuvre mutilée », nous ne sommes pas en mesure d'en révéler davantage.

Vidal reposa le journal sur son bureau et but un verre d'eau à longs traits. Quand il l'eut vidé, il attrapa les poches en plastique juchées sur une pile de dossiers évoquant la tour de Pise avant les travaux de restauration qui avaient réduit son inclinaison.

Rédigé par Pelletier, le rapport contenu dans la première mentionnait les informations disponibles sur Shabazz Baboukar. Natif de l'île de la Tortue, située au nord d'Haïti, Baboukar s'était installé en France six ans auparavant. Membre d'une société secrète vaudoue appelée la Croisée des chemins, il avait été arrêté à plusieurs reprises par la brigade anticriminalité de Créteil pour organisation de rites illégaux et immolation d'animaux domestiques. Depuis son interpellation pour pratique clandestine de la sorcellerie et endoctrinement de mineurs, trois ans plus tôt, il n'avait plus fait parler de lui. Les adeptes de la Croisée que Pelletier avait rencontrés l'avaient perdu de vue. Nul ne connaissait le pourquoi et le comment de son entrée au service de la Pieuvre.

La suite du compte rendu concernait le dispositif mis en place pour le repérer. Un dessinateur avait dressé son portrait-robot et celui de sa petite amie, la dénommée Tabatha, à partir des indications de Pelletier qui les avait faxés à tous les services de PJ, aux chefs de patrouille de la police urbaine de proximité, aux gares et aux aéroports. Jusqu'à présent, les fugitifs étaient introuvables. Rien n'indiquait qu'ils avaient quitté le pays. Le cellulaire de Baboukar était sur table d'écoute : cela faisait soixante-douze heures qu'il ne l'avait pas utilisé, autrement dit depuis la nuit où les flics avaient débarqué chez lui. Maintenant, il n'était pas impossible qu'il ait souscrit un autre contrat sous un faux nom pour pouvoir communiquer avec ses complices et, *a fortiori*, avec Jason. Par ailleurs, le groupe avait fouillé l'hôtel particulier de Marnes-la-Coquette de fond en comble dans l'espoir de dégoter un indice susceptible de mener à Baboukar, sans résultat.

Le second rapport résumait le parcours de Rémi Boutron, dit Droopy. Enfant à problèmes, Boutron avait été condamné à sa majorité à douze ans de prison pour détention et vente d'agents anabolisants et d'hormones de croissance. À peine était-il sorti de tôle que les Stups l'appréhendaient dans son appartement pour consommation de Grande Bleue et de kétamine. Vidal lut la suite avec un froncement de sourcils : emmené au 36, Droopy avait été interrogé par un officier de son équipe – le capitaine Joseph Bonada, aujourd'hui sous les verrous. Vidal comprit pourquoi Boutron avait reconnu Pelletier : il l'avait vu au quai des Orfèvres, durant sa garde à vue.

Tandis que le commissaire survolait le curriculum vitæ d'Anthony Loguera, dit le Bûcheron, quelqu'un gratta à la porte. Pelletier attendit sur le seuil que son supérieur lui fasse signe d'entrer.

— Qu'y a-t-il ? s'enquit celui-ci.

Le capitaine marcha jusqu'au bureau et déposa devant Vidal une boîte en carton fort.

— Un colis pour toi.

La méfiance s'inscrivit sur le visage de Vidal.

— On l'a passé au détecteur de métaux, le rassura Pelletier.

Son chef fourgonna dans un tiroir, trouva un cutter dont il se servit pour couper le ruban adhésif qui immobilisait le couvercle. Comme il ôtait ce dernier, il reçut une bouffée d'air pestilentielle en pleine figure et se boucha aussitôt le nez. Les traits tordus de dégoût, son partenaire l'imita et s'écria d'une voix nasillarde :

— La vache ! Qu'est-ce que c'est ?

Vidal prit son courage à deux mains puis se pencha sur la boîte.

— Les… barbares, balbutia-t-il, stupéfait.

Le Marseillais regarda à son tour, le cœur au bord des lèvres. Calée par des morceaux de polystyrène constellés de gouttes de sang séché, hâve et pétrifiée comme une reproduction en cire exprimant à la fois la souffrance et l'épouvante, la tête de Francis Bianchi semblait maquillée pour une apparition dans un film d'horreur à petit budget. Fichées dans ses paupières, des épingles à double pointe maintenaient ses yeux ouverts.

— Qui l'a apportée ? demanda Vidal.

— Un coursier.

— Tu l'as vu ?

— Non.

— Qui l'a réceptionnée ?

— Les chaussettes à clous de faction.

— J'espère qu'ils seront à même de nous donner son signalement.

Vidal mit les gants de latex qu'il gardait dans le troisième tiroir du bureau, referma son pouce et son index sur le billet de cinq cents euros coincé entre les lèvres du défunt et le tira vers lui avec précaution.

— Il doit provenir du fourre-tout qui contenait l'argent du contrat, présuma Pelletier.

L'assassin avait écrit ces mots au feutre noir sur l'envers :

BALANCE UN JOUR, BALANCE TOUJOURS

En début d'après-midi, Vidal tomba sur Ortal Mutz dans un couloir du quatrième étage. Le commissaire prit la jeune femme par le bras et, tandis qu'ils marchaient de conserve, lui parla du colis qu'il avait reçu. Horrifiée, Mutz fit halte et demanda :

— Vous avez la description du coursier ?

Vidal se mordit la lèvre d'un air dépité.

— Non. Selon les gardiens de la paix, il était à moto et portait un casque intégral.

— Où est la tête de Bianchi à présent ?

— Dans un casier frigorifique de l'IML du quai de la Rapée. Le légiste doit me contacter demain matin pour me donner des précisions sur l'arme utilisée par le tueur et me dire si la mort est antérieure ou postérieure à la décapitation.

— Seigner est au parfum ?

— Non.

Le portable de Vidal piaula. Le numéro du juge d'instruction apparut sur l'écran.

— Parfois, j'ai envie d'attaquer Bottreau pour harcèlement téléphonique, pesta-t-il. À plus tard.

Mutz le regarda s'éloigner, encore sous le choc.

45

Assis à son bureau, Vidal tournait et retournait les faces multicolores d'un vieux Rubik's Cube quand son cellulaire joua les premières notes de *The West Side* de Phil Collins. Il lâcha le casse-tête à contrecœur, s'empara du mobile et pressa la touche OK.

— Vidal, grogna-t-il dans le microphone.

La voix du lieutenant Emmanuel Charlier satura l'écouteur, agressant le nerf auditif du commissaire :

— Il faut que je vous parle.

— De quoi s'agit-il ?

— Pas au téléphone, murmura Charlier avec une fermeté inaccoutumée. Retrouvez-moi au séchoir dans dix minutes.

Il coupa la communication à l'instant où son supérieur commençait à protester.

La pièce se situait au cinquième étage du bâtiment de la police judiciaire, sous les toits. Les enquêteurs déposaient les effets des victimes d'homicide dans ce local bien aéré, afin qu'ils puissent sécher le cas échéant.

Vidal entra et, avant toute chose, attrapa la clé sur le compteur électrique : une légende datant d'un demi-siècle rapportait que celui qui pénétrait dans le séchoir devait garder la clé sur lui jusqu'à son départ, sinon le fantôme du quai des Orfèvres l'enfermerait et l'étranglerait avec le vêtement d'un mort. Vidal monta le petit escalier en colimaçon et prit connaissance du plat du jour en atteignant la dernière marche : une robe en mousseline de soie fleurie et un bustier en similicuir étaient suspendus à un portant ; des paires de ballerines, d'escarpins et de bottines étaient disposées en rang d'oignons sur la bâche en plastique recouvrant le sol. Le vent frais qui s'engouffrait par la fenêtre adoucissait l'odeur tenace du sang et des fluides corporels. Vidal gravit les quatre marches de bois qui menaient au toit, poussa le battant de la fenêtre pour l'ouvrir complètement et sortit. Tout en respirant à pleins poumons, il contempla la Seine, les immeubles et les monuments de la capitale qui s'étendaient sur des kilomètres, en contrebas du 36.

Un bruit de pas résonna dans l'escalier et Charlier apparut, un attaché-case orné de l'emblème de la brigade des stupéfiants à la main. Agité, le visage blême et le regard craintif d'un animal traqué, il évoquait un malade mental qui reprenait contact avec la réalité après des années d'internement.

— Qu'y a-t-il ? s'alarma Vidal.

Le lieutenant s'adossa à une cheminée sans piper mot, tira un ordinateur portable de la mallette et le posa sur ses genoux avec une effervescence qui donna le tournis au commissaire.

— J'ai un truc à vous montrer, articula-t-il avec un mélange de fièvre et d'anxiété.

Bien qu'il fût désorienté par la conduite incohérente

du jeune homme, Vidal s'accroupit près de lui et se résigna à l'écouter. Charlier épongea avec un mouchoir en papier la sueur qui emperlait son front et commença :

— J'ai terminé l'analyse de la vidéocassette que Jason vous a envoyée. J'ai gravé le message de Roland sur un DVD-Rom. (Il inséra le disque en question dans le lecteur du portable.) Il m'a fallu trois nuits pour le faire parler.

Vidal le fixa avec étonnement.

— Je ne te suis pas, se plaignit-il tandis que la figure haineuse de Picard emplissait l'écran.

Charlier baissa le son pour couper court aux vociférations du trafiquant de drogue et assena :

— La bande est truquée.

Vidal écarquilla les yeux, ébaubi.

— Tu insinues que ce gars n'est pas Roland ?

— L'homme que vous voyez est bien Picard, seulement, il n'a jamais proféré ces menaces de mort.

— C'est bien sa voix, je ne rêve pas ! s'obstina Vidal.

Le lieutenant entreprit de développer son raisonnement.

— La séquence a été calculée par informatique. Le type qui est derrière le Caméscope a fabriqué une fausse vidéo à partir de la vraie. Après avoir traité certaines données de l'enregistrement – à savoir la voix de Picard et les mouvements de ses lèvres –, de sorte qu'il soit possible de les combiner à l'infini, l'ordinateur a intégré à une copie de la cassette des paroles que Roland n'a jamais prononcées.

— Épargne-moi tes explications à la noix, le pressa le commissaire qui bouillait d'impatience. Tu as réussi à reconstituer ses propos ?

Charlier renonça à poursuivre son exposé et appuya

sur une touche de fonction du clavier pour lire la piste suivante du DVD-Rom.

— Oui, soupira-t-il en augmentant le volume. Vous n'allez pas en revenir.

Sur l'écran, le cadreur manœuvra le zoom du Caméscope de manière à obtenir un plan rapproché de Picard.

— Tant que votre patron n'aura pas fait preuve de bonne volonté, je ne coopérerai plus, lâcha celui-ci d'un ton belliqueux. Nous avions un accord : ma liberté en échange de deux coups de fil. (Il cala ses lunettes de l'index.) J'ai appelé Vidal pour le sommer de restituer la came, comme vous me l'avez demandé. (Il marcha vers la caméra, s'arrêta subitement et la regarda de ses yeux brillants d'animosité.) J'ai rempli vos conditions, alors qu'attendez-vous pour me relâcher ? (L'objectif altéra sa face.) Même si je le voulais, je ne pourrais pas vous nuire une fois dehors : j'ignore qui vous êtes et où nous sommes ; de plus, mes collègues sont d'ores et déjà persuadés que je suis Jason. Je n'arriverai pas à les convaincre du contraire, quoi que je dise pour ma défense. (Il succomba à la fureur.) Arrêtez de me filmer !

Le « court métrage » prit fin. Vidal entrouvrit la bouche d'un air ahuri et bredouilla :

— Ce bidonnage ne rime à rien. (Il tourna son visage blafard vers Charlier qui paraissait soulagé de ne plus être le seul à connaître la vérité.) Pourquoi la Pieuvre veut-elle nous faire croire que Roland est Jason ?

Charlier se hâta d'éjecter le disque et d'éteindre le portable.

— Je n'en ai aucune idée.

Vidal réfléchit en fronçant les sourcils.

— Depuis le début, Jason est informé de tous nos faits et gestes. Jusqu'ici, nous avons privilégié l'hypothèse selon laquelle une taupe le rencarde. (Il montra l'ordinateur.) Cette diversion n'a de sens que si nous le fréquentons sans le savoir. Ses employeurs se sont donné tout ce mal car ils redoutent que nous le démasquions.

Charlier décortiqua mentalement ce commentaire.

— Pendant que vous lanciez la meute sur le faux Jason, le vrai avait le champ libre au sein des Stups.

— En effet.

Charlier sortit une photo de l'attaché-case et la lui tendit.

— J'ai gardé le meilleur pour la fin, souffla-t-il. Ceci est un agrandissement du verre droit des lunettes de Picard.

Le commissaire zieuta la forme qui se reflétait dans le verre : un cheval jaune et bleu portant une longue corne torsadée au milieu du chanfrein. Une mimique incrédule passa sur la figure de Vidal.

— Une licorne ? Aurais-tu la bonté de m'expliquer ?

— J'ai mené ma petite enquête, repartit Charlier. La licorne bicolore était le logo de Destination Mode, une marque de prêt-à-porter féminin. Prosper Dana, le P-DG de la boîte, a mis la clé sous la porte il y a un an.

— Si tu allais au fait, râla Vidal.

— Dana officiait dans le IIe, continua l'informaticien sans se démonter. Il avait un magasin de vente en gros passage du Caire et un entrepôt où il stockait les vêtements en provenance de son usine marocaine rue Réaumur. Le commerce ayant été racheté par un fabricant d'accessoires propre en affaires, j'ai concentré mes recherches sur le dépôt, sis au 35, rue Réaumur. Depuis six mois, il est loué par un certain Roger Nozay. Le mois dernier, le groupe Hortefeux l'a cueilli en flagrant délit de vente de narcotiques et d'héroïne à la sortie d'un lycée.

Vidal le considéra avec intérêt.

— De combien a-t-il écopé ?

— Il a été relaxé : son avocat a prouvé qu'il avait été victime de violences policières durant sa garde à vue.

Les yeux de Vidal s'allumèrent.

— Tu crois que Nozay bosse pour la Pieuvre et qu'il retient Picard prisonnier dans cet entrepôt ?

Charlier opina du bonnet et pointa un doigt vers la licorne providentielle.

— Il a commis une grossière erreur en laissant les locaux en l'état. Il aurait dû les rénover.

L'optimisme colora les joues de Vidal, qui ébaucha un sourire.

— Il ne nous reste plus qu'à aller chercher Roland.

L'inquiétude assombrit la face de Charlier.

— J'espère qu'il n'est pas trop tard.

— Ils ont besoin de lui pour continuer à nous berner, le rassura Vidal.

— Et s'il n'est plus là-bas ?

— Il y a des chances qu'ils l'aient emmené ailleurs, admit Vidal. Nous devons tenter le coup. (Il donna une tape chaleureuse sur l'épaule de Charlier.) Tu as bien bossé, Emmanuel. Si un jour tu postules au poste d'enquêteur, fais-moi signe. J'appuierai ta candidature.

Charlier le remercia, embrassa le panorama d'un regard pensif avant de demander :

— Vous comptez aviser vos équipiers ?

Vidal le dévisagea comme s'il venait de prononcer une énormité.

— J'ai confiance en eux.

Charlier inspira et énonça d'un ton méfiant :

— Si Jason a infiltré la brigade, *tous* les paludiers

sont des suspects potentiels. (Il désigna le DVD-Rom et la photographie.) Si l'un d'eux est Jason et s'il apprend que des preuves matérielles susceptibles de lui nuire existent, il cherchera à les détruire.

Vidal parut peser le pour et le contre.

— Je leur dirai que j'ai été informé de la situation par un appel anonyme, décréta-t-il. Je ne leur parlerai ni du disque ni du cliché. Mets-les en lieu sûr. Nous serons les seuls à savoir où ils se trouvent. (Charlier acquiesça en silence.) Je les remettrai au juge d'instruction dès que nous aurons libéré Picard.

Alors que Charlier rangeait le portable dans la mallette, Vidal partit en quête de ses collègues.

46

Le groupe quitta le quai des Orfèvres à la tombée de la nuit, après que Vidal eut mis ses équipiers au fait. Le commissaire était assis à côté de Pelletier dans la Peugeot qui fonçait en direction du Sentier, gyrophare tournoyant et sirène hurlante. Avec des mouvements exercés, il chargea le Smith & Wesson, le glissa dans son étui et enfila un gilet pare-balles. À bord de la Ford Mondeo conduite par une Ortal Mutz survoltée, Seigner exécutait les mêmes gestes.

Pelletier se gara rue Réaumur, coupa le moteur et éteignit les feux de la 306. Vidal et le capitaine attendirent que Mutz déniche une place, le long du trottoir opposé, pour descendre de voiture et courir vers l'immeuble qui abritait l'entrepôt. Ils traversèrent le porche au pas de charge. Le dépôt se trouvait au fond de la cour pavée. Lorsque Mutz et Seigner les eurent rejoints, Vidal tira sur la patte de rétention de l'étui à sa hanche, se saisit de son revolver et s'écria :

— Police ! Ouvrez !

Comme personne ne répondait, le Marseillais sortit

une pince-monseigneur des plis de sa parka et entreprit de forcer la porte. Il l'enfonça d'un coup d'épaule quand le bois fut bien entamé puis s'écarta pour que les autres puissent se faufiler en file indienne dans le bâtiment plongé dans le noir. Le 38 dans une main et une torche électrique dans l'autre, Vidal ouvrait la marche.

— Il y a quelqu'un ? lança-t-il.

Les parois répercutèrent sa voix et le silence s'imposa de nouveau.

Soudain, plusieurs interrupteurs fixés à un pilier apparurent à la lumière de la lampe. Vidal les pressa un à un et les néons du plafond s'allumèrent avec un bourdonnement. Rien n'indiquait que Roger Nozay vivait ici : pas de meubles ni de chauffage. En revanche, des affichettes montrant la licorne de Destination Mode étaient collées sur les murs et des cartons vides traînaient par-ci, par-là. L'équipe parcourut une dizaine de mètres avant d'atteindre le centre du hangar, vide à l'exception d'un fauteuil en cuir marron qui baignait dans la clarté d'un néon. On eût dit le décor minimaliste d'un one man show. Le siège étant orienté vers les piliers métalliques opposés, Mutz se déplaça sur sa gauche pour voir s'il était occupé. La jeune femme aperçut les doigts sur l'accotoir, braqua le Glock et ajusta le dossier.

— Monsieur Nozay ? s'écria-t-elle. Nous sommes de la police !

Seigner prit le relais de sa collègue :

— Mettez les mains en l'air et levez-vous !

L'inconnu ne répondit pas à cette sommation. Les flics s'avancèrent vers le fauteuil à pas de loup. Lorsqu'ils furent suffisamment près, Vidal appliqua le canon de son arme sur le crâne de l'homme et Pelletier lui fit face avec célérité. Affalé dans le siège, les yeux clos et la tête reposant sur l'épaule, celui-ci semblait dormir du sommeil du juste. Du sang tachait son pull à col roulé, au niveau de sa poitrine.

Pelletier frémit en le reconnaissant.

— Merde ! jura-t-il.

Mutz, Vidal et Seigner se hâtèrent de le rejoindre, identifièrent Picard à leur tour. Mutz s'empressa de prendre le pouls de l'officier. Elle afficha une mine déconfite avant de lâcher, au bord des larmes :

— Il est mort.

Quand la colère eut pris le pas sur la tristesse, Vidal balança son flingue à travers l'entrepôt avec un hurlement.

47

Après que la PTS eut ratissé le hangar et que l'antenne médico-légale eut procédé à la levée du corps de Picard, Vidal emprunta la 306 du Marseillais puis regagna le quai des Orfèvres en trombe.

Il était tard – la montre de bord de la voiture indiquait une heure du matin – mais les récents événements avaient bouleversé le commissaire et il avait besoin d'entendre la voix de Claire. Il se gara sur le parking, s'engouffra dans le bâtiment de la PJ et monta au quatrième étage à toute allure. Le divisionnaire Cornavain était parti depuis longtemps. Par chance, la porte de son bureau n'était pas fermée à clé. Vidal entra discrètement dans la pièce, s'assit à la table et composa le numéro d'Alexandra, la jeune femme qui hébergeait Claire, sur le téléphone sécurisé.

À la cinquième sonnerie, Alexandra répondit d'une voix ensommeillée.

— Allô !

— Je suis confus de te réveiller, Alexandra.

Elle bâilla avant de continuer :

— Qui est à l'appareil ?

— Eric.

La profonde inspiration d'Alexandra trahit son embarras. Conformément à la recommandation de son compagnon, Claire lui avait caché la vérité afin de ne pas l'affoler, prétextant que son couple traversait une crise et qu'elle avait besoin de prendre du recul.

— Tu peux me passer Claire, s'il te plaît ?

Alexandra se racla la gorge et prononça avec une politesse glacée :

— Elle n'est pas ici, Eric.

Vidal joua la comédie malgré lui.

— Allons, Alex ! Tu es sa meilleure amie ! Dis-lui que je suis au téléphone. Si elle refuse de me parler, je raccrocherai.

Il y eut des chuchotements à l'autre bout du fil. Le commissaire devina qu'Alexandra transmettait son message à qui de droit. Dix secondes s'écoulèrent avant que la voix de Claire ne remplace celle de son amie dans l'écouteur.

— Qu'est-ce qu'il y a, Eric ? s'inquiéta-t-elle.

— Rien, rassure-toi. Je voulais juste te dire que tu me manques.

Claire avala sa salive sous l'effet de l'émotion.

— Toi aussi.

— Tu me connais : passé minuit, j'ai tendance à être d'un romantisme exacerbé.

— Où en es-tu ? L'enquête progresse ?

— Bof ! Je préférerais changer de sujet.

— D'accord. Tu te confierais à moi si ça n'allait pas ?

— Évidemment. Tu t'entends bien avec Alexandra ?

— À merveille. Elle me bichonne.

— C'est une chic fille.

— Elle est adorable, renchérit Claire. Quand pourrai-je rentrer chez nous ?

Vidal eut une réponse à la fois laconique et évasive.

— Bientôt.

— Quand ? insista-t-elle.

— Lorsque j'aurai découvert la véritable identité de Jason.

— Je croyais que Picard était Jason.

— J'ai la preuve de son innocence.

Le silence de Claire dénotait l'étonnement.

— Tu l'as vu ? Où est-il ?

Conscient qu'elle finirait par apprendre la vérité – la mort de Picard ferait la une de tous les quotidiens du soir –, Vidal se décida à casser le morceau :

— Dans un casier frigorifique de l'IML.

— Oh, Eric ! Je suis… désolée.

Il poussa un soupir d'accablement et poursuivit :

— Si Dieu existe, il ne me pardonnera pas d'avoir mis Roland sur la sellette. Je l'ai traité comme un chien. Le pire, c'est que je ne m'en rendais pas compte. Est-il possible de tomber si bas ?

— L'inimitié que tu avais pour lui ne te rend pas responsable de sa mort, tenta de le réconforter Claire qui avait perçu le mélange de remords et de désespoir dans sa voix. Je sens que tu vas très mal. Tu es sûr que tu ne veux pas que je vienne ?

Le commissaire se ressaisit et affirma :

— Certain.

Il songea à ce que Karine, son ex-femme, lui avait dit. Il eut envie de demander à Claire de l'épouser mais se ravisa au dernier moment, jugeant préférable d'attendre son retour.

— Tant que je n'aurai pas alpagué le type qui tire les

ficelles, tu seras en danger, enchaîna-t-il. Va te coucher à présent.

— Prends soin de toi. Je t'aime.

— Moi aussi.

Vidal raccrocha et sortit comme il était entré, incognito. À peine eut-il atteint le parking que son portable vibra dans la poche de son blouson.

— Je viens d'apprendre la nouvelle, commença Jean-Luc Bottreau d'un ton apitoyé. Vous n'avez rien à vous reprocher. Le coup était monté de façon que vous ne puissiez pas deviner que Picard était innocent.

Bien que l'envie d'expédier le magistrat le démangeât, Vidal s'efforça d'être poli.

— Je vous sais gré de votre sollicitude, monsieur le juge.

— Vous avez prévenu sa famille ?

— Pas encore. Je ne m'en sens pas le courage.

— Voulez-vous que je m'en charge ?

Vidal maudit la lâcheté de sa réponse et se rattrapa d'une voix aussi convaincante que possible :

— Non, ça ira.

— Selon le commandant Seigner, un homme vous a appelé pour vous dire où se trouvait Picard.

Vidal hésita avant de repartir :

— Pas exactement, monsieur le juge.

Le silence de Bottreau, plus significatif qu'aucune parole, perturba Vidal qui finit par confesser :

— Nous disposons d'une vidéo qui met Roland hors de cause.

— J'aimerais la visionner.

— Un coursier la déposera à votre cabinet dans la matinée.

— Maintenant, trancha Bottreau.

— Je ne voudrais pas vous déranger.

— Mme Bottreau est absente. Quant à moi, je suis insomniaque.

Le commissaire introduisit la clé dans la serrure de la Peugeot, ouvrit la portière et s'installa derrière le volant avec des mouvements las.

— Je vais la chercher chez le lieutenant Charlier et je vous l'apporte.

Il allait couper la communication lorsque Bottreau demanda :

— Où en est l'enquête sur Shabazz Baboukar ?

Vidal manœuvra le rétroviseur intérieur afin qu'il ne reflète plus son visage défait.

— Elle piétine. Pourtant, nous avons employé les grands moyens pour le retrouver. (Il soupira d'un air écœuré.) J'ai parfois l'impression que nous avons affaire à un fantôme.

— Vous n'êtes pas le seul, admit son interlocuteur. Je vous attends.

— À tout de suite, monsieur le juge.

Vidal éteignit le mobile et démarra.

48

Jason or not Jason ?

Le cadavre de Roland Picard, alias Jason, a été découvert hier soir dans un ancien dépôt du Sentier. Les premiers éléments de l'enquête, conduite par le commandant E. S. de la Criminelle, permettent d'affirmer que Picard a été abattu d'une balle en plein cœur. Au cours de la conférence de presse organisée ce matin au quai des Orfèvres, le commissaire E. V. a créé la surprise en prétendant détenir une vidéocassette de nature à prouver que Picard n'était pas Jason. Cette pièce à conviction qui, selon les dires du chef de groupe, innocente Picard sans toutefois receler d'indications sur la véritable identité du trafiquant, se trouverait actuellement dans un coffre de la préfecture de police de Paris.

Jason replia le quotidien du soir avec une mimique narquoise et jeta un coup d'œil sur la pendule accrochée au mur : vingt-deux heures. Jugeant qu'il était temps de rentrer chez lui, il prit ses affaires et quitta son bureau. Après avoir salué les flics qui, dans le couloir, daubaient sur le compte du divisionnaire Cornavain, il gagna le parking du 36. Une fois dans sa voiture, il démarra le moteur et régla le sélecteur de température de façon à obtenir un chauffage rapide de l'habitacle. En route, il téléphona à Shabazz et lui exposa sur le mode de la conversation codée le programme du lendemain, à savoir la livraison de trente kilos de Grande Bleue à Iga Watanabe, la plus grosse cliente japonaise de la Pieuvre.

Lorsqu'il arriva à destination, un éclair zébra le ciel et la pluie tinta sur la carrosserie de l'auto. Il se gara, descendit du véhicule en hâte et courut jusqu'à l'immeuble où il vivait. Parvenu au cinquième étage, il s'arrêta devant la porte de son appartement et tourna la clé dans la serrure. Sans cesser de siffloter, il suspendit sa parka dans la penderie du vestibule puis se rendit au salon. Tandis qu'il cherchait à tâtons le bouton de la lampe posée sur le guéridon, une lumière jaillit sur sa droite. Aveuglé, il plissa les yeux.

— Enfin, te voilà, laissa tomber une voix de femme. Je commençais à trouver le temps long.

Assise sur le canapé, une cigarette fumante entre l'index et le majeur, Ortal Mutz fixait son amant d'un air aguicheur. Jason prenait un risque énorme en sortant avec un membre de la brigade qui ignorait tout de ses activités extraprofessionnelles, mais jusqu'ici les plaisirs de la chair l'avaient emporté sur la raison. Quoiqu'il fût conscient du danger, il avait remis à Ortal un double des clés de son appartement. Ainsi, elle débarquait chez lui chaque fois qu'elle en avait envie, le plus souvent en vue de faire l'amour.

Du mascara noir et un rouge à lèvres franc

rehaussaient la carnation d'habitude très pâle de la jeune femme. Sa peau exhalait une odeur délicieuse qui flottait dans la pièce comme un encens. Jason identifia le parfum qu'il lui avait offert : un mélange de mimosa, d'angélique et de benjoin. Il remarqua qu'elle avait ramassé ses cheveux en chignon de danseuse, pas trop bas sur la nuque. Il adorait cette coiffure. Un matin, après qu'elle eut passé la nuit avec lui, il l'avait observée entrelacer ses mèches et les fixer avec deux ou trois épingles. « Simple mais érotique », lui avait-il dit.

Il brûla de désir en voyant la nuisette sexy et les escarpins à talons aiguilles.

— Tu m'as l'air d'avoir le cœur en fête, articula-t-il.

Ortal écrasa sa sèche dans le cendrier d'un geste lascif, se leva et se déhancha comme une nymphette. Elle se colla à Jason et effleura son entrecuisse, affichant clairement ses intentions.

— Moi, je dirais plutôt le *corps* en fête, lui susurra-t-elle à l'oreille avec un accent de sensualité. Ce soir, je serai celle que tu veux. (Elle lui lécha le menton et la joue.) Celle dont tu rêves. Tu n'as qu'à demander. (Elle déboutonna la braguette de son pantalon, baissa son slip et taquina son sexe du bout des doigts.) À moins que tu ne sois fatigué.

Son sourire s'élargissait à mesure que le membre de Jason grossissait dans sa paume. Il l'embrassa sur la bouche, glissa une main dans son string en nylon nacré brodé de paillettes sur le devant. Ortal l'encouragea à descendre plus bas, sous les boucles du pubis.

— Tu sens comme je suis excitée ? murmura-t-elle, les traits détendus et les yeux fermés. Tu ne peux pas me laisser dans cet état-là. (Elle lui lança un regard sans équivoque, ôta son déshabillé et sa culotte.) Prends-moi.

Le cœur cognant à grands coups, Jason l'attrapa par

les cuisses, la souleva et l'appuya contre le mur. Elle enroula les bras autour de son cou et ses jambes autour de sa taille.

— Oui, gémit-elle quand il la pénétra. Donne-moi du plaisir.

Jason allait et venait en elle avec fougue. Après qu'ils eurent joui, ils demeurèrent enlacés un moment, la respiration haletante et le corps dégoulinant de sueur, puis s'allongèrent sur le tapis persan à leurs pieds. Ortal posa la tête sur la poitrine de son amant et s'enquit :

— C'était bon ?

Jason eut un soupir extatique.

— Mieux que ça, chuchota-t-il.

Tout en jouant avec les poils de son torse, Ortal annonça :

— Je tiens à ce que tu gardes un bon souvenir de moi.

Intrigué par ce commentaire, Jason prit la tête d'Ortal dans ses mains et la tourna vers lui, de façon à rencontrer son regard.

— Pourquoi dis-tu cela ?

Ortal déglutit avant de déclarer d'un ton solennel :

— Je ne reviendrai pas. Nous deux, c'est fini.

Le sourire de Jason se mua en grimace.

— Tu es sérieuse ? se rebiffa-t-il.

Ortal acquiesça.

— Considère cette visite-surprise comme un cadeau d'adieu.

Devinant la raison de cette rupture aussi soudaine qu'inattendue, Jason dévisagea Ortal d'un air à la fois méprisant et ombrageux.

— Tu vois un autre homme ?

Les yeux d'Ortal flamboyèrent.

— Tu n'y es pas du tout, s'énerva-t-elle. Au début, je

trouvais excitante l'idée que personne ne soit au courant de notre liaison. (Elle se rembrunit.) Plus maintenant.

Jason arbora une expression conciliante.

— Je t'ai demandé de ne rien dire aux autres pour préserver notre couple.

Outrée par sa mauvaise foi, Ortal se releva et commença à se rhabiller.

— Tu racontes des foutaises, rétorqua-t-elle en enfilant son manteau et ses gants. La vérité, c'est que tu n'es pas prêt à t'engager.

Jason se renfrogna à cette remarque. Il se redressa à son tour, observa Ortal se diriger vers la porte d'entrée.

— Tu ne peux pas nier l'évidence, gronda-t-il en pointant un doigt accusateur vers elle. Nous adorons faire l'amour ensemble.

La jeune femme s'immobilisa dans le couloir et pivota vers Jason qui marchait sur ses talons.

— Tout le problème est là, énonça-t-elle avec une placidité glaçante. Le sexe est la seule chose qui nous lie. J'arrive à un moment de ma vie où j'ai besoin de sentiments. J'espère que le boulot ne pâtira pas de notre séparation. À demain.

Elle baissa la tête et sortit.

Après son départ, Jason passa ses nerfs sur l'appartement.

49

Vidal arriva quai des Orfèvres à neuf heures tapantes.

Il croisa le commissaire Paul Legac, le créateur de l'unité Avalanche, dans l'escalier A du bâtiment de la PJ. Depuis des mois, Legac traquait un tueur en série dont le *modus operandi* rappelait celui du redoutable Janus. Les deux policiers échangèrent des banalités puis Vidal grimpa au quatrième étage. Après avoir serré la main du capitaine Maxime Pujol, le procédurier du groupe Sagane, il gagna le bureau de Seigner à grands pas. Comme il entrait sans frapper, le commandant s'empressa de glisser la revue porno qu'il feuilletait sous une pile de dossiers. Quoiqu'il eût remarqué le manège de son collègue, Vidal feignit de ne pas s'en être aperçu. Il referma la porte et se laissa tomber sur une chaise avec une mine tracassée.

— Quel bon vent t'amène ? demanda Seigner en affectant la décontraction.

Vidal inclina le buste vers lui, posa ses mains à plat sur la table et répondit avec une note de douleur dans la voix :

— Je n'arrête pas de penser à Roland.

Seigner ouvrit le premier tiroir du bureau, souleva un exemplaire défraîchi de *Crime et châtiment* et attrapa un cahier de papier à cigarettes ainsi qu'un paquet de tabac.

— Tu n'es pas le seul, confessa-t-il dans un soupir. J'ai rêvé de lui cette nuit. Il ne méritait pas de finir ainsi.

Bourrelé de remords, Vidal fit son *mea culpa* :

— Je m'en veux de l'avoir mis au ban du groupe. J'ai été… minable. (Seigner ne se risqua pas à approuver.) Le juge a envoyé une copie de la cassette à ses parents. Après l'avoir vue, la mère de Roland m'a appelé pour me dire mes quatre vérités. Elle considère que je suis responsable de l'enlèvement et de la mort de son fils. (Il afficha une mine dépitée.) Elle ne me pardonnera jamais de l'avoir suspecté.

— Ce n'est pas ta faute, intervint Seigner avec fermeté. Nous sommes *tous* tombés dans le panneau.

Vidal marqua une pause et ajouta :

— Il y a une chose dont j'aimerais t'entretenir.

— Je suis tout ouïe.

À présent, l'expression de Vidal dénotait la confusion.

— J'ai l'impression de perdre la boule, Yvan.

Alarmé par la détresse qu'il avait perçue dans la voix de son chef, Seigner interrompit la répartition des brins de tabac dans le creux de la feuille pliée.

— C'est si grave que ça ?

Vidal remua la tête en signe d'approbation.

— Je croyais que nous avions vécu le pire, prononça-t-il. J'étais loin du compte. (Il fixa la porte, prêt à partir, mais se ravisa.) J'ai essayé de me persuader que je faisais fausse route. Chaque fois, tout me ramène à lui.

— De qui parles-tu ?

Vidal se mordit la lèvre inférieure.

— De Pelletier.

Les sourcils de Seigner se froncèrent.

— Je ne te suis pas.

— Le décryptage de la vidéo confirme que Jason a infiltré les Stups.

Le sous-entendu n'échappa pas à Seigner, qui resta confondu quelques secondes avant de s'enquérir :

— Pourquoi le Marseillais aurait-il pactisé avec la Pieuvre ?

— Pour le flouze, je suppose.

L'indignation et l'incrédulité s'affrontaient sur la figure de Seigner.

— Je te signale qu'il s'agit de ton meilleur pote.

Cette remarque affecta Vidal, néanmoins il persista :

— Je dois me rendre à l'évidence.

Tout en roulant la sèche, Seigner protesta avec la véhémence d'un avocat en pleine plaidoirie :

— Ange est l'un des flics les plus intègres de la brigade. (Il secoua la tête d'un air écœuré et orienta la flamme de son briquet vers l'extrémité de la clope.) Je n'arrive pas à croire que tu le soupçonnes d'intelligence avec les caïds de la drogue.

— Je comprends ta réaction, continua Vidal que cette discussion mettait au supplice. J'ai longtemps raisonné comme toi. Même quand le comportement de Pelletier me paraissait louche, l'attachement que j'éprouvais à son égard finissait toujours par obscurcir mon jugement. Aujourd'hui, j'ai le recul nécessaire pour apprécier la situation et discerner le vrai du faux.

— Tu as une drôle de conception de l'amitié, assena Seigner.

Cette critique déchaîna la colère du commissaire.

— Putain de merde ! tonna-t-il en frappant la table

du poing. Tu crois peut-être que je le mets sur la sellette de gaieté de cœur ? Ce mec a risqué sa vie pour moi à deux reprises, il m'a ramassé à la petite cuillère lorsque Tessa s'est suicidée et, pour compléter le tout, Claire l'adore ! Le suspecter est un vrai martyre, alors ne viens pas m'emmerder avec ton sermon sur l'amitié !

Cette déferlante incita Seigner à changer de cap.

— Quelles preuves as-tu ?

Vidal s'efforça de recouvrer son calme et demanda :

— Tu te souviens de la nuit où nous avons investi l'hôtel particulier de Shabazz Baboukar ?

— Je ne suis pas près de l'oublier.

— Ange était dans cette pièce avec cinq personnes hostiles, l'une d'elles braquant un CZ-22 sur lui, et il s'en est sorti avec une simple éraflure. Comment est-ce possible ?

Seigner aspira une bouffée de tabac et donna sa version :

— Dans ce genre de situation, on agit avant de réfléchir : il a dégainé et a tiré dans le tas. Le fait qu'il ait buté ces gorilles démontre qu'il ne roule pas pour la Pieuvre.

Son supérieur écarta l'assertion d'un geste.

— Si tu veux mon avis, cette tuerie était destinée à le rendre insoupçonnable.

— Tu divagues, soupira Seigner.

Vidal leva les yeux au ciel.

— Tu crois qu'une organisation criminelle hésiterait à sacrifier un ou plusieurs éléments si cela lui permettait de protéger les arrières de la taupe qu'elle a placée dans le camp adverse ? Pelletier n'a raconté que des bobards. J'ai le sentiment que la batterie de son portable n'était pas à plat et que le break de Baboukar avait une plaque minéralogique, contrairement à ce qu'il a déclaré.

— Tu penses qu'il a laissé Baboukar et sa clique prendre la fuite ?

— Je ne vois pas d'autre explication.

Le regard rivé sur l'affiche de *Blow Up* qu'il avait collée au mur, Seigner gardait le silence. Devinant que le doute s'était insinué dans son esprit, Vidal ajouta :

— De plus, j'ai été choqué par la facilité avec laquelle il a mis en cause Bonada et Picard.

Le commandant vida le cendrier plein de mégots ratatinés dans la poubelle à ses pieds, le reposa sur la table et écrasa sa cigarette à moitié consumée. Puis, sans un mot, il se leva et marcha jusqu'à la fenêtre du bureau. Tandis qu'il suivait le cheminement d'un bateau-mouche sur la Seine, il admit avec un accent de fatalisme :

— Je te connais : tu ne te montrerais pas aussi affirmatif si tu n'avais pas dégoté des preuves.

Vidal le rejoignit, ouvrit le rapport broché qu'il avait à la main à la dernière page et le tendit à Seigner qui lut la conclusion que le capitaine Périne, le chef du département balistique de l'Institut de recherche criminelle de Rosny-sous-Bois, avait rédigé la veille :

Les balles extraites des corps des officiers de police Jacques Illouz et Roland Picard sont de calibre 22 long rifle et portent des rayures dont le sens de rotation, la largeur et le pas sont identiques : cela signifie qu'elles proviennent d'une seule et même arme.

Seigner referma le rapport et fixa le commissaire avec scepticisme.

— Il n'y a rien dans ce compte rendu qui justifie ta suspicion.

— Si Ange les a tués, il a forcément ce flingue en sa possession, objecta Vidal.

Seigner ne put s'empêcher de ricaner.

— Avec des si, on mettrait Paris en bouteille. (Il redevint sérieux.) Où le cacherait-il ?

Vidal s'éclaircit la voix avant de repartir :

— Peut-être chez lui.

Les yeux de Seigner se mirent à luire, comme sous l'effet d'une poussée de fièvre.

— Si j'avais liquidé quelqu'un, mon appart serait le dernier endroit où je planquerais l'arme du crime.

— On peut essayer.

— Tu as demandé au juge d'instruction de te délivrer une commission rogatoire ?

— Non.

— Une perquisition effectuée sans l'aval de Bottreau serait illégale, prévint Seigner.

— Imagine que je me plante, se défendit Vidal. Si le Marseillais apprend que je l'ai suspecté, il m'en voudra à mort. Le mieux est de fouiller son meublé en catimini. S'il est blanc comme neige, personne n'en saura jamais rien.

— Comment allons-nous nous introduire chez lui ? s'enquit Seigner. Tu comptes forcer sa porte ?

Vidal s'assit sur un coin de la table et raconta sous le sceau du secret :

— Hier, il a passé la majeure partie de l'après-midi au central d'écoutes. J'ai profité de l'occasion pour entrer dans son bureau, prendre la clé de son appartement dans la poche de sa parka et l'apporter au serrurier de la rue Séguier.

— Tu as un double, conclut le commandant.

Vidal opina de la tête pour confirmer.

— J'ai remis l'original à sa place une fois le travail terminé.

La mimique de Seigner trahissait son irrésolution.

Lorsque l'impartialité l'emporta sur l'aveuglement, il lâcha :

— Mutz et Pelletier sont en train d'interroger un dealer de speed. À mon avis, ils en ont pour toute la matinée. (Il décrocha son blouson de la patère, prêt à partir.) Finissons-en.

— Nous ne pouvons pas y aller aujourd'hui, énonça Vidal.

Son collègue s'immobilisa près de la porte.

— Pour quelle raison ?

— J'ai rendez-vous avec le préfet Izard dans vingt minutes, expliqua Vidal en regardant sa montre. Il a insisté pour que nous déjeunions ensemble à la cantine de la préfecture. Je crains que le repas ne s'éternise.

Seigner haussa les épaules.

— Qu'à cela ne tienne. Tu t'arrangeras pour occuper Pelletier à ton retour et nous aurons le champ libre pour visiter l'appart.

Vidal grimaça.

— Je dois rencontrer le président du Syndicat des commissaires de police cet après-midi. Je ne pense pas réintégrer le 36 avant dix-neuf heures.

Seigner fourra ses mains dans ses poches d'un air dépassé et se rassit à son bureau.

— Tu as une solution de rechange ?

Cette question ne désarçonna pas Vidal.

— Demain matin, j'enverrai Ange dans le XVIIIe pour enquêter sur un ressortissant zaïrois soupçonné de consommer et de vendre de l'héro. Pendant ce temps-là, toi et moi nous inspecterons le meublé. (Il appliqua l'index de sa main droite sur ses lèvres.) N'en parle à personne, et surtout pas à Ortal. Pelletier et elle sont très proches. J'ai peur qu'elle lui dise de quoi il retourne.

— Ils ont une aventure ? s'étonna Seigner.

Vidal acquiesça.

— J'en ai bien l'impression.

Seigner attrapa la cigarette en accordéon qui gisait dans le cendrier, hésita à la rallumer. Il finit par y renoncer et, d'une chiquenaude, la jeta à la poubelle. Vidal tapota le cadran de sa montre.

— Le préfet l'aura mauvaise si je suis en retard. On se voit plus tard.

Alors qu'il s'acheminait vers la porte, Seigner lança :

— Eric ? (Vidal stoppa sur le seuil de la pièce.) J'espère que tu te goures.

Le commissaire sortit sans répondre.

50

Vidal et Seigner attendirent que Pelletier quitte le quai des Orfèvres, le lendemain matin à neuf heures, pour se rendre en tapinois à son domicile situé dans le VIIIe arrondissement.

Le commissaire gara sa Volkswagen rue Clapeyron, à proximité de la place de Dublin, et marcha à grandes enjambées vers la rue de Moscou, Seigner sur les talons. Les deux flics s'engouffrèrent dans l'immeuble, détournèrent la tête en passant devant la loge du concierge et montèrent au cinquième étage sans se hâter. Ils affichaient une mine avenante, pour le cas où ils croiseraient quelqu'un dans l'escalier. Arrivés à bon port, ils s'assurèrent d'un coup d'œil que personne ne les observait, puis Vidal tira la clé de la poche de son blouson, la glissa dans la serrure et la tourna avec le minimum de bruit. Ils entrèrent dans l'appartement à pas feutrés, Seigner referma tout doucement la porte derrière lui. Comme ils s'étaient entendus sur la répartition des tâches avant de partir, ils se séparèrent sans dire un mot et se mirent au travail.

Vidal enfila des gants de latex et commença par la chambre à coucher. Il inspecta les tiroirs de la commode avec méthode, passa une main experte entre les pulls, les chemises et les tee-shirts pliés sur les étagères de l'armoire, tâta les poches des pantalons, des vestons, du blazer et de l'imperméable élimé suspendus dans la penderie au-dessus de deux paires de tennis fatiguées et d'une paire de chaussures de ville cirées de frais. Il regarda sous le tapis et les meubles, défit le lit et examina l'endroit et l'envers du matelas. La fouille ne donnant aucun résultat, il remit de l'ordre et pénétra dans la salle de bains contiguë à la chambre. Il explora la douche et le lavabo, fourragea dans le nécessaire de toilette puis dans le placard où étaient rangés le peignoir et les serviettes de bain. Avant de sortir, il souleva le couvercle de la chasse d'eau pour zieuter l'intérieur.

De son côté, Seigner visitait la kitchenette. Il grimpa sur une chaise pour atteindre les tablettes fixées au-dessus de l'évier, passa en revue les ustensiles de cuisine et en particulier les casseroles. Il enfonça une fourchette dans tous les emballages susceptibles de renfermer une arme à feu – paquets de café, de pâtes, de riz, de légumineuses et de muesli –, étudia les bouteilles, les plats sous vide et les denrées alimentaires conservés dans le réfrigérateur, vida le sac-poubelle sur du papier journal et contrôla son contenu avec une grimace de dégoût. Lorsqu'il eut remis chaque chose à sa place, il gagna le salon où s'affairait Vidal. Comme il avait pris de l'avance, ce dernier s'était permis d'empiéter sur le territoire de Seigner. Cependant qu'il vérifiait que Pelletier n'avait pas dissimulé l'hypothétique flingue derrière les livres de poche alignés dans la bibliothèque, le commandant passa le sofa au crible.

Le passeur de mort était introuvable.

— Je te l'avais dit ! exulta Seigner quand ils eurent terminé leurs recherches.

Vidal resta prudent et tempéra d'un geste la joie de son équipier.

— Il l'a peut-être planqué ailleurs.

Seigner le considéra avec réprobation.

— Reviens sur terre, Eric : Ange n'est *pas* Jason, il n'a rien à voir avec ces meurtres. (Il poussa un soupir d'agacement.) Je ne te comprends pas. Au lieu de te réjouir, tu fais la gueule.

Cette remarque ne dérida pas Vidal, qui décida de lever le camp. Tandis qu'ils se préparaient à vider les lieux, le commissaire aperçut l'aspirateur appuyé contre un mur du séjour, près de la bibliothèque. Il s'arrêta net et le signala au commandant avec un froncement de sourcils.

— On a oublié d'y jeter un œil.

La lassitude se peignit sur le visage de Seigner.

— J'y vais.

Après avoir dégagé le couvercle de l'appareil, il scruta le sac à poussière à moitié plein et le palpa sans conviction. Soudain, la stupeur remplaça l'ennui sur ses traits.

— Quoi ? s'enquit son chef.

Seigner ne répondit pas. Il plongea une main gantée dans le sac, saisit l'objet qui se trouvait à l'intérieur et le sortit avec une expression incrédule. Vidal s'approcha, identifia aussitôt le petit pistolet semi-automatique que Seigner tenait par l'extrémité du canon : un Bersa Thunder en alliage léger d'une capacité de onze coups, calibré en 22 long rifle et doté d'un silencieux compact en acier galvanisé.

Vidal devina qu'il n'était pas répertorié.

— Ange n'a pas utilisé son arme de service car il

savait qu'on remonterait facilement jusqu'à lui, commenta Seigner d'un air effaré.

Comme la plupart des flics des Stups, le Marseillais disposait d'un revolver Manurhin de calibre 357 Magnum dont le numéro de série était enregistré dans le Fichier armes et munitions de la PJ.

— Pourquoi a-t-il pris le risque de cacher cette pétoire chez lui ? poursuivit Seigner.

— Même les criminels les plus intelligents commettent des erreurs, expliqua Vidal que cette découverte, qu'il avait pourtant envisagée, semblait avoir ébranlé. Rends-moi service. (Il glissa le pistolet dans un sac en plastique qu'il tendit à Seigner.) Apporte-le à Rosny-sous-Bois. Le département balistique de l'IRCGN nous dira si les rayures du canon correspondent à celles imprimées sur les balles qui ont tué Illouz et Picard. Le capitaine Périne donnera la priorité à ce dossier s'il sait que c'est moi qui t'envoie.

— Que devient Ange ? s'inquiéta Seigner.

La détermination se peignit sur le visage du commissaire.

— Je vais attendre son retour au 36, répliqua-t-il. À partir de maintenant, il ne doit pas rester sans surveillance.

— Et les autres ?

— Je les mettrai au courant lorsque Périne m'aura apporté la confirmation de ce que je crois.

51

Pelletier réintégra le quai des Orfèvres en fin de matinée.

Vers quinze heures, après avoir déjeuné avec lui dans une brasserie de la rue des Grands-Augustins, Vidal invita les autres membres du groupe à boire un café dans son bureau. Les policiers discutaient politique quand quelqu'un frappa à la porte. Les gardiens de la paix René Barrodier et Marc Lorenzi entrèrent, saluèrent les paludiers d'un signe de tête. Barrodier montra l'enveloppe en papier kraft qu'il tenait à la main et annonça à l'adresse de Vidal :

— Un porteur de l'IRCGN m'a chargé de vous remettre ceci.

Le commissaire se leva, vint à la rencontre de Barrodier et prit le pli qu'il lui tendait avec une raideur militaire.

— Merci, René.

Vidal retourna à son bureau, ouvrit l'enveloppe avec un coupe-papier.

— Qu'est-ce que c'est ? questionna Pelletier.

Sans lever les yeux sur ses équipiers, Vidal repartit :

— J'ai demandé au département balistique de l'institut d'effectuer une comparaison.

— Vous enquêtez sur un homicide ? s'étonna Ortal Mutz.

— Un double homicide, rectifia Vidal.

Seigner reporta son regard sur Pelletier, dans l'attente d'une réaction. Le calme apparent du Marseillais démontrait qu'il n'avait toujours pas compris de quoi il retournait.

— Tu travailles pour la Crim maintenant ? plaisanta-t-il.

Vidal sortit le rapport du capitaine Périne.

— En quelque sorte, souffla-t-il avec un sourire. Comme cette affaire me tient à cœur, Sagane m'a donné le feu vert pour la résoudre.

Pelletier n'insista pas. Vidal en profita pour lire la conclusion sans équivoque du balisticien :

La concordance entre les microstries présentes sur les deux projectiles et les rayures du canon, liées à la fabrication et à l'usure, est parfaite. Le Bersa Thunder 22 que vous m'avez confié est bien l'arme qui a servi à tuer Jacques Illouz et Roland Picard.

Vidal referma le rapport et lança aux chaussettes à clous qui patientaient dans un coin de la pièce :

— Vous pouvez l'arrêter.

Barrodier s'avança vers Pelletier d'une démarche résolue, la main droite sur la crosse du Glock qui pendait à sa hanche et la gauche sur le porte-menottes fixé à sa ceinture. Tandis qu'il l'empoignait, le Marseillais protesta violemment :

— Qu'est-ce qui vous prend ?

— Pas lui ! intervint Vidal avec autorité. *Lui !*

Barrodier et Lorenzi écarquillèrent les yeux de stupéfaction : Vidal braquait l'index sur… Yvan Seigner !

— Mais… vous aviez dit que…, bégaya Barrodier.

— Oubliez ce que j'ai dit, le coupa Vidal. Qu'attendez-vous pour obéir ?

Les gardiens de la paix échangèrent un regard ahuri puis dirigèrent leurs pas hésitants vers Seigner dont la physionomie trahissait le saisissement.

— C'est une blague ou quoi ? s'insurgea celui-ci avec une intonation affolée.

— Pas le moins du monde, rétorqua Vidal.

Seigner se débattit pour empêcher Lorenzi de le menotter et grogna :

— Ne me touche pas, imbécile ! (Il dévisagea Vidal d'un air médusé.) Tu peux m'expliquer ce qui se passe ? De quoi m'accuse-t-on au juste ?

— D'avoir assassiné des innocents.

Cette estocade secoua Seigner ; il parvint néanmoins à se défendre :

— Tu crois que j'ai buté Jacques et Roland ? Que fais-tu du pétard que nous avons trouvé chez Ange ? C'est lui le flingueur, pas moi ! (Il fixa tour à tour Mutz et Pelletier : ils ne semblaient ni surpris ni choqués par les propos de leur chef.) Depuis le début, vous jouez la comédie ! J'aimerais comprendre.

Le commissaire se planta devant lui et plongea ses yeux haineux dans les siens.

— Rassure-toi, tu vas bientôt piger. (Il consulta sa montre.) Ange ? Préviens le juge d'instruction et dis-lui que la garde à vue a débuté à quinze heures trente-huit. (Il pivota vers Barrodier et Lorenzi.) Conduisez-le à la salle d'interrogatoire de la Criminelle.

Sans le moindre ménagement, Lorenzi ramena les

bras de Seigner dans son dos et Barrodier lui passa les bracelets.

— Ton comportement est inadmissible, Eric, lâcha Seigner entre ses dents serrées. Je vais en référer au divisionnaire.

Vidal accueillit cette tentative d'intimidation avec une mimique railleuse.

— Cornavain ne bougera pas le petit doigt, assena-t-il. Il sait qui tu es.

Ortal s'approcha de Seigner et, sans crier gare, lui cracha à la figure.

— Tu mériterais de crever, ordure ! vomit-elle.

Le mollard coula sur la joue du commandant. Son regard éperdu alla de l'un à l'autre des occupants de la pièce.

— Vous avez perdu la tête, grommela-t-il tandis que Lorenzi l'entraînait vers la sortie.

52

Barrodier et Lorenzi poussèrent Seigner vers le centre de la salle d'interrogatoire et l'obligèrent à s'asseoir sur une chaise. Vidal entra à son tour, s'installa en face de Seigner qui tendit aussitôt les poignets au-dessus de la table en Formica.

— Est-ce nécessaire ?

— Vous pouvez disposer à présent, lança Vidal aux gardiens de la paix qui s'exécutèrent à contrecœur. Je vous appellerai quand j'aurai terminé.

Lorsque Lorenzi eut refermé la porte, Vidal se tourna vers Seigner qui le considérait d'un air outragé.

— Tu commets une terrible méprise, attaqua le commandant. Je suis prêt à passer l'éponge sur cette boulette si tu bigophones à Cornavain pour lui signaler quc tu t'es trompé de bonhomme.

— Tu as un avocat ? demanda Vidal, qui n'avait pas écouté un traître mot de ce que Seigner lui avait dit. Si tu le souhaites, tu peux lui téléphoner.

Il fit glisser son mobile vers Seigner qui le

réceptionna d'une main avant de le lui renvoyer avec une agressivité à peine contenue.

— Je n'ai pas besoin d'un diable en robe longue, fanfaronna Seigner. Je n'ai rien à me reprocher.

Vidal rengaina le cellulaire avec un soupir.

— Comme tu veux.

Il tira un Dictaphone de la poche de sa chemise, pressa les touches Rec et Play puis déposa l'appareil entre lui et Seigner d'un geste décidé. Alors qu'il s'apprêtait à commencer l'interrogatoire, Seigner roula des yeux, comme s'il venait de comprendre ce qui lui arrivait, et articula pour lui-même :

— Comment n'y ai-je pas pensé plus tôt ?

La défiance se mêla à l'étonnement sur la figure de son supérieur.

— Quelque chose à déclarer ?

— Tu savais où se trouvait le flingue ! éructa Seigner, incapable de refréner sa colère. Tu ne l'as pas mis dans le sachet de l'aspirateur pour piéger le Marseillais mais pour me piéger *moi* ! N'aurait-il pas été plus logique de le planquer dans mon appart si tu voulais me faire porter le chapeau ?

Vidal se saisit du magnétophone, appuya sur Stop et rembobina la microcassette.

— Tu délires, siffla-t-il.

Un sourire victorieux étira les lèvres de Seigner, accusant les pattes-d'oie qui divergeaient à l'angle de ses yeux noirs.

— J'ai vu juste, sinon tu n'aurais pas arrêté le magnéto.

— Je l'ai arrêté parce que tout cela n'a pas de rapport avec la raison de ta présence ici, se justifia Vidal.

— À aucun moment je ne t'ai soupçonné, enchaîna

Seigner sans se démonter. Comment Ortal et Ange t'appellent-ils en privé ? Eric ou… Jason ?

Vidal garda le silence et l'observa avec une expression lointaine, à l'instar d'un psychiatre qui prête une attention distraite aux divagations d'un patient atteint de paranoïa.

— Ton attitude ne les a pas surpris car ils sont de connivence avec toi, persévéra Seigner d'un ton rogue. Tant que je serai au 36, vous ne pourrez pas toucher à un seul de mes cheveux. Je dirai la vérité à qui veut l'entendre dès que je quitterai cette pièce.

Vidal s'accouda à la table, joignit les paumes des mains et prononça avec un flegme déconcertant :

— Ton numéro est au point. Il ferait bonne impression sur un jury. (Il se leva, marcha jusqu'au coin de la salle occupé par un meuble à roulettes supportant une télévision et un magnétoscope.) Tes allégations, si tentantes soient-elles, voleront en éclats lorsque le juge d'instruction aura pris connaissance d'une preuve que j'ai en ma possession.

Seigner demeura de marbre face à cette déclaration, destinée, selon lui, à le déstabiliser.

— Tu bluffes, maugréa-t-il. Tu n'as rien contre moi.

Vidal approcha le meuble, le tourna vers Seigner puis se rassit.

— En es-tu sûr ? continua-t-il sur le ton de la provocation.

Une lueur de perplexité s'alluma dans le regard du commandant.

— Cette mascarade a assez duré, se révolta-t-il. J'exige que Cornavain assiste à l'interrogatoire.

Vidal le cingla d'une remarque expéditive :

— Tu n'es pas en position d'exiger quoi que ce soit.

Seigner tapa du plat de la main sur la table et s'irrita :

— Dans ce cas, je ne répondrai à aucune de tes questions !

Vidal haussa les épaules d'un air indifférent.

— Qu'importe ! Contente-toi de m'écouter.

Seigner se balançait sur sa chaise en arborant une mine renfrognée. Vidal brancha le Dictaphone pour enregistrer la suite de l'entretien et commença :

— La vidéo décryptée par le CTI et le meurtre de Roland m'ont conforté dans l'idée que Jason était un membre du groupe. (Il tira un paquet de cigarettes de la poche de son jean, en proposa une à Seigner qui manifesta son refus par une grimace.) Jason étant un homme, mes soupçons se sont naturellement portés sur Pelletier et toi. Hier matin, j'ai décidé de vous tendre un piège. Après t'avoir raconté que je suspectais Ange et que j'étais persuadé que le passeur de mort qui avait servi à refroidir Illouz et Picard se trouvait dans son appartement, je lui ai rendu visite dans son bureau pour lui dire que j'avais des doutes sur toi. Mon raisonnement était le suivant : si Ange est Jason, il dissimulera l'arme chez Yvan pour l'incriminer, et réciproquement.

Seigner croisa les bras sur sa poitrine et intervint :

— Conclusion ?

Vidal s'avisa de la présence de particules de cendre sur la manche de sa chemise, l'épousseta avant de répliquer :

— L'expérience a porté ses fruits.

Seigner eut un rire silencieux.

— Tu penses donc que je suis le propriétaire du Bersa Thunder et que je l'ai caché dans le meublé de Pelletier.

— Je ne le pense pas, j'en suis certain, corrigea son chef.

Un pli barra le front de Seigner, témoignant de son anxiété grandissante.

— Jusqu'à preuve du contraire, tu es le seul à avoir un double de la clé de l'appart de Pelletier, contre-attaqua-t-il. Cette certitude me lave de tes odieuses accusations et fait de toi le suspect numéro un dans cette affaire.

Sans se départir de son calme, Vidal laissa tomber la clope à ses pieds et l'écrasa sous la semelle de sa chaussure.

— Trêve de plaisanterie, décréta-t-il. Tu ne veux pas savoir comment je m'y suis pris pour te démasquer ? (Il interpréta le silence de Seigner comme une réponse affirmative.) Hier matin, le lieutenant Charlier et cinq autres techniciens du CTI ont dissimulé des caméras à fibre optique dans ton appartement et dans celui du Marseillais. Constituées d'un filament de matière plastique, ces caméras étaient suffisamment petites et maniables pour qu'on puisse les loger dans un fer à vapeur ou derrière une prise de courant.

— À quel moment ? s'étonna Seigner qui s'était rembruni à cette nouvelle.

— Pendant que je vous appâtais, Ange et toi. Trois d'entre eux, dont Charlier, se sont introduits chez Pelletier à l'aide du double que je leur ai filé ; les trois autres ont pénétré dans ton nid au moyen de la clé que tu laisses sous le paillasson tous les mercredis, pour la femme de ménage.

— Tu n'avais pas le droit ! se cabra Seigner. Cornavain…

— Cornavain est au courant, il m'a donné carte blanche, l'interrompit Vidal d'un ton hostile. Afin d'épier vos pénates en direct et en continu, Charlier et ses gars ont installé des ordinateurs portables reliés aux caméras chez vos voisins de palier. Lorsque je vous ai monté un bateau, à Pelletier et à toi, j'ai insisté sur le fait que j'avais rendez-vous avec le président du SCPF et que nous ne pourrions pas fouiller les apparts avant le lendemain matin, de sorte que vous ayez les mains libres tout l'après-midi. (Les yeux de Seigner faisaient la navette entre le magnétophone et le visage impassible de Vidal. Celui-ci devina que l'angoisse gagnait le commandant et qu'il était dans la plus grande incertitude quant à la conduite à tenir.) À vingt heures, il ne s'était toujours rien passé. Je commençais à croire que je m'étais trompé. Dix minutes plus tard, Ange et toi avez quitté le quai des Orfèvres. Je me préparais à annuler l'opération quand Charlier m'a téléphoné pour me signaler que Pelletier t'avait invité à boire un verre chez lui. Je l'ai autorisé à maintenir le dispositif jusqu'à ton départ, sans me douter un seul instant que nous étions à deux doigts de toucher au but. (Il joignit le geste à la parole.) Après que tu as plié bagage, Charlier m'a rappelé pour me dire que l'affaire était dans le sac, sans entrer dans les détails. À son retour, il m'a remis ceci. (Il se souleva pour attraper le boîtier posé sur le téléviseur, l'ouvrit et en sortit une vidéo qu'il montra à Seigner.) Un court métrage en couleurs d'une durée de cinq minutes et sept secondes.

La figure de Seigner devint crayeuse et il déglutit avec difficulté.

Le commissaire alluma le poste, engagea la cassette dans la fente du magnétoscope puis pressa la touche Lecture de la télécommande avec la lenteur et la gravité d'un comédien qui calcule ses effets.

— J'ai pensé que tu aurais envie de le voir, souffla-t-il.

L'image de Pelletier sirotant un pastis dans son salon

en compagnie de Seigner emplit l'écran. Au bout d'une minute, le Marseillais finit son verre, pria son collègue de l'excuser et se rendit aux toilettes.

— Nous y sommes, lâcha Vidal dont le regard révélait la surexcitation.

La caméra cadra le visage de Seigner puis l'objet qu'il fixait avec insistance depuis que Pelletier s'était absenté du séjour : l'aspirateur appuyé contre la bibliothèque qui lui faisait face. Tandis que l'objectif s'éloignait de façon à obtenir un plan américain, Seigner mit des gants de latex, plongea la main droite dans une poche de son blouson posé sur l'accotoir du canapé et en ressortit un pistolet semi-automatique. Tout en prêtant l'oreille aux bruits en provenance des W-C, il se leva, marcha vers la bibliothèque et s'agenouilla près de l'aspirateur. Avec des gestes qui ne dénotaient pas le moindre stress, il agrandit l'ouverture du sachet à poussière, glissa le flingue à l'intérieur et rabattit le couvercle de l'appareil. Comme Pelletier venait de tirer la chasse d'eau, il ôta les gants à la hâte, les fourra dans la poche de son jean, s'inclina pour attraper le verre qu'il avait laissé sur la table basse et s'assit sur le canapé, comme si de rien n'était.

Vidal revint en arrière, appuya sur Pause à l'instant où Seigner tirait le Bersa Thunder 22 de son blouson. Le teint blafard, les yeux exorbités et la bouche entrouverte, comme si deux mains se refermaient sur son cou pour l'étrangler, Seigner ne pouvait détacher son regard de cette image accablante.

— Ton plan était astucieux, convint Vidal. Si la porte de Pelletier avait été forcée, j'aurais pu penser que quelqu'un était entré par effraction pour planquer l'arme chez lui. Quelqu'un qui *savait* que je le soupçonnais. Comme tu étais censé être la seule personne dans la confidence, je n'aurais pas tardé à te demander des explications. Tu t'es donc arrangé pour qu'Ange t'invite après le boulot. (Il éteignit la télévision et se massa la commissure des lèvres d'un air réfléchi.) Une chose m'intrigue. L'équipe qui surveillait ton appart est formelle : tu n'es pas retourné chez toi pour chercher le 22.

Contre toute attente, l'effarement déserta la trogne de Seigner et il éclata d'un rire sardonique.

— Qu'y a-t-il de si drôle ? s'énerva Vidal.

Seigner cessa brusquement de se marrer, comme un acteur comique qui change d'expression sur commande. Cette dureté soudaine le rendit méconnaissable, au point que Vidal eut l'impression d'être en face d'un étranger.

— Tu accouches, bon Dieu de merde ? s'impatienta le commissaire.

Seigner s'empara du Dictaphone sans prévenir, le stoppa du pouce et décréta :

— La suite restera entre nous. Je nierai t'avoir parlé si jamais tu mouchardes. C'est à prendre ou à laisser.

Vidal renonça à remettre le magnétophone en marche.

— Le pétard ne se trouvait pas chez moi, déclara Seigner.

Vidal s'efforça de recouvrer son sang-froid et s'enquit :

— Où était-il ?

— Là où il a toujours été : dans le coffre de ma bagnole, grogna le commandant.

— Pourquoi, Yvan ? continua Vidal.

— Les fonctionnaires de police se tuent au travail pour un salaire misérable, repartit Seigner d'une voix pleine de ressentiment. Ma paie a été multipliée par cinquante depuis que je bosse pour la Pieuvre. (Il rapprocha sa chaise de la table.) Encore trois ans de turbin et j'aurais eu de quoi vivre jusqu'à la fin de mes jours.

— Tu ne me feras pas croire que le fric était ta seule motivation. Tu aimes répandre le sang. Tu as pris du plaisir en zigouillant tous ces gens, n'est-ce pas ?

Seigner sourit et approuva avec un sadisme évident :

— Je mentirais si je prétendais le contraire. Disons que je faisais coup double.

— Tu n'as intégré l'équipe qu'après l'enlèvement de Picard, à l'initiative du divisionnaire, souligna Vidal d'un ton où perçait l'exécration que lui inspirait Seigner. La facilité avec laquelle tu as déjoué tous nos plans prouve que quelqu'un te renseignait sur nos faits et gestes *avant* que tu sois des nôtres.

Seigner battit silencieusement des mains pour saluer la perspicacité de son chef.

— Tu aimerais savoir qui est ce fils de pute, pas vrai ? ricana-t-il. Tu le sauras si tu résous cette charade. (Il planta ses yeux fielleux dans ceux du commissaire.) Mon premier est le neveu de Charlemagne. Mon second est un dialecte parlé en France au Moyen Âge. (Il esquissa un mauvais sourire.) Mon tout est ton souffre-douleur.

Quand il eut trouvé la réponse, Vidal lança les hauts cris :

— Tu mens ! Picard n'était pas un traître !

Seigner s'amusa de son emportement et l'éclaira avec dédain :

— Un jour, le lieutenant Morin Briard, de la Crim, m'a rapporté que Roland était détesté par ses collègues et qu'il supportait mal cette situation. (Il s'adossa à la chaise, croisa les bras et les jambes.) Je me suis attaché à sympathiser avec Picard de manière à gagner sa confiance et à lui soutirer des informations sur ton groupe. Chaque soir, après avoir quitté le 36, nous nous retrouvions dans un café de la rue de l'Oratoire, à proximité du Louvre. Nous commandions une bière à la pression et il me racontait sa journée. Je l'écoutais se plaindre de tes sautes d'humeur, de ta propension à l'humilier en public. Puis je lui posais des questions auxquelles il répondait sans se méfier. (Vidal soutint son regard, aussi glaçant que celui d'un serpent.) Savoir ce que tu mijotais m'a permis d'avoir une longueur d'avance et de la garder tout au long de l'enquête.

Bien qu'il brûlât d'étriper Seigner, Vidal se contraignit au calme. Il alluma une autre cigarette et s'exprima d'un ton mesuré :

— La nuit où elle est morte, Nush Pietri m'a bigophoné vers deux heures du matin pour m'avouer qu'elle avait fauché la montre que Jason avait oubliée à l'hôtel particulier de Laure Anthony. (Il regarda Seigner droit dans les yeux.) Roland n'a pas pu te tuyauter sur ce coup-là, il n'était pas au courant.

Tout en examinant ses ongles, Seigner confessa avec mépris :

— Le téléphone de ton meublé est sur écoute, mon cher Eric.

— Quoi ? s'indigna Vidal.

Seigner eut un rire cinglant.

— Moyennant finance, un opérateur de Transtélécoms a raccordé ta ligne à celle de mon mobile, expliqua-t-il. Lorsque tu reçois un appel, ton fixe et mon cellulaire carillonnent à l'unisson.

Vidal aspira une bouffée pour se détendre et enchaîna :

— Illouz a bien été trahi par Barnabé, son informateur ?

Seigner opina du chef.

— J'aurai appris au moins une chose dans cette histoire : l'argent n'achète pas tout. Florence Sebbag, ton indicatrice, est amoureuse de toi depuis le début de votre collaboration. Elle ne te trahirait pas pour tout l'or du monde. Rachid Khadra, le tonton d'Agnès Jarry, croyait que sa soudaine probité rachèterait ses erreurs passées. En revanche, la bêtise de Barnabé n'avait d'égale que sa vénalité.

Un rictus vindicatif releva la lèvre supérieure de Vidal.

— Tu l'as buté parce que tu craignais qu'il ne finisse par parler, conjectura-t-il, la gorge serrée par le dégoût.

Seigner hocha la tête à nouveau.

— Avant de lui injecter une dose mortelle d'héroïne, je l'ai forcé à avaler l'étoile de David du capitaine Bonada, lâcha-t-il rondement. Cette manœuvre visait à incriminer Joseph et, par conséquent, à me mettre à l'abri de tout soupçon.

Vidal frotta l'extrémité de sa clope contre le bord de la table pour l'éteindre.

— Je suppose que Bonada était de bonne foi quand il a prétendu avoir perdu l'étoile dans le quartier du Marais, pendant qu'il alpaguait un dealer.

— En effet.

— Que s'est-il passé en réalité ? s'enquit Vidal en refoulant son envie de se jeter sur Seigner et de le rouer de coups jusqu'à ce que mort s'ensuive.

Le commandant caressa de l'index le bouton de la lampe posée entre Vidal et lui, le pressa à plusieurs reprises avant de continuer avec une froideur nauséeuse :

— Bonada était un client assidu de la rue Saint-Denis, et plus spécialement d'une fille qui se fait appeler

Zelda Zonk. Un soir, j'ai proposé un marché à cette pute : si elle réussissait à lui dérober l'étoile de David – j'avais la conviction que cette bricole me serait utile un jour –, je lui offrirais une récompense de deux mille euros, en grosses coupures. Elle m'a pris au mot et l'a chapardée lorsque Joseph est revenu la voir, la veille de l'interpellation musclée du Marais.

Le menton sur ses mains croisées, Vidal écoutait Seigner faire le récit de cette machination diabolique. Il était écœuré par le détachement inhumain de son équipier et la noirceur de son âme.

— Qui a eu l'idée d'abandonner les corps d'Illouz et de Barnabé à Rueil-Malmaison ?

— Moi, se vanta Seigner. Mais c'est Shabazz Baboukar, mon bras droit, qui les a transportés.

— Pour quelle raison a-t-il immergé le cadavre de Barnabé dans l'étang de Saint-Cucufa et pas celui de Jacques ?

— Il a été dérangé par un promeneur.

— Le briquet en forme de tête de serpent dégoté par les plongeurs de la gendarmerie lui appartenait-il ?

— Shabazz me l'avait emprunté une heure plus tôt. Il l'a paumé en plongeant dans l'eau le corps de Barnabé.

L'insensibilité avec laquelle Seigner narrait ces horreurs exacerbait la haine de Vidal. Néanmoins, le commissaire prit sur lui de poursuivre l'interrogatoire : l'envie de connaître *toute* la vérité était la plus forte.

— Si je ne m'abuse, tu as déposé le cheveu de Picard sur le cadavre d'Agnès pour qu'on le soupçonne de l'avoir tuée.

— Je voulais surtout que vous le preniez pour Jason, se gaussa Seigner avec une mimique sinistre. Prélever un cheveu sur son blouson, pendant que nous dînions dans un restaurant libanais, a été un jeu d'enfant. Roland était le Jason idéal : lunatique, solitaire, voire asocial.

Vidal luttait pour réprimer la rage qui affleurait par instants.

— Qui a jeté Jarry du haut de cette passerelle ? s'entendit-il demander d'une voix sèche.

— Baboukar, répliqua le commandant sans hésiter. Après que je lui en ai donné l'ordre.

— Sa mort atroce n'a pas l'air de t'émouvoir autrement, nota Vidal, l'œil luisant d'inimitié et les poings serrés sous la table.

Le sourire de Seigner, qui semblait jouir de son désarroi, le glaça jusqu'à la moelle.

— Tu préférerais que je fasse semblant d'être peiné ? se moqua ce dernier en mimant la tristesse. Exécuter Agnès et Jacques n'a été qu'une simple formalité. Dans notre jargon, nous appelons cette mesure « l'élimination préventive » : le but du jeu est de liquider les empêcheurs de danser en rond avant qu'ils sonnent l'alarme.

La douleur alternait avec la révolte sur le visage de Vidal. L'ignominie de Seigner dépassait de loin celle des criminels qu'il avait rencontrés au cours de sa carrière.

— Espèce de salaud, grommela-t-il, la bouche tordue et les muscles tendus.

Cette insulte égaya Seigner, dont les traits étaient jusqu'alors figés.

— Je ne comprends pas pourquoi tu as libéré Roland après avoir fait en sorte qu'il soit accusé du meurtre de Jarry, gronda Vidal.

Seigner prit un air outrecuidant.

— Mon stratagème avait fonctionné à merveille : vous étiez tous convaincus que Picard était Jason. Mais pour que Jason puisse continuer d'agir à sa guise, il fallait lui éviter la prison. (Son sourire machiavélique s'élargit.) Le divisionnaire Cornavain m'a facilité la tâche en assignant Roland à résidence.

— Venons-en aux éponges hémostatiques que nous avons trouvées dans la salle de bains de Picard. Le fait que tu en aies déposé une dans la chambre de l'hôtel Barberousse prouve que tu avais déjà prémédité de le piéger.

— Au risque de te décevoir, celle que Sagane a dénichée à Vitry-sur-Seine m'appartenait, l'éclaira Seigner avec une condescendance appuyée. Elle a dû tomber de la poche de mon manteau quand j'ai giflé Julia Hurbon. (L'incrédulité tordit la bouche de Vidal.) Comme les vaisseaux capillaires de mes cloisons nasales sont très fragiles, je saigne facilement du nez. Le but du jeu était de charger Roland de tous les péchés de Jason. Afin de lui imputer le meurtre de la passeuse, j'ai placé une boîte dans son armoire à pharmacie lors de son enlèvement.

Excédé par l'imperturbabilité de Seigner, Vidal changea de sujet.

— Je m'étonne que tu n'aies rien tenté pour nous empêcher de démanteler le laboratoire clandestin de Forges-les-Eaux. Tu aurais pu avertir tes potes.

— Après m'avoir appris que son contact au ministère de la Défense avait localisé Zyrka 456, Pelletier m'a dépêché sur place avec Ortal et Charlier, soupira Seigner. Je ne voulais pas me faire repérer en passant un coup de fil.

L'interrogatoire avait atteint sa vitesse de croisière et Vidal ne comptait pas relâcher la pression.

— J'imagine que c'est toi qui as remis la capsule de cyanure à Ludovic Lucot.

— Pendant que le gardien de la paix était aux

toilettes, confirma Seigner. Gosrynski ne m'a pas vu : il dormait.

— Tu n'as pas hésité à envoyer un commando au casse-pipe pour récupérer la drogue saisie à Forges, assena Vidal.

— Si j'avais su qu'une unité du RAID surveillait l'entrepôt du boulevard Bessières, j'aurais annulé l'opération, riposta le commandant.

— Tu as dû souffrir le martyre le jour où nous avons incinéré la came, le nargua encore Vidal.

Seigner se renfrogna à l'évocation de cet échec cuisant.

— Personne n'aurait réussi à dissuader le juge Bottreau de la détruire ! se récria-t-il, avec des accents de furie. Cet abruti était déterminé à donner une bonne leçon à Jason !

— Le coup de la cassette trafiquée était ingénieux, admit le commissaire. Si le lieutenant Charlier n'avait pas pris à cœur de la décrypter, elle serait passée comme une lettre à la poste.

— Roland devait jouer le rôle de Jason le plus longtemps possible, aussi ai-je ordonné à mes hommes de le filmer sans interruption durant sa captivité, développa Seigner. L'expert de la Pieuvre étant à même de tripatouiller les vidéos à l'infini, j'avais prévu d'adresser d'autres messages à la brigade des stupéfiants.

— Picard savait que tu étais Jason ?

— Non.

— Ta stratégie reposait sur lui. Pourquoi l'as-tu zigouillé ?

— Il a essayé de nous fausser compagnie, repartit Seigner d'une voix cassante.

Vidal resta confondu un instant par cette réponse à la fois glacée et laconique. Il repensa au soir où deux motards les avaient attaqués près du Vivaldi, la pizzeria attitrée des paludiers.

— Les sabreurs de la rue Guénégaud étaient de mèche avec toi, proféra-t-il.

— J'appartenais au camp des gentils, ricana Seigner. À ce titre, Jason était censé m'avoir dans le collimateur. Baboukar a orchestré cette fausse tentative d'assassinat sur ma personne afin de dissiper tes éventuels soupçons. (Il marqua un temps d'arrêt.) Nous avons pris beaucoup de risques mais il fallait que ce soit crédible.

— Tu aurais dû fouiller dans les poches de Loïc Trapier, le mec que j'ai flingué, avant l'arrivée de la PTS. Si tu avais mis la main sur son portable, nous n'aurions pas atterri chez Courly.

Seigner ne perdit pas une once d'assurance et se paya même le luxe de sourire d'un air amusé, comme s'il souhaitait démontrer qu'il était bon perdant.

— Cette histoire m'a coûté une fortune : Bianchi était le seul liquidateur de l'Organisation disponible à ce moment-là et il ne s'est pas gêné pour faire monter les enchères. S'il ne m'avait pas trahi, il serait encore en vie et se la coulerait douce sur une île paradisiaque. (Ses yeux brillèrent de perfidie.) Qu'as-tu ressenti en voyant sa tête dans cette boîte ?

Vidal éluda la question et, tout en tripotant le Dictaphone, reprit :

— Lorsque nous sommes descendus dans son hôtel particulier de Marnes-la-Coquette, Baboukar était encore là. Tu ne l'as pas avisé de notre venue ?

— Non. Je craignais qu'il ne soit sur écoute.

— Où se cache-t-il ?

Seigner le fixa comme s'il était devenu fou.

— Tu sais quelle est l'espérance de vie d'une balance en taule ? Tu peux courir.

— Je présume que tu n'as pas non plus l'intention de me susurrer à l'oreille les coordonnées de ton boss.

Seigner haussa les épaules d'un air faussement ennuyé.

— Les lois du milieu sont inviolables, énonça-t-il avec une pointe de provocation qui aviva la colère de son supérieur. Tu ne réussiras pas à prouver que je suis Jason.

Vidal le menaça du doigt.

— Peu importe. L'arme qui a servi à tuer Illouz et Picard, mais aussi Julia Hurbon, Déborah Zagor et Yannick Lapp, t'appartient. (Il brandit la vidéocassette.) Tu as été filmé en train de la dissimuler dans l'appartement d'un officier des Stups. (Il arbora l'expression impuissante de celui qui attribue la responsabilité d'un malheur au destin.) Cette découverte constitue une preuve assez solide pour que le juge te mette en examen. D'une façon ou d'une autre, tu finiras ta vie derrière les barreaux.

Alors qu'il repoussait sa chaise pour mettre un terme à l'entretien, Seigner articula :

— Gabriel Chiche.

— Qui est-ce ?

— Mon avocat. J'aimerais l'appeler à présent.

— Je n'y vois pas d'inconvénient. Une dernière chose…

Seigner le toisa.

— Oui ?

— Ortal et toi, vous…

Il n'acheva pas sa phrase mais Seigner le comprit à demi-mot.

— À ton avis ?

— J'ai un doute depuis le soir où je t'ai vu lui faire un câlin sur le parking du 36.

Le souvenir de Mutz et de leurs étreintes torrides dessina un sourire égrillard sur les lèvres de Seigner.

— Cette garce m'a quitté. Je la regretterai. Elle n'avait aucun tabou.

— Elle connaît la vérité ? questionna Vidal tout à trac.

Seigner fut tenté de répondre par l'affirmative mais il était conscient qu'une enquête approfondie mettrait Ortal Mutz hors de cause.

— Elle ignorait que je m'étais acoquiné avec la Pieuvre.

Vidal désigna la sortie du menton.

— Après toi.

À peine le commandant eut-il effleuré la poignée de la porte que Vidal le saisit aux épaules, le tourna brutalement vers lui et lui décocha un coup de poing dans l'abdomen. La douleur plia Seigner en deux, de la bile s'échappa par sa bouche entrouverte. Tandis qu'il glissait le long du mur en geignant, l'expression de Vidal passa de la colère à l'allégresse.

— Fallait que ça sorte, se justifia le commissaire. Je compte sur ta discrétion.

Il attendit que Seigner se remette pour ouvrir la porte derrière laquelle patientaient les gardiens de la paix.

— Laissez-le téléphoner à son bavard et bouclez-le, ordonna-t-il à Barrodier.

Il lança un regard méprisant à Seigner puis s'enfonça dans le couloir.

Après avoir résumé l'interrogatoire à Mutz et Pelletier, il s'isola dans son bureau pour appeler Claire. Il se sentit revivre quand la voix suave de sa compagne résonna à l'autre bout du fil.

— C'est fini, mon amour, annonça-t-il avec soulagement.

— Vous tenez Jason ? s'emballa-t-elle, haletante d'émotion.

— Oui. Le cauchemar est terminé. Tu peux rentrer.

— Waouh ! siffla-t-elle, excitée comme une puce. Je suis si heureuse !

Cette effusion satura l'écouteur. Vidal éloigna le combiné de son oreille, de peur de devenir sourd.

— Qui est-ce ? s'enquit-elle dans la foulée.

— Tu ne vas pas le croire.

— Essaie toujours.

Le commissaire hésita avant de lâcher :

— Seigner.

— Dieu du ciel ! s'écria Claire, sous le choc. Je m'attendais à tout, sauf à ça. Rien que d'y penser, j'en ai la nausée. Comment tu t'y es pris pour le percer à jour ?

— Nous en parlerons à ton retour, repartit Vidal, coupant court à la discussion.

— D'accord. Je bigophone à l'aéroport de ce pas. Où es-tu ?

— Au 36.

— Je te rappelle pour te dire quand j'arrive.

— À tout de suite.

Le téléphone sonna alors qu'il mettait ses dossiers en ordre.

— Mon avion atterrit à Orly demain matin à six heures dix-huit. Ne sois pas en retard.

— Compte sur moi.

— Tu m'as tellement manqué !

— Toi aussi.

Elle raccrocha.

Vidal consulta sa montre : vingt heures quinze. Il prévint ses collègues qu'il rentrait chez lui. Tandis qu'il atteignait le parking du quai des Orfèvres, une Austin fit un appel de phares. En le voyant s'approcher, la jeune femme qui était au volant déverrouilla la portière côté passager. Dès qu'il l'eut reconnue, le commissaire s'empressa de monter dans la voiture.

— Quelle bonne surprise ! s'exclama-t-il, tout sourires. Qu'est-ce que tu deviens ?

Flo se tourna vers lui. Son visage s'était émacié, elle avait des poches sous les yeux.

— Je pars, Eric, annonça-t-elle avec froideur. Je ne reviendrai pas.

La mine de Vidal se rembrunit.

— Où vas-tu ? s'enquit-il en apercevant la valise sur la banquette arrière.

Elle soupira d'un air dépité.

— À Londres. Je m'installe chez un micheton plein aux as.

Vidal se gratta le menton d'un geste nerveux.

— Je croyais que tu ne flirtais pas avec les clients.

— Romain est différent.

— Romain, répéta-t-il avec une pointe de mépris.

— Il m'aime à la folie, renchérit-elle d'un ton agressif.

Le policier secoua négativement la tête.

— Que feras-tu une fois là-bas ?

— Je dépenserai son fric, riposta-t-elle du tac au tac.

Désarçonné, il traça plusieurs traits sur le pare-brise embué avant de reprendre la parole :

— Tout cela est bien précipité. Tu devrais te donner le temps de la réflexion.

— Pourquoi ? Tu as quelque chose de mieux à me proposer ?

Ce sous-entendu accentua l'embarras de Vidal. Alors

qu'il cherchait ses mots, Flo actionna l'essuie-glace car il commençait à pleuvoir.

— Tu es une fille épatante, finit-il par dire du bout des lèvres. Si je n'étais pas amoureux de Claire, il y a longtemps que j'aurais…

— Arrête ton baratin, le coupa-t-elle. Je n'ai pas envie d'entendre ces conneries. En tout cas, elle a beaucoup de chance de t'avoir. Elle en est consciente au moins ?

Comme il ne répondait pas, elle continua avec des sanglots dans la voix :

— Je t'aime tellement… Je n'ai plus rien qui me retienne ici. C'est la dernière fois que l'on se voit, Eric.

Bouleversé, il voulut l'enlacer mais elle le repoussa avec brusquerie.

— Va-t'en maintenant. J'ai un avion à prendre.

Il descendit de la voiture la mort dans l'âme.

— Si tu as besoin de quoi que ce soit, appelle-moi. Je serai toujours là pour toi.

Flo le fixa avec une intensité troublante et lâcha :

— Adieu, Eric.

Sur ce, elle referma la portière et démarra. Le commissaire la regarda s'éloigner avec un pincement au cœur puis grimpa dans sa Volkswagen dont le moteur partit au quart de tour. Parvenu à destination, il dut par trois fois faire le tour de son quartier avant de trouver une place. Les nerfs en pelote, il se rua vers l'immeuble de la rue Pierre-Semard, essuyant une averse de grêle. Une fois dans son appartement, il se changea car il était trempé jusqu'aux os, dîna sur le pouce puis s'installa sur la bergère du salon pour écouter un CD de Frank Sinatra.

Cette journée l'avait exténué.

Comme la voix chaude du crooner entonnait *My Kind of Town*, il s'endormit en dodelinant de la tête.

53

JASON DERRIÈRE LES BARREAUX

Depuis bientôt un mois, le commandant Yvan Seigner, le véritable Jason, attend d'être jugé dans une cellule de la prison de la Santé.

Vidal parcourut l'article d'Alexandre Chapuis puis tendit le quotidien à Pelletier, qui le lut à haute voix avec une jubilation communicative :

— « Deux chefs d'accusation, et non des moindres, pèsent sur l'officier de police : meurtres avec préméditation et trafic de drogue. Selon Simon Zvi, le professeur de psychiatrie et des sciences du comportement qui s'est penché sur son cas, Seigner serait "un pervers polymorphe doublé d'un monstre sanguinaire". Le ministère public va sans doute requérir la réclusion criminelle à perpétuité et l'amende de huit millions d'euros prévue par le code pénal. »

Alors que le Marseillais et Vidal se réjouissaient à la pensée que Seigner finirait sa vie en prison, l'image d'Yvan lui faisant l'amour traversa l'esprit d'Ortal Mutz et elle fut prise d'une nausée si violente qu'elle manqua vomir.

Remarquant la pâleur soudaine de sa compagne, Pelletier s'inquiéta :

— Tu ne te sens pas bien ?

Ortal s'efforça de sourire et embrassa Pelletier. Ce dernier ignorait qu'elle avait eu une liaison avec Seigner et elle ne tenait pas à ce qu'il l'apprenne.

— J'ai un coup de barre, répondit-elle d'un ton rassurant. Ça va aller.

— Je suis très heureux que vous soyez ensemble, déclara Vidal en les fixant d'un air bienveillant. Vous formez un beau couple. (Touchée par ces paroles, Mutz posa la tête sur l'épaule de Pelletier.) Si on passait aux choses sérieuses ? J'ai une faim de loup.

Après avoir quitté le quai des Orfèvres, vers vingt heures, les policiers s'étaient rendus au Pastavino, un restaurant italien de la rue de Passy, sur le conseil du divisionnaire Cornavain.

— Excellente idée ! s'exclama Pelletier en tapant des mains pour manifester son approbation. Où est la carte ?

Ils commencèrent par un plat d'antipasti, enchaînèrent avec des spaghettis au basilic. Pelletier commanda du vin blanc mais s'abstint de servir Vidal qui n'avait pas bu une goutte d'alcool depuis la nuit où, les yeux rivés sur la photo de sa fille, il avait fait le serment de ne plus s'enivrer.

— Commcnt va Claire ? s'enquit Mutz tandis que le serveur leur apportait des cafés.

Vidal trempa ses lèvres dans le sien, estima qu'il était à la bonne température et vida la tasse d'un trait. Il tapota sa bouche avec sa serviette avant de répondre :

— Elle se porte bien.

— Et les affaires ?

— Eva, sa patronne, a enfin signé un contrat avec le producteur de cinéma.

— Fan de chichourle ! s'enthousiasma Pelletier.

Vidal tempéra son enthousiasme d'un geste.

— L'équipe d'Eva a quatre mois pour confectionner cent cinquante uniformes de grognard, soupira-t-il. Crois-moi, ils vont avoir du pain sur la planche. (Tout en grattant la nappe, il esquissa un sourire énigmatique qui piqua la curiosité de ses collègues.) Hier soir, j'ai préparé un dîner aux chandelles et j'ai demandé à Claire de m'épouser.

Romantique dans l'âme, Ortal s'émut à cette nouvelle.

— Prends-en de la graine, Ange, persifla-t-elle pour taquiner son compagnon.

— Qu'a-t-elle répondu ? s'enquit Pelletier que l'excitation transportait.

Vidal s'épanouit.

— Nous avons arrêté une date, annonça-t-il avec une mimique de joie.

— Assez de mystères ! s'impatienta Mutz qui trépignait comme une adolescente. Dites-nous tout !

— On se passe la bague au doigt cet été, lâcha Vidal. Accepterais-tu d'être mon témoin, Ange ?

— Oh, mon pitchot ! exulta l'intéressé. Avec plaisir ! (Le serveur apporta la note.) C'est moi qui régale.

Comme il tirait sa carte de crédit de la poche de son veston, Vidal articula d'une voix attendrie :

— J'ai déposé une gerbe sur la tombe de Tessa ce matin. Je lui ai parlé de Claire. Elles se seraient bien entendues.

Après quelques minutes de silence, le Marseillais sortit des plaisanteries de corps de garde, précisant avec une fierté expansive que certaines d'entre elles étaient de son cru. Vidal rit à gorge déployée à plusieurs reprises. Sentant la fatigue le gagner, il donna le signal du départ à vingt-trois heures. Alors que Pelletier déverrouillait les portières de la 306 garée rue Chernoviz, Mutz entraîna son supérieur dans un coin et laissa tomber d'un ton embarrassé :

— Yvan vous a-t-il parlé de moi pendant l'interrogatoire ?

Vidal feignit de ne pas saisir la finalité de cette question.

— Non, pourquoi ?

— Pour rien, poursuivit Ortal, de plus en plus gênée.

Vidal étreignit son épaule avec chaleur.

— Ange vous aime, déclara-t-il. Il s'occupera bien de vous.

Troublée, Mutz évita de rencontrer les yeux de Vidal.

— Je sais, souffla-t-elle laconiquement.

— Ne regardez pas en arrière, continua Vidal. Vivez dans le présent.

Ortal se raidit : la remarque du commissaire lui avait mis la puce à l'oreille. Prenant son courage à deux mains, elle demanda :

— Vous êtes au courant, n'est-ce pas ?

Bien qu'il fût démasqué, Vidal s'obstina à faire l'innocent :

— De quoi ?

— Vous savez que j'ai eu une liaison avec Yvan, renchérit Mutz d'une voix affirmative. Je me sens sale, chef. Tellement… sale. Si Ange l'apprenait, je crois que j'en mourrais.

Vidal cherchait un moyen de couper court à cette

discussion épineuse quand il aperçut Pelletier qui rappliquait. Comme Mutz blanchissait d'appréhension, Vidal entreprit de la tranquilliser avant que son compagnon n'arrive à leur hauteur :

— Radiguet avait vu juste, Ortal. L'amour vit de mensonges. Ce sera notre secret, d'accord ?

Rassérénée, Mutz acquiesça d'un signe de tête. Vidal lui souhaita une bonne fin de soirée, ainsi qu'au Marseillais, puis regagna sa voiture sans se hâter. Cependant qu'il appuyait sur le bouton de la commande à distance pour ouvrir les portières de la Volkswagen, quelqu'un, derrière lui, le héla :

— Commissaire Vidal !

À peine eut-il pirouetté pour faire face au type qui l'avait appelé qu'une silhouette aérienne surgit de l'ombre, dans son dos, et lui frappa sur le crâne avec une matraque en polypropylène.

Il sombra dans l'inconscience et s'affaissa.

Lorsqu'il reprit connaissance, il avait la langue pâteuse et une migraine épouvantable.

Il promena un regard anxieux sur l'endroit où il se trouvait, constata avec stupeur qu'il était entouré d'objets familiers : il était assis dans le séjour de son appartement. Avait-il fait un cauchemar ? La bosse sur sa tête, bien réelle, l'amena à rejeter cette hypothèse. Les images se bousculant dans son esprit, il essaya de rétablir le déroulement chronologique des événements.

Après qu'il eut quitté ses équipiers, un gars avait crié son nom dans la rue pour le distraire, donnant à un complice la possibilité de l'assommer par-derrière. Le commissaire avait la certitude qu'ils ne l'avaient pas agressé pour le voler : sa carte de crédit et les six billets de dix euros qu'il avait pris dans un distributeur automatique en début de soirée étaient toujours dans son portefeuille ; la crosse de son Smith & Wesson dépassait de l'étui à sa ceinture. Plusieurs questions le lancinaient. Qui étaient ces gens ? Pour quelle raison l'avaient-ils attaqué ? Comment, alors qu'il s'était écroulé en pleine rue, avait-il atterri sur le canapé du salon ? Un détail accentua son désarroi : ses clés traînaient sur la table basse ; d'ordinaire, il les posait sur le guéridon de l'entrée. Il s'empressa de consulter la pendule murale : minuit moins le quart. Si ses agresseurs l'avaient ramené chez lui après l'avoir estourbi, ils s'étaient forcément trouvés en présence de Claire à cette heure avancée de la nuit.

Le cœur serré par une effroyable angoisse, il lança :

— Claire ? Tu es là ?

N'obtenant pas de réponse, il se dressa d'un bond et inspecta le meublé avec fébrilité. Tandis qu'il fouillait la chambre à coucher, il se rappela que sa compagne lui avait téléphoné dans l'après-midi pour le prévenir qu'elle dînait avec Eva et qu'elle rentrerait tard. Soulagé, il respira à pleins poumons puis tira son mobile de la poche de son jean pour joindre la jeune femme : il tenait à s'assurer qu'elle allait bien. L'appareil sonna avant qu'il puisse composer son numéro.

Il pressa la touche OK du clavier et porta le cellulaire à son oreille.

— Claire ?

Une voix masculine, musicale et traînante jaillit de l'écouteur :

— Je suis désolé de vous avoir fait mal, commissaire.

Devinant qu'il s'agissait de l'homme qui lui avait asséné un coup sur le crâne, Vidal se laissa emporter par la colère.

— Qui êtes-vous ? tempêta-t-il. Qu'est-ce que vous me voulez ?

Amusé par son irritation, l'autre ricana.

— Je suis le directeur des ressources humaines de la Pieuvre, repartit-il après une courte pause. Je me suis permis de vous contacter car nous manquons de personnel depuis l'incarcération du commandant Seigner et le licenciement de Shabazz Baboukar.

Dans le langage du milieu, « licenciement » signifiait exécution sommaire.

— Pourquoi avoir viré Baboukar ? s'étonna Vidal.

— Parce qu'il a échoué, l'éclaira son correspondant avec une délectation malsaine. Le patron ne tolère pas l'échec. Bref, nous recrutons parmi les officiers de la brigade des stupéfiants et nous avons pensé à vous. L'Organisation est convaincue que vous serez un excellent sous-marin.

Son assurance mâtinée de provocation attisa la fureur de Vidal. Le feu monta à la figure du flic à mesure qu'il grondait :

— Vous pouvez toujours vous brosser, espèce de salaud ! Dites à votre boss que je ne suis pas à vendre !

Le messager du diable attendit qu'il termine de cracher son venin pour reprendre :

— Je me doutais que vous réagiriez de cette façon. Il y a une cassette vidéo dans votre magnétoscope. Regardez-la.

— Qu'est-ce que c'est que ce cirque ? se rebiffa le policier.

— Cet enregistrement devrait vous intéresser au plus haut point, répliqua le type avec une amabilité hypocrite.

Alarmé par le calme de son interlocuteur, Vidal retourna au living à grands pas. Avec des gestes nerveux, il alluma la télévision, enfonça la bande dans la fente du magnétoscope et appuya sur la touche Lecture. Quand l'image qu'il appréhendait de voir occupa l'écran, il resta cloué sur place, la face ravagée par la douleur : à genoux, les mains liées par une cordelette et la bouche recouverte par un morceau de ruban adhésif, Claire fixait l'objectif de la caméra de ses yeux emplis de terreur.

Le silence de Vidal attestant son effondrement, l'homme revint à la charge avec une note de sadisme :

— Êtes-vous disposé à reconsidérer mon offre, commissaire ?

Cette question déchaîna Vidal.

— Si vous touchez à un seul de ses cheveux, je vous tue ! beugla-t-il dans le microphone du portable, ivre de rage et de révolte.

L'autre ignora la menace et conclut, du ton léger de celui qui discute le bout de gras avec un ami :

— Ne répondez pas tout de suite. Je vous rappellerai.

Il raccrocha à l'instant où la neige envahissait l'écran du téléviseur.

Vidal lâcha le téléphone qui chuta sur la moquette avec un bruit étouffé.

Il demeura immobile un long moment, le regard vide et la bouche entrouverte, comme mort.

Épilogue

Il eut un soubresaut et s'éveilla en poussant un hurlement d'épouvante :

— Non !

Son cœur galopait comme un cheval de course et son corps ruisselait d'une sueur glacée.

— Claire ! héla-t-il en roulant des yeux terrifiés.

Hormis le tic-tac de la pendule murale qui résonnait faiblement, il n'y avait aucun bruit. Les aiguilles du cadran indiquaient six heures vingt-cinq du matin. Le silence accentua l'effroi de Vidal, son cœur redoubla de violence dans sa poitrine. Il quitta la bergère et inspecta chaque pièce, à la recherche de sa compagne.

Elle était introuvable.

— Oh, mon Dieu ! s'écria-t-il, certain à présent que la Pieuvre l'avait enlevée et qu'il ne la reverrait jamais.

Il retournait dans le séjour pour visionner la vidéocassette déposée par le kidnappeur quand l'appartement retentit de la sonnerie de son portable. La gorge serrée par l'angoisse, il se dirigea vers le vestibule, tira le cellulaire de la poche de son blouson suspendu à la patère et, de son index tremblant, appuya sur une touche du clavier pour répondre.

— Vidal à l'appareil, articula-t-il, blême d'appréhension.

— Il est la demie passée, prononça sa correspondante d'un ton agacé. Qu'est-ce que tu glandes ?

Le commissaire manqua défaillir en reconnaissant sa voix. La respiration saccadée et les jambes flageolantes, il dit d'une seule traite :

— Claire ? Comment vas-tu ? Ils t'ont fait du mal ?

Un grésillement couvrit sa dernière question.

— Ne me dis pas que ton réveil n'a pas sonné, rouspéta la jeune femme.

— Où es-tu ?

Cette interrogation irrita Claire au plus haut point.

— À Orly. Où veux-tu que je sois ?

Soudain, tout devint limpide dans l'esprit du flic. La main crispée sur le mobile, il gagna le salon et se laissa tomber sur le canapé avec un soupir de soulagement. Son rythme cardiaque commençait à ralentir.

— J'ai fait un horrible cauchemar.

Au son de sa voix, Claire comprit qu'il était encore sous le choc.

— Tu as envie d'en parler ?

Il prit une profonde inspiration puis raconta :

— J'ai rêvé que je dînais avec Ange et Ortal au Pastavino, tu sais ce resto italien de la rue de Passy qui sert les meilleurs spaghettis au pesto de Paris. Les choses se sont gâtées lorsque je les ai quittés. Un type m'a assommé tandis que je regagnais ma voiture. J'ai repris connaissance chez nous. Comme tu n'étais pas rentrée, je me suis affolé. Mon portable s'est mis à sonner. C'était le gars qui m'avait agressé. Il m'a dit qu'il était le responsable du personnel de la Pieuvre et que ses patrons souhaitaient que je bosse pour eux. J'ai refusé énergiquement, alors il m'a demandé de regarder la vidéo qu'il avait introduite dans le magnétoscope pendant que j'étais inconscient. Ces ordures t'avaient enlevée et filmée pour faire pression sur moi.

— Comment se termine cette histoire ? s'enquit Claire qui l'avait écouté avec attention.

— Le gus a raccroché après m'avoir conseillé de réfléchir à sa proposition. J'étais pétrifié, incapable de réagir. J'ai émergé à ce moment-là.

— Et tu as cru que tout cela s'était vraiment produit ?

— Oui. La soirée d'hier m'est revenue à l'esprit quand tu m'as appris que tu étais à l'aéroport. Après que tu m'as rappelé à mon bureau pour me donner l'heure de ton arrivée, je suis rentré et je me suis endormi sur la bergère du living sans m'en apercevoir. Du coup, j'ai oublié de mettre le réveil à cinq heures.

— Tu te souviens de ce que je t'ai dit ?

— À quel sujet ?

— Tu devrais écrire des romans policiers.

Ils rirent aux éclats.

— J'ai encore du mal à croire à la culpabilité de Seigner, enchaîna-t-elle, de nouveau sérieuse.

— Je ne m'appesantirai pas sur ses crimes. Le plus écœurant, c'est qu'il n'a pas manifesté le moindre remords lors de l'interrogatoire.

— Que va-t-il devenir ?

— Il encourt la peine maximale.

— Eh ben ! lâcha-t-elle dans un soupir. Parlons peu, mais parlons bien. Tu viens me chercher ou je prends un taxi ?

Vidal se leva d'un bond et zieuta la pendule.

— Je serai là dans vingt minutes, promit-il.

Claire joua les rancunières.

— Nous réglerons cette affaire ce soir sur l'oreiller.

— Pourquoi attendre ce soir ? la titilla-t-il.

— Tu ne travailles pas aujourd'hui ?

— Cela dépend de toi.

— J'ai l'eau à la bouche, mon salaud.

Quelques secondes s'écoulèrent avant que le commissaire énonce avec gravité :

— Il est temps de nous marier et d'avoir un enfant.

Cette déclaration solennelle médusa Claire qui bégaya :

— Ne… ne plaisante pas avec ces choses-là, Eric.

— Je ne plaisante pas. Tu es partante ?

— Un peu, mon neveu ! Mets-moi tout ça par écrit et ramène-toi, commanda-t-elle d'un ton faussement autoritaire avant de couper la communication.

Remerciements

Pour leur accueil chaleureux, leurs confidences et les anecdotes surprenantes qu'ils ont bien voulu me raconter, je remercie le commandant E. D. de la Sûreté départementale des Yvelines et les commissaires F. G. et V. A. de la brigade des stupéfiants du 36, quai des Orfèvres.

Un grand merci à Françoise Bourdin.

Enfin, j'aimerais rendre hommage aux maîtres qui m'ont donné envie d'écrire : Agatha Christie, Patricia Highsmith, Dashiell Hammett, Raymond Chandler, Conan Doyle, Georges Simenon, Pierre Boulle, Dino Buzzati, Isaac Asimov, Ray Bradbury, Jack Finney, Philip K. Dick et Richard Matheson.

Au nom du père

La rançon de la colère

James Grippando

En Colombie, un enlèvement a lieu toutes les trois heures. La dernière victime ? Matthew Rey, Colombien, directeur en Floride d'une exploitation de pêche prospère. Le voyage d'affaires de l'homme dans son pays natal est écourté et l'ultimatum est sans appel : s'il ne veut pas retrouver son père abattu, Nick, brillant avocat de Miami, va devoir verser la modique somme de trois millions de dollars. Alors qu'un à un ses appuis se désistent, Nick doit éclaircir certaines zones d'ombre autour de la disparition de son père. Étrangement, l'assurance souscrite par l'homme avant son départ est la même que celle réclamée par les ravisseurs…

(Pocket n° 12346)

Dernier contrat pour John R.

Tokyo blues

Barry Eisler

Parce que la prudence le lui impose, le tueur à gages John Rain choisit de prendre sa retraite. Mais on ne fait pas table rase du passé aussi facilement : avant de mettre le cap sur le Brésil, il va devoir accepter une dernière mission.

Dans le Tokyo du crime organisé, ses néons, ses bars à hôtesses envoûtants, c'est à Murakami, un tueur inflexible, qu'il va devoir être confronté.

Mais un second adversaire, jusqu'alors inconnu va surgir alors qu il ne s'y attendait pas.

Il est là, dans la nuit pluvieuse des ruelles de la capitale nippone : la peur.

(Pocket n° 12853)

Pilule magique

Champs de ténèbres
Alan Glynn

Imaginez une drogue qui décuple vos facultés intellectuelles, vous permet de lire et mémoriser des livres en quelques heures, de maîtriser l'italien en une nuit, d'apprendre le piano en une journée ou de devenir un spéculateur boursier hors du commun… Cette drogue existe, Eddie Spinola l'a trouvée. Elle s'appelle la MDT-48 et va bouleverser sa vie. Mais bien moins que ses effets secondaires…

(Pocket n° 12515)

Achevé d'imprimer sur les presses de

BUSSIÈRE

GROUPE CPI

à Saint-Amand-Montrond (Cher)
en février 2006

POCKET - 12, avenue d'Italie - 75627 Paris Cedex 13
Tél. : 01-44-16-05-00

— N° d'imp. : 60280. —
Dépôt légal : mars 2006.

Imprimé en France